HEYNE BÜCHER

Vom gleichen Autor erschien außerdem
als Heyne-Taschenbuch

Auf der Jagd nach dem grünen Diamanten · Band 01/6316

JOAN WILDER

AUF DER JAGD NACH DEM JUWEL VOM NIL

Roman

Deutsche Erstveröffentlichung

WILHELM HEYNE VERLAG
MÜNCHEN

HEYNE ALLGEMEINE REIHE
Nr. 01/6675

Titel der amerikanischen Originalausgabe
THE JEWEL OF THE NILE
Deutsche Übersetzung von Niki Lana

Printed in Germany 1986
Umschlagfoto: Twentieth Century Fox
Umschlaggestaltung: Atelier Ingrid Schütz, München
Satz: IBV Satz- und Datentechnik GmbH, Berlin
Druck und Bindung: Elsnerdruck, Berlin

ISBN 3-453-02279-3

Für die Juwele in meinem Leben –

Rene, Ryan, Nancy, Ed, Bob,
Mama und Papa

Kapitel I

1815

Der Himmel des anbrechenden Tages war mit lavendel- und rosafarbenen Streifen überzogen. Eine sanfte Brise umspielte die Wipfel der hohen Palmen, die den verlassenen Strand säumten. Die Flut hatte alle menschlichen und tierischen Spuren weggewaschen. Weißbäuchige Möwen stießen auf der Jagd nach auftauchenden Fischen in die sanft rollenden Wellen hinab, um anschließend ihre Beute in die Bucht zu bringen. Sie ließen sich auf den von der Sonne erwärmten Felsen nieder und begannen ihr Mahl, wobei sie dem zweimastigen Schoner, der nur wenige hundert Yards entfernt ankerte, keine Beachtung schenkten. Es war ein schön gezimmertes Schiff aus edelstem Teakholz, blank geputzt und gut im Schuß. Einer aus der Mannschaft holte soeben das Vorsegel ein, während ein anderer Matrose zusammen mit seinem Helfer das Hauptsegel und die beiden Klüver vertäuten. Der Schoner lag so tief im Wasser, als hätte er schwer geladen.

In der Kapitänskajüte strich sich Johanna ihre langen goldenen Locken aus dem Gesicht und befestigte eine weiße Orchidee an ihrem Ohr. An diesem ihrem Hochzeitstag trug sie keinerlei Geschmeide. Sie warf ein weißes Gewand aus spanischer Spitze über und schloß es um die Taille.

Sie hätte es gern gesehen, wenn Matui, ihre Zofe, bei ihr gewesen wäre, wußte sie doch, daß die Gäste ihrer harrten. Es würde eine Ewigkeit vergehen, all diese Knöpfe zu schließen! Die Luft in der Kajüte wurde mit der steigenden Sonne immer wärmer. Plötzlich schien der Raum Johanna einzuengen. Der Atem stockte ihr in den Lungen – sie vermochte ihn weder auszustoßen noch einzuziehen. Schweißperlen erschienen auf ihrer Stirn, ihre Hände zitterten. Sie glaubte ohnmächtig zu werden. Rasch öffnete sie das Bullauge und atmete tief ein.

Jedesmal wenn sie an zu Hause dachte, an ihr früheres Leben, überkam sie diese Beklemmung. Dabei sollte sie doch gerade heute glücklich sein. Statt dessen hatte sie das Gefühl, gleich in Tränen auszubrechen.

Sie wandte sich um und betrachtete sich in dem großen Spiegel. Wunderschön war das Kleid, fand sie, als sie die Schulterpartie ein wenig tiefer zog. Sie liebte tief ausgeschnittene Gewänder, besonders jetzt, da sie achtzehn war und etwas vorzuweisen hatte. Sie legte einen dicken Kranz bunter Tropenblüten um den Nacken. Sie lächelte, als sie feststellte, daß sie wirkungsvoller waren als all ihre Saphire, Rubine und Aquamarine. Sie schlüpfte in ein Paar weiße marokkanische Slipper und wandte sich wieder vor den Spiegel.

Sie nahm ihre kleine Bibel, die sie mit Orchideen geschmückt hatte, zur Hand und wünschte von ganzem Herzen, ihr Vater wäre noch am Leben und ginge jetzt an ihrer Seite. In dem Augenblick, als sie die Türklinke berührte, begann sie erneut zu zittern.

Diesmal zwang sie sich, ruhig zu bleiben. Sie machte sich Vorhaltungen, dieser Schwäche nachzugeben. Seit Wochen betrauerte sie den Tod ihres Vaters und ihres Bruders Jean. Aber einmal mußte damit Schluß sein. Das sagte ihr der Verstand, das Herz jedoch sprach eine andere Sprache.

Niemals mehr würde sie das weiße Steinhaus in Port Royal wiedersehen, die üppigen Gärten, die herrlichen Gemälde, die blauseidenen Vorhänge und das aus Frankreich herbeigeschaffte vergoldete Mobiliar. Matui war weggelaufen, vielleicht tot, und von den Dienern fehlte seit Monaten jede Spur. Nie mehr würde sie das Grab ihrer Mutter in dem kleinen Mausoleum, das ihr Vater errichtet hatte, besuchen können. Die Welt der Geborgenheit, in der sie nur ihrer selbst wegen geliebt worden war, gab es nicht mehr.

Johanna sagte sich vor, sie sei erwachsen – und in wenigen Augenblicken eine verheiratete Frau. Aber tief in ihrem Inneren fühlte sie sich hilflos wie ein Kind. Vielleicht lag darin der Sinn der Ehe – sich gegenseitig Kraft zu geben. Sie hoffte, ihre Gefühle würden sich ändern, hoffte, alles würde sich zum Guten wenden.

Johanna reckte die Schultern, drückte den Rücken durch und öffnete die Tür. Sonnenlicht hüllte sie ein, als sie einen Blick auf das Deck warf. Ein sonnengebräunter Arm in einem mit Rüschen besetzten Seidenhemd streckte sich ihr entgegen, um ihr die Treppe hinaufzuhelfen. Jacques' Arm. Der Arm des Mannes, den sie liebte.

Jacques sah so gut aus, daß sein Anblick ihr jedesmal beinahe den Atem raubte. Was für eine Närrin war sie doch gewesen, sich ihrem Kummer zu überlassen!

Jacques liebte sie – das konnte sie an dem durchdringenden Blick seiner blauen Augen ablesen. Er nahm ihren Arm und lächelte sie an. Nebeneinander schritten sie vorbei an den wenigen Freunden und der Mannschaft und blieben vor dem französischen Missionar, der sie trauen sollte, stehen.

Johanna lächelte. In der Bucht von Virgin Marga zu heiraten, war immer ihr Wunsch gewesen, der Traum, der sich heute erfüllte – mit ihm hier auf seinem Schiff zu stehen und von nun an sein Leben zu teilen.

Sie dachte zurück an den Tag, an dem sie Jacques LeMare zum erstenmal gesehen hatte. Ihr Vater hatte den offenen Wagen vorfahren lassen, um mit ihnen zum Hafen zu fahren. Außergewöhnlich guter Laune war er an jenem Tag gewesen; ein schelmisches Lächeln hatte in seinen Augen geblitzt. »Papa«, sagte Johanna, als sie zum Schutz ihren Sonnenschirm aus weißem Organdy aufspannte, »warum muß ich dich zu diesem Schiff begleiten? Auf meinem Programm stand für heute morgen eine Geigenstunde. Jetzt muß ich zwei Wochen warten, um Monsieur Delaporte wiederzusehen. Du weißt doch, daß ich alles verlerne, wenn ich so lange dem Unterricht fernbleibe.«

»Ich habe eigentlich geglaubt, du hättest inzwischen eingesehen, daß du überhaupt nicht musikalisch bist«, sagte er lachend. Dann faßte er sie zärtlich unter das Kinn. »Gib's zu, Liebling, du möchtest eher mit Monsieur Delaporte spielen als auf der Geige.«

»Papa!« rief Johanna entsetzt. »Wenn Mama noch lebte, würde sie...«

»Sie würde wissen, daß ich die Wahrheit sage. Ich entschuldige mich aber trotzdem für diese Boshaftigkeit.« Er beugte sich zu ihr. »Habe ich recht?«

Johanna heftete den Blick auf die vorbeiziehenden Lagerhäuser und in Holz ausgeführten Kneipen. »Monsieur Delaporte behandelt mich wie ein Kind.«

»Dann ist er ein Narr. Aber sei dem, wie es ist: Ich jedenfalls hoffe, du interessierst dich für etwas Besseres als einen Musiklehrer!«

Johanna seufzte. »Port Royal bietet keine große Auswahl«, sagte sie und beobachtete einen betrunkenen Matrosen, der eben ein stadtbekanntes Bordell verließ.

»Stimmt. Vermutlich ist's meine Schuld, daß ich dich hierher gebracht habe. Aber ich bin immer auf Abenteuer aus gewesen – und auf Reichtum. Als Importeuer in Paris gab es weder das eine noch das andere. Port Royal dagegen hat mir ermöglicht, einen hübschen Besitz zu erwerben, der eines Tages dir gehören wird.«

»Genauso wie Abenteuer, Papa?« fragte sie, wobei sie stolz den Kopf reckte.

»Ja, und dabei wollen wir es bewenden lassen«, meinte er kurz.

Johanna wußte um das Importgeschäft ihres Vaters, und daß er mit berüchtigten Piraten und Kriminellen zusammenarbeitete. Es war nichts Ungewöhnliches, daß er das Haus nach Mitternacht verließ und kurz vor Tagesanbruch zurückkehrte. Niemals fragte sie ihn nach seinen Nächten – sie wußte, daß er ihr keinesfalls die Wahrheit sagen würde.

Um so erstaunter war sie gewesen, daß er diesmal auf ihrer Begleitung bestand. Erst einmal – sie war damals zwölf gewesen – hatte er ihr erlaubt, zu den Docks mitzukommen. Stets wünschte er, daß sie in dem Haus aus Stein blieb, das mit einem eisernen Gatter umgeben war und von eingeborenen Wächtern mit langen Säbeln bewacht wurde. Als sie in die Runde der Hafenarbeiter mit ihren verfaulten Zähnen, der gegerbten Haut und dem blutrünstigen Glitzern in den Augen blickte, bemerkte sie, daß sie ihre Arbeit unterbrachen und sie anstarrten. Plötzlich war sie für die

Wächter zu Hause und die scharfen Hunde in ihrer Begleitung dankbarer als je zuvor.

Das Gefährt hielt an, und Johanna beobachtete, wie ihr Vater einem der Hafenarbeiter etwas zurief. Der Mann nickte, lüftete seine Stoffmütze in Richtung Johanna und rannte dann ans Ende der Pier, wo ein schlanker Zweimaster ankerte. Die Mannschaft war damit beschäftigt, die Segel einzuholen und die Fracht auf das Oberdeck zu schaffen. Johanna stellte sich in den Wagen, um den Schoner besser sehen zu können. Sie kniff die Augen zusammen, hob dann eine Hand, um sie vor der Sonne zu schützen. Am Bug des Schiffes stand ein blonder Mann und starrte sie mit der gleichen Intensität an.

Johanna fühlte einen Stich im Herzen und fiel beinahe auf den Sitz zurück. Es war der bestaussehende Mann, der ihr je begegnet war. Sie beobachtete, wie er in das kleine Beiboot hinunterkletterte und an die Pier gerudert wurde. Er begrüßte ihren Vater wie einen lieben Verwandten. Johanna war nicht nur verwirrt; die Art und Weise, wie sich der Vater gab, empörte sie. Rasch blickte sie sich um und wollte feststellen, ob jemand die beiden bemerkt hatte. Sollte irgendeiner der Agenten der Krone Zeuge sein, wie sich ihr Vater mit einem Piraten – denn daß er das war, daran gab es keinen Zweifel – unterhielt, ihn sogar umarmte, könnten sie alle in entsetzliche Gefahr geraten.

Sie sah sie nun auf sich zukommen, lachend und fröhlich. Johanna wurde steif wie ein Stock. Als der Vater den Wagen erreicht hatte, beugte sie sich zu ihm und flüsterte:

»Papa! Sei vorsichtig! In Port Royal gibt es viele, die dich herzlich gern lossein möchten.«

Liebevoll kniff er ihr in die Wange. »Du schmeichelst mir. So bedeutend bin ich wiederum auch nicht. Außerdem ist Jacques nichts anderes als ein Kaufmann. So ungefähr wie ich.«

Johanna schaute ihn an. Wie ein Pirat sah er nicht aus. Er hatte eine ebenmäßig goldfarbene Haut und die blauesten Augen in der gesamten Karibik. Seine Lippen waren voll und sinnlich, und wenn er lächelte, zeigte er eine Perlenreihe weißer Zähne. Nichts Arglistiges war in seinen Zügen zu entdekken, und der Klang seiner Stimme, mit der er die Unterhaltung mit ihrem Vater zu Ende brachte, faszinierte sie.

«Hätten Sie Lust, Johanna?«

»Verzeihung. Ich habe nicht zugehört.«

»Hätten Sie Lust, mit auf mein Schiff zu kommen und die Fracht zu besichtigen, bevor wir sie entladen?«

»Ich verstehe nicht.«

Das Lächeln ihres Vaters war breit und stolz. »Zu deinem achtzehnten Geburtstag wollte ich dir etwas Besonderes bieten. Jacques ist der Sohn eines guten Freundes in Paris – eines Antiquitätenhändlers. Ich habe ihm gesagt, daß ich etwas für meine Prinzessin wolle. Was Jacques mitgebracht hat, sind Gegenstände aus dem Boudoir von Marie Antoinette. Ich möchte, daß du ihn begleitest und dir das aussuchst, was du am schönsten findest. Den Rest kann Jacques dann in den Vereinigten Staaten verkaufen.«

»Papa! Das ist – nun ja, mehr als ich verdiene!« Sie beugte sich wieder zu ihm hinunter, um ihn zu küssen, und diesmal bemerkte sie, daß Jacques auf ihren Busen starrte. Sofort richtete sie sich wieder auf, auch wenn sie ein seltsames Gefühl des Triumphes empfand.

»Unsinn! Geht schon, ihr beiden! Ich muß zu meinen Anwälten und ein paar Dokumente unterzeichnen.« Er sah auf die Uhr. »Ich bin spät dran.« Er half Johanna hinunter und bestieg dann den Wagen. »Um zwei Uhr bin ich zurück. Paß gut auf sie auf«, sagte er zu Jacques.

»Ja, Sir«, antwortete Jacques.

Nachdem sich der Wagen entfernt hatte, begleitete Jacques Johanna die Pier entlang zu dem kleinen Beiboot und ruderte sie dann hinaus zu dem Schoner.

Johanna konnte sich nicht entscheiden, was ihr besser gefiel – den Petit-Point-Sessel in mattem Blau oder die handgemalte rosa Wäschetruhe. Das Himmelbett kam für sie nicht in Betracht, weil es zu wuchtig war und ihr das eigene Bett in seiner Eleganz besser gefiel.

Johanna nahm in dem Sessel Platz und breitete ihren weißen Leinenrock mit den im Hohlsaum bestickten lavendelfarbigen Applikationen aus. Ein massiver Stuhl – sie fühlte sich darin wie eine Prinzessin.

»Das hier gefällt mir am besten.« Sie lächelte, als sie zu ihm aufsah.

Er beobachtete sie gespannt, und sie fühlte eine warme Welle in sich hochsteigen. Er lächelte nicht, und als Antwort spürte sie, wie ihr eigenes Lächeln schwand. Seine Augen glühten, durchbohrten sie. Sie fühlte sich auf einmal verletzlich und doch merkwürdig stark. Überrumpelt, was eigentlich ihre Reaktion hätte sein sollen, war sie nicht. Empört hätte sie sein und die Kajüte auf der Stelle verlassen sollen.

Statt dessen saß sie wie gelähmt in dem Sessel, als er auf sie zuging. Sein Hemd klaffte bis zur Taille auseinander und entblößte einen kräftig gebauten Brustkasten. Seine lohfarbene Bundhose schmiegte sich so eng um seine Hüften, daß sie hätte blind sein müssen, das Spiel der Muskeln bei jeder seiner Bewegungen zu übersehen. Johanna merkte, wie ihr Mund trocken und ihre Hände feucht wurden. Sie wünschte, es wäre anders herum, damit sie etwas hätte sagen können. Sie sah, daß er zweimal den Mund öffnete und sprechen wollte, aber er fuhr sich lediglich mit der Zunge über die Lippen – eine so sinnliche Geste, daß Johanna meinte, ihr Puls hätte sich verdreifacht.

Johanna konnte nicht begreifen, was vor sich ging. Selbst bei Monsieur Delaporte hatte sie nie etwas anderes gefühlt als ein leichtes Kribbeln im Magen – wie von Schmetterlingen. Jetzt, da sie gewahr wurde, wie er sich über sie beugte und seine Augen sie umfingen, glaubte sie innerlich zu zerspringen.

Zärtlich küßte er sie und hielt dann inne. Sie erriet, daß er ihre Reaktion abwartete. Am liebsten hätte sich Johanna ihm in die Arme geworfen. Seine Lippen waren kühl, während alles in ihr glühte. Als hätte er ihre Gedanken erraten, legte er die Arme um sie und zog sie vom Sessel hoch, hielt sie sanft umschlungen, küßte ihre Ohren, ihre Wangen, ihren Hals.

Johanna war es, als würde sie vor Lust vergehen. Sie fühlte Schauer ihren Körper durchlaufen und ein Feuer in ihrem Inneren ausbrechen und sie erneut wärmen. Ihre Knie gaben nach – deshalb schmiegte sie sich enger an ihn. Als seine Lippen schließlich ihren Mund suchten, wollte sie vor Freude aufjauchzen.

Sie fühlte, wie sich seine Hand in den Halsausschnitt ihres Kleides vortastete. Seine Hand umfing ihre Brüste, ihre Brustwarzen stemmten sich gegen seine Haut. Sie fühlte sich völlig in Besitz genommen. Sie konnte nicht länger selbständig denken; ihr Körper hatte die Oberhand gewonnen.

Seine Küsse überwältigten sie. Sie konnte hören, wie er stöhnte, als sie zu Boden sanken. Sie legte ihre Hände auf seine Brust und ließ sie gewähren, ihn zu entdecken. Sie war merkwürdig ruhig, sagte sich, daß sie ihn von irgendwoher, aus einem anderen Leben kenne. Deshalb hatte sie keine Angst. Sie wünschte sich nichts anderes, als ein Teil von ihm zu sein.

Sie knieten voreinander auf dem Boden, er löste ihr Gewand und streifte es ihr über den Kopf. Er keuchte, als er sie betrachtete.

»Eine so weiße Haut habe ich noch nie gesehen«, flüsterte er und strich ihr über die Hüfte. »Und so weich – wie die Blütenblätter einer weißen Rose.«

Wieder küßte er sie und schlüpfte dann selbst aus den Kleidern.

Während er sie liebkoste, sah er sie an. Ihr kam es vor, als studiere er eine neue Spezies, die seine ganze Aufmerksamkeit in Anspruch nahm. Sie fühlte seine gespannten Muskeln und Nerven, aber noch immer hielt er sich zurück. Schließlich küßte er sie wieder, erforschte diesmal ihren Mund mit seiner Zunge. Johanna meinte, noch nie ein derartiges Lustgefühl verspürt zu haben. Er küßte ihre Brüste und ergründete mit seiner Zunge weitere Regionen. Jedesmal, wenn er sie küßte, jedesmal, wenn sie seine ungestüme Zunge fühlte, glaubte Johanna zu vergehen. Sie schloß die Augen.

Dann öffnete Johanna sie wieder, und er war da und versicherte ihr wortlos, daß er immer da sein würde. Als sie diesmal die Augen schloß, kam es ihr vor, als drehte sich alles – als ritte sie auf einem Windrad gegen den Sturm an.

Sie fühlte sich winzig, und die Welt schien so groß zu sein.

Sie glaubte, sich so schnell zu drehen, daß sie fürchtete, von der Erdoberfläche geschleudert zu werden. Ehe sie nach Atem ringen konnte, hatte Jacques ihren Mund mit seinen Lippen verschlossen.

Als sie langsam die Lider hob, wurde ihr erst bewußt, daß es ein Schrei war, den er zu ersticken suchte. Sie zog ihn noch enger, als das überhaupt möglich war, an sich und strich ihm über den Rücken.

»Johanna, ich bin glücklich, dein erster Mann zu sein. Ich habe mir immer gewünscht, der erste bei dir zu sein – und der letzte.«

Sie blickte ihn prüfend an. »Wovon sprichst du eigentlich?«

»Erinnerst du dich nicht mehr an mich? Ich war überzeugt, daß du dich mir aus diesem Grund hingegeben hast.«

»Nein, ich entsinne mich nicht.«

Sein Lächeln war offen; er schien ihre Antwort nicht übelzunehmen. »Vielleicht warst du zu jung, um dich erinnern zu können. Ich selbst war doch erst acht, als ich dich zum erstenmal in Paris sah. Du saßest in der Kutsche deines Vaters, einer ähnlichen wie heute. Und du trugst« – er blickte hinüber zu dem Leinenkleid mit den lavendelfarbenen Blüten – »fast das gleiche Kleid. Wir lernten uns im Laden meines Vaters kennen. Ich hatte gerade eine kostbare Ming-Vase zerbrochen, und mein Vater wollte mich verprügeln, aber du hast ein gutes Wort für mich eingelegt. Er schätzte deinen Vater, und du warst so umsichtig, so besorgt. Ich hatte noch nie ein hübscheres kleines Mädchen gesehen.«

»Du warst das? Du liebe Zeit, damals war ich höchstens vier oder fünf Jahre alt. Ich kann mich nicht erinnern, dich danach noch einmal getroffen zu haben.«

»Wir zogen nach London, und erst vor sechs Jahren kehrte mein Vater nach Paris zurück.«

Johanna schlang erneut ihre Arme um ihn. Sie sah ihm tief in die Augen. »Diese Augen sehe ich nachts in meinen Träumen. Ich habe sie nie verstanden, diese Träume von einem Mann, der eines Tages zu mir kommen und mir sagen würde, daß er mich liebt.«

Er schloß sie in seine Arme. »Ja, ich liebe dich, Johanna. Ich habe dich immer geliebt und werde dich immer lieben. Niemandem werde ich jemals erlauben, dich mir wegzunehmen.«

In diesem Punkt hatte Jacques recht behalten, überlegte sie, während sie den Priester ansah. Er war in Port Royal geblieben und hatte hier ein Geschäft gegründet, damit sie heiraten konnten. Sie hatte eine großartige Hochzeit geplant, mit allen Freunden ihres Vaters und ihrem Bruder Jean. Einer von Johannas Träumen, die sich nicht erfüllt hatten...

Plötzlich bemerkte Johanna, daß der Geistliche etwas zu Jacques sagte. Die Zeremonie hatte begonnen.

»Willst du, Jacques, diese Frau zu deinem rechtmäßig angetrauten Weibe nehmen und versprichst du, für sie zu sorgen an deiner Seite, bis daß der Tod euch scheidet?»

»Ich will«, antwortete Jacques lächelnd und drückte Johannas Arm.

Johanna fühlte einen Schauer ihren Rücken hinunterlaufen, wie immer, wenn sie ihm nahe war – als ob dieser Augenblick außerhalb jeglicher Zeitrechnung läge.

Der Priester wandte sich zu ihr. »Willst du, Johanna, diesen Mann zu deinem rechtmäßig angetrauten Gatten nehmen und versprichst du, ihn zu ehren und ihm zu gehorchen, bis daß der Tod euch scheidet?«

Sie atmete tief ein. »O ja!« stammelte sie. »Ich meine – ich will.«

Der Geistliche wandte sich an Jacques. »Den Ring bitte!«

»Wie?« Jacques war von Johanna so hingerissen, daß ihn die Frage aus der Fassung brachte. Gut, daß ihm Philipe, sein Trauzeuge und zugleich Erster Maat, in diesem Moment in die Rippen knuffte.

Mit einem Zwinkern reichte Philipe Jacques den Ring.

Der Priester nahm den Ring und segnete ihn mit dem Zeichen des Kreuzes. Dann benetzte er ihn mit Weihwasser. Er lächelte, als er ihn Jacques zurückgab.

Im gleichen Moment, als Jacques den Ring an Johannas Finger stecken wollte, schwirrte aus dem Nichts ein Florett durch die Luft, genau auf Jacques' Hand zu. Der Ring flog in hohem Bogen weg. Das Florett grub sich drei Ellen tief in den Hauptmast. Mit weit aufgerissenen Augen sah Johanna ihren Ehering in der Sonne blitzen, als er um den Schaft des Floretts wirbelte.

Wildes, drohendes Geschrei erhob sich. Johanna drehte sich rasch um und sah, wie eine Piratenbande die Längsseite des Schiffes enterte. Mit einem schnellen Blick suchte sie das Meer um sie herum ab, entdeckte aber kein Schiff. Sie mußten also am Ufer gewartet haben, überlegte sie.

Ihre stählernen Schwerter, die Diamantohrringe und die goldenen Zähne reflektierten das Licht der Sonne. Piraten wie diesen war nichts heilig. Sie achteten niemanden, beschützten keine Frau, fürchteten sich vor nichts. Sie trugen Augenklappen, hatten Holzbeine und hakenförmige Armprothesen, die sie zur Schau stellten wie Ehrenabzeichen. Trotz all der Schätze, die sie raubten und auf Tortuga horteten, waren sie in lumpenähnliche Kleidung gehüllt und von Krankheiten gezeichnet. Johanna sah in dem räuberischen Tun dieser Männer nichts weiter als einen Vorwand, um ihr eigentliches Ziel zu erreichen: Töten und Verstümmeln.

Der kräftigste und häßlichste Pirat sprang hinunter aufs Deck und packte Angelique, eine junge Frau aus Jamaica, Johannas beste Freundin. Angelique schrie entsetzt auf, als der Mann sie an der Taille festhielt und mit der linken Hand ihren Busen schmerzvoll drückte. Emile, Angeliques Mann, stürzte sich dem Piraten entgegen, um seine Frau zu befreien. Unbeeindruckt zog der Pirat sein Schwert und stieß es Emile mitten ins Herz. Wieder schrie Angelique auf und versuchte, sich dem Griff des Piraten zu entwinden. Wenn auch der Pirat der zarten Angelique weit überlegen war, hörte sie doch nicht auf, ihn zu treten und mit den Fäusten zu bearbeiten.

Plötzlich vernahm Johanna ein vertrautes dunkles Lachen. Sofort fühlte sie, wie sie erstarrte. Wie gelähmt wandte sie sich langsam um und erblickte Levasseur.

Er war ein Hüne von einem Mann, über sechseinhalb Fuß groß. Wie immer war sie beeindruckt von seinen schönen Gesichtszügen, die sie unwillkürlich als gefährlich sinnlich empfand. Sein Haar war schwärzer als die Schwinge eines Raben; seine Augen glichen den schwarzen Perlen, die nur die geschicktesten Taucher aus den salzigen Gewässern an die Oberfläche zu bringen vermochten. Seine Nase war gerade, die Kinnpartie eckig, er hatte volle Lippen, und obgleich seine Zähne tadellos waren, lag in seinem Lächeln ein gewisses Etwas, das den Teufel, der er war, offenbarte. Er war der stämmigste Mann, den Johanna je gesehen hatte. Bei der leichtesten Bewegung seiner Arme spannten sich seine Muskeln, die sie durch sein offenes Hemd wahrnehmen konnte. Levasseur war für Johanna die Verkörperung allen Übels.

Sie dachte, sie hätten sich seiner entledigt, als er unter Mitnahme aller Schätze, die ihr Vater im Lauf der letzten zehn Jahre zusammengetragen hatte, in Port Royal Segel setzte. Närrin! dachte sie bei sich. Levasseur war heute erschienen, genauso wie damals, um seinen Anspruch auf sie geltend zu machen. Er hatte sie immer begehrt.

Johanna wurde wütend, sobald sie sich ihre erste Begegnung mit Levasseur ins Gedächtnis rief. Das konnte nicht länger als ein Jahr zurückliegen, überlegte sie, und zwar am einundzwanzigsten Geburtstag Jeans, als sich die Familie zu einem festlichen Mahl versammelt hatte. Überglücklich war Jean an jenem Tag gewesen, hatte ihn der Vater doch zu seinem gleichberechtigten Geschäftspartner gemacht.

Johanna erinnerte sich wieder, wie gut Jean ausgesehen hatte. Sein goldenes Haar schimmerte im Licht der Kerzen. Er war ein liebenswürdiger Mensch, ein wenig unreif noch für sein Alter, aber voller Herzlichkeit jedem gegenüber, dem er begegnete. Sie überlegte, daß er sie manchmal eher an die Heiligen erinnerte, von denen ihr die Nonnen in der Schule erzählt hatten. Johanna wußte, daß Jean mit seinen Kenntnissen auf dem Gebiet der Kontenüberwachung und Buchhaltung für die Firma ein Gewinn sein würde. Dennoch betete sie darum, ihr Vater würde ihn nicht für die Sparte des Imports einspannen, und weder sie noch Jean würden jemals gezwungen sein, einen der Geschäftsteilhaber ihres Vaters aufzusuchen.

Bereits eine Viertelstunde, nachdem sie sich in den Salon zurückgezogen hatten, stellte Johanna fest, daß ihre Hoffnungen zunichte gemacht wurden.

Noch ehe der Butler Gelegenheit gehabt hatte, ihn anzumelden, torkelte Levasseur in den Raum. Mit seinen breiten Schultern füllte er den ganzen Türrahmen aus.

»Moreau, weder Sie noch sonst jemand wird mich warten lassen!« dröhnte seine Stimme zu den Dachsparren empor.

Johanna umfaßte die Armlehnen ihres Stuhls und blickte zu dem Kristallüster über ihr. Sie meinte ihn klirren zu hören.

Sofort ging Jean in die Defensive. »Wer sind Sie? Wie können Sie es wagen, hier hereinzuplatzen und unsere Familie zu belästigen!« Empörung sprudelte aus ihm hervor.

»Ich bin Kapitän Levasseur, und das weiß auch Ihr Vater.«

»Levasseur, ich habe Ihnen eine Nachricht auf Ihr Schiff geschickt, um unser Treffen auf morgen nacht zu verschieben. Meine Tochter hat einen festlichen Abend arrangiert – aus Anlaß des Geburtstags meines Sohnes.«

Levasseurs schwarze Augen wanderten von Jean zu Johanna. Sie war überzeugt, daß er jetzt ihre Anwesenheit zum erstenmal bemerkte. Eine Weile starrte er sie an und zog dann Bilanz. Während seine Augen von den Spitzen ihrer karmesinroten Lederslipper zu den weichen Falten ihres seidenen Gewandes und schließlich zu dem tiefausgeschnittenen Dekolleté wanderten, konnte Johanna eine Hitzewelle spüren, die von ihm ausging. Es war, als ziehe er sie aus, streife ihr jedes einzelne Kleidungsstück vom Leib, bis sie völlig nackt war. Er ließ seinen Blick auf ihren Brüsten verweilen, auf ihrer seidenweichen Haut. So durchdringend schaute er sie an, daß Johanna förmlich seine Hände auf sich spüren konnte.

Als er ihr Gesicht erforschte, leckte er sich sogar die Lippen. Johanna war so angewidert, daß sie die Hand auf den Magen preßte.

Ihre Ablehnung ließ Levasseur zusammenzucken. Seine Augen verengten sich zu bösartigen Schlitzen, und sein Lächeln hatte etwas Irres an sich. »Ihre Entschuldigungen bedeuten mir gar nichts. Wir hatten ein Geschäft vor. Sie haben Levasseur gegenüber Ihr Wort gebrochen. Niemand tut so etwas ohne Folgen!«

»Verstehen Sie doch«, wandte der Vater ein, als Levasseur kehrtmachte und auf die Tür zuging. »Lediglich um einen Tag…«

Johanna und Jean verfolgten, wie der Vater mit dem Piraten verhandelte. Johanna war entsetzt, zusehen zu müssen, wie ihr Vater vor diesem Mann in die Knie ging. Niemals hatte sie ihn so erlebt – so ohnmächtig.

Levasseur stieß die Tür auf, an deren anderen Seite vier seiner Mannschaft standen, höchst gefährlich aussehende Gestalten.

»Wir hätten unser Geschäft hier besprechen können – in Ihrem Haus.«

»Niemals!«

»Sie haben einen Fehler gemacht, Moreau. Sie haben geglaubt, mir überlegen zu sein.« Während er sprach, waren seine Augen auf Johanna geheftet. Unwillkürlich hatte sie den Eindruck, er spreche zu ihr.

»Bitte lassen Sie mich das gutmachen!« sagte der Vater noch, aber Levasseur stürmte bereits in die Dunkelheit hinaus.

Jetzt, da sie an Bord von Jacques Schiff war, wußte sie, daß Levasseur seine Drohung wahrmachen würde. Das Geld war für ihn Nebensache gewesen, auch wenn er alles, was sie besaßen, gestohlen und das übrige verwüstet hatte. Levasseur war nur aus einem Grund hier – ihretwegen.

Aber heute war ihr Hochzeitstag. Jacques war nicht schwach wie ihr Vater. Er liebte sie, er würde sie beschützen und die Inselwelt von diesem Bösewicht erlösen. Ja, überlegte sie, es war eine Schande, daß sich Kapitän Levasseur diesen Augenblick ausgesucht hatte, auf der Insel aufzutauchen.

Jacques zog Johanna hinter sich, um sie gegen Levasseur abzuschirmen. Zugleich gab er einem seiner Leute das Zeichen zum Angriff. Der Mann warf ihm ein Schwert zu, das Jacques in der Luft abfing. Johanna lächelte.

»Sieht ihm ähnlich, ohne ein Geschenk zu erscheinen«, spottete Jacques.

»Ich werde heute das bekommen, weshalb ich hier bin!« knurrte Levasseur und sah Johanna durchdringend an.

Johanna umfaßte Jacques' Schultern. Sie wünschte sich, Levasseur sei tot – er, der Port Royal niedergebrannt, ihren Bruder gefoltert, ihren Vater umgebracht hatte und jetzt ihre Hochzeit sprengen wollte. Aber sie wußte, daß Jacques ihm den Garaus machen würde.

Die Schreie der Gäste und die lauten Rufe der Piraten vermengten sich zu einem tosenden Geräusch. Johanna hätte sich am liebsten die Ohren zugehalten, wußte aber, daß das nichts helfen würde. Wie verderbenbringende schwarze Spinnen schwärmten Piraten über das Deck aus. Ihre Schwerter klirrten durch die Luft wie wirbelnde Guillotinen. Um sich herum konnte Johanna überall den Tod spüren.

Die Gäste hielten sich hinter Jacques. Wie Johanna wußten auch sie, daß er sie retten konnte. Er warf einen Blick auf ihre Gesichter, las Verzweiflung und Hoffnung in ihren Augen. Mit einem tiefen Atemzug machte er sein Schwert zum Angriff bereit. Er konnte, er wollte sie nicht enttäuschen.

»Vorsicht vor dem Skorpion, mon ami«, bellte Levasseur Jacques zu, als dieser sein Schwert zückte.

Johanna konnte sehen, daß dem Piraten der Gedanke an Jacques' Blut an seinem Schwert schon jetzt das Wasser im Mund zusammenlaufen ließ. Sie fühlte einen bitteren Geschmack in der Kehle, bemühte sich aber, die Fassung zu bewahren. Sie mußte Jacques vertrauen. Sie mußte an ihn glauben.

»Küß den Stahl, du Hurensohn«, schrie Jacques zurück.

Johanna sah nach vorn und entdeckte, daß noch mehr Piraten sich anschickten, das Schiff zu entern. Sie schienen aus dem Nichts aufzutauchen. Sie öffnete den Mund, wollte schreien, aber kein Laut kam über ihre Lippen.

Jacques packte die Spiere und schwang sie gegen eine Gruppe von vier Piraten, die links von ihm auf ihn zukamen. Johanna vernahm ein lautes Krachen, als die Spiere mit aller Kraft gegen die Brust der vier Piraten prallte und sie über die

Längsseite des Schiffes schleuderte. Ein lautes Aufklatschen ertränkte ihre gellenden Schreie.

Johanna drehte sich um und sah Jacques in ein Gewirr von Klingen verstrickt.

Es blitzte funkelnd, als Jacques' Schwert gegen die wie metallene Schlangen wirkenden Lanzen seiner Gegner klirrte und um sie herumwirbelte.

Die Gäste gingen in Deckung und schlugen entsetzt die Hände vors Gesicht, um schließlich am Bug des Schiffes Zuflucht zu suchen. Johanna fühlte, daß ihr das Blut stockte; sie wußte, daß Jacques nicht ewig durchhalten konnte.

Plötzlich erstarrte sie. Sie konnte Levasseurs Augen auf ihrem Rücken spüren. Sie drehte sich um und sah wieder die Gier in seinen Augen. Sie hatte recht gehabt: Levasseur hatte nur sie gewollt. All das hier war für ihn ein Spiel gewesen. Ihren Vater und ihren Bruder zu töten, war nichts weiter als ein Sport. Zorn stieg in ihr hoch. Ihre Backenknochen spannten sich, ihre jadegrünen Augen verengten sich zu schmalen Schlitzen. Niemals würde er sie besitzen! Lieber wollte sie sterben als von ihm vergewaltigt zu werden.

Levasseur streckte seine Hand aus. Die Galle schien ihr überzulaufen bei dem Gedanken, daß diese Hand sie berührte. Sein Lächeln war unheimlich und, was noch schlimmer war, zuversichtlich.

Sie war vor Angst wie gelähmt. Jacques kämpfte noch immer mit den Piraten. Er konnte sie nicht retten. In ihrer Verzweiflung klammerte sie sich an die Schulter des Missionars. Er war ein Mann Gottes, und bestimmt konnte er sie vor diesem Teufel retten.

Als hätte der Priester Johannas Gedanken erraten, zog er seinen Rosenkranz hervor und hielt das Kreuz Levasseurs Gesicht entgegen. Aber der Bösewicht verschwand nicht, sondern schnaubte lediglich angesichts der Narretei des Priesters. Entsetzt floh der Missionar und überließ Johanna ihrem Schicksal.

In ihrem Herzen schwor sich Johanna, daß, sollte sie sterben, sie Levasseur in den Tod mitnehmen werde. Eilends griff sie nach einer brennenden Pechfackel, die in der Nische eines Mastes steckte, und hielt sie Levasseur vors Gesicht. Er schrie auf und wich zurück. Dann kam er erneut auf sie zu. Johanna schleuderte ihm die Fackel entgegen, die ihm diesmal den Bart versengte. Sie blickte sich um. Wo war Jacques?

Jacques zog gerade sein Schwert aus dem Bauch des letzten seiner Gegner, als er Johanna entdeckte. Sie hatte Levasseur abgewehrt, aber sie brauchte seine Hilfe.

»Halte durch, ich komme!« rief er ihr zu und bückte sich gerade noch rechtzeitig, um dem durch die Luft schwirrenden Dolch auszuweichen, der sich tief in den Mast kerbte und das Holz zersplitterte. Plötzlich tauchte aus dem Nichts der Stiefel eines Piraten auf und schlug Jacques das Schwert aus der Hand. Jacques wirbelte herum und griff nach dem Dolch, aber die Waffe steckte zu fest im Holz. Noch einmal versuchte er es – vergebens. Er sprang hinter einen Stapel aufgetürmter Kisten, setzte seinen Fuß auf ein umgestürztes Faß und stieß es dem häßlicheren der beiden Piraten entgegen. Dann stürzte er sich kopfüber auf den anderen und verwickelte ihn in ein Handgemenge.

Während Jacques um sein Leben kämpfte, wurde das rollende Faß immer schneller, rammte schließlich die Bordwand, wo es seine Beute einquetschte. Das Faß platzte auf, und eine dicke Schicht Öl ergoß sich über das Deck.

Inzwischen landete Jacques seine Faust im Gesicht des Piraten und setzte ihn schachmatt.

Wieder schleuderte Johanna die Fackel nach Levasseur, aber diesmal ließ er sich nicht zurückdrängen, zumal die Flamme fast erloschen war.

Jacques, der die gefährliche Situation erkannte, rannte auf sie zu, glitt jedoch in dem Ölschlamm aus.

Johannas Fackel knisterte. Teuflisch war Levasseurs Gelächter, als er vor ihr stehen blieb und ihre Angst genoß.

Jacques wurde bei seiner Rutschpartie über das Deck immer schneller. Er dirigierte seinen Körper auf den klobigen Piratenkapitän zu, hob, vom Oberdeck kommend, zu einem Salto durch die Luft ab und prallte mit den Füßen gegen Levasseurs Schädel. Er rammte seine schweren Stiefel in Levasseur und versetzte ihn so in Bewußtlosigkeit.

Mit offenen Armen empfing Johanna den auf sie zutaumelnden, erschöpften Jacques. Ihr Geliebter hatte sich tapfer geschlagen...

Als sie jedoch die Längsseite des Schiffs entlangblickte, wurde ihr bewußt, daß der Kampf noch nicht zu Ende war. Gut ein weiteres Dutzend Piraten schickte sich an, das Schiff zu stürmen – noch drohendere Gestalten als die der ersten Gruppe.

Jacques hatte sich völlig verausgabt. Er packte Johannas nur noch schwach flackernde Fackel und schleuderte sie nach achtern, während er Johanna zum Bug zog. Plötzlich fing der Ölschlamm Feuer.

Während der Missionar das mit den Hochzeitsgästen beladene Rettungsboot klarmachte, blickte sie hinunter in das von Haifischen wimmelnde Wasser. In dem Boot war nur noch Platz für eine Person – für ihren Geliebten oder für sie.

»Geh du, Liebster«, sagte sie.

»Nein. Ich lasse nicht zu, daß dieser Wahnsinnige Hand an dich legt.«

»Er wird mich nicht lange besitzen. Ich habe Schwindsucht und werde innerhalb eines Jahres sterben.«

»Was? Warum hast du mir das nicht gesagt?«

»Ich wollte nichts kaputtmachen.«

»Du wolltest mich heiraten, obwohl du Schwindsucht hast?«

»Geh jetzt. Lebe und kämpfe weiter«, sagte sie, ergriff seinen Arm und zog ihn mit einer Gebärde an sich, die ihre Worte Lügen strafte.

Jacques blickte zu Johanna hinunter. Ihr goldenes Haar, das im Winde wehte, wirkte wie ein Heiligenschein um ihr Gesicht. Ihre Augen waren voller Liebe. Sie war sein Traum – der Traum, auf den er sein Leben lang gewartet hatte. Er liebte sie aus ganzem Herzen.

Seine Augen richteten sich wieder auf die Piraten, die durch die Flammen auf ihn zukamen. Nur Sekunden trennten sie vom Tod. Seine Lage war schrecklich. Wenn er bei ihr blieb, würden sie beide umkommen. Wenn er floh, müßte er mit der Tatsache weiterleben, daß er sie im Stich gelassen hatte. Er wußte, daß er niemals das Grauen ertragen könnte, zu wissen, daß Levasseur Johanna vergewaltigt hatte. Aus den Kehlen der Piraten erschall ein einziger blutrünstiger Schrei, als sie ihre Schwerter hoben, um Jacques zu töten.

Jacques schloß Johanna in die Arme.

»Nun, wenn es dich glücklich macht...« Er küßte sie hart auf den Mund, der Druck seiner Lippen schmerzte sie. Dann schwang er sich über die Reling, in die Sicherheit des Rettungsbootes.

Sie blickte hinunter in sein trauriges Gesicht, dann hörte sie die Schritte Levasseurs hinter sich.

Als sie sich umdrehte, trat er gerade aus den Flammen. Ebenso wie er sie begehrte, wollte er sich jetzt an ihr rächen. Sein Schatten fiel auf sie. Mit einmal wußte sie, daß sie niemals gerettet werden würde. War nun das Ende ihrer Freiheit da, ihrer Erlösung...

»Na, du Prachtweib, wie läuft's?« Jacks Stimme unterbrach Joan, die an einem neuen Manuskript arbeitete.

Joan schaute von ihrer Schreibmaschine auf und blinzelte in die gleißende Mittelmeersonne. Schwaden von goldener Hitze und Dunst stiegen vom Deck der ANGELINA auf – wie die Flammen, die Jacques und Levasseur verschlungen hatten. Noch einmal hörte sie Jacks Stimme nach ihr rufen.

Hinter einem dröhnenden Motorboot raste er auf einem Slalomski über die Wellen. War es erst eine Woche her, daß er es zum erstenmal mit nur einem Ski versucht hatte? Er fühlte sich in seinem Element. Joan fand, daß er wie alle anderen Jet-Setter aussah, die in diesem Jahr in Monte Carlo eingefallen waren – ausgenommen seine scheußlichen Hawaiishorts. Er war von der Sonne braungebrannt; sein blondes Haar war naß und klebte ihm um das Gesicht. Er winkte und vollführte mit dem Ski eine perfekte Drehung. Noch nie, überlegte Joan, hatte sie einen so prächtigen männlichen Körper gesehen. Seine Muskeln waren angespannt, als er das Halteseil umklammert hielt und die Fahrrinne des Motorbootes ausbalancierte. Er sprang von Welle zu Welle und ließ sich hinausschwingen, bis er längsseits des schlanken, schnittigen schwarzen Bootes war, wo er mit einer Daumenbewegung nach oben dem Fahrer Anweisung gab, die Geschwindigkeit zu erhöhen. Als er sich in einem Bogen, vorbei an der ANGELINA, zurückfallen ließ, winkte er Joan und warf ihr eine Kußhand zu.

Selbst von hier aus konnte Joan fühlen, wie seine blauen Augen sie elektrisierten. Sie spürte Schauer, die ihre Haut überzogen. Sie fragte sich, ob irgendwann der Tag kommen würde, wo sie diese pubertären sexuellen Schwächen ihres Körpers unter Kontrolle bekäme.

Plötzlich machte Jack mit Turbulenzen im Meer Bekanntschaft und wurde in die Luft geschleudert. Ein perfekter Salto, genau wie der von Jacques in ihrer Geschichte. Als sie verfolgte, wie Jack in dem blaugrünen Wasser landete, fragte sie sich, ob ihre Schreiberei prophetisch geworden sei.

Jack tauchte aus dem Wasser auf und winkte ihr wieder zu: er deutete damit an, daß ihm nichts passiert war.

Erleichtert strich Joan ihr dickes Frotteekleid über den Beinen zurecht. Sie streckte die Hand zum Decktisch aus und angelte nach ihrer Dose Zinkcreme. Mit knappen Bewegungen trug sie die Paste auf ihre empfindliche Nase auf, dann eine weitere Schicht unterhalb der Augen. Sie wischte sich die Hände an einem Handtuch ab und zog ihren breitrandigen Sonnenhut tief ins Gesicht. Mein Gott! Wie sie doch gelernt hatte, die Sonne zu verabscheuen! In den vergangenen sechs Monaten, in denen sie zusammen mit Jack die Weltmeere bereiste, hatte sie sich bestimmt schon fünf Hautschichten verbrannt. Schon jetzt zeigten sich Leberflecken und Sonnenpusteln auf Schultern und Armen. Vor zwei Wochen hatte sie die häßlichen braunen Flecken bereits an ihren Schienbeinen entdeckt. Wenn sie so weitermachte, würde sie, noch ehe sie dreißig war, an einer Schönheitsoperation nicht vorbeikommen.

Joans Körper war einer solchen Tortur nicht gewachsen. In den jährlich achtzehneinhalb Tagen Sonnenschein, mit denen Akron, Ohio, verwöhnt wurde, hatte es Joan seit ihrer Kindheit zu nicht mehr als einem Anflug von rosarotem Teint gebracht. Als sie dann nach New York zog, wo sie bei Elaine wohnte, lebte sie praktisch nur an ihrer Schreibmaschine. Joan war eher gefährdet, aufgrund ihrer Arbeit – wenn sie bis spät in die Nacht hinein über einem ihrer Bücher saß – blind zu werden als sich einen Sonnenbrand einzuhandeln.

Sie schaute hinüber zu der Yacht, die neben ihnen an der Pier ankerte. Aus allen Luken ertönte Musik, und wie üblich mochten um die zwanzig Partywütige an Deck sein.

»He, Sie, könnten Sie vielleicht etwas leiser drehen?« rief sie dem jungen, gertenschlanken Mädchen zu, das in der Sonne lag – eine Prinzessin, wie sie gehört hatte. »Ich will schreiben.«

Das Mädchen reagierte nicht auf Joans Bitte. Joan starrte sie an. Sie gehörte zu der Sorte Mensch, die ihr wirklich gegen den Strich gehen konnte. Sie trug einen Modellbadeanzug mit hochangeschnittenen Beinen, die ihre Hüftknochen freigaben, während er vorn so tief ausgeschnitten war, daß Joan glaubte, lediglich die Brustwarzen wären mit dem schwarzen Material bedeckt. Was Joan bereits wußte, war, daß der Badeanzug kein Rückenteil hatte. Nun trug das Mädchen eine weitere dünne Schicht italienischen Sonnenöls auf, einer Marke, die Karotin enthielt. Die Haut der Prinzessin war bar jeglicher Flecken und Pusteln, für Joan wahrscheinlich die schönste Haut, die sie je gesehen hatte, glatt wie Porzellan, und was am allerschlimmsten war, gleichmäßig sonnengebräunt.

Über den Bug den ANGELINA blickte Joan zum Hafen von Monte Carlo hinüber. Er wirkte wie eine Szene aus einem Film. Dicke Wolken ballten sich über einem tiefblauen Himmel. Eine leichte Brise fuhr durch die mächtigen Palmen und über die berühmten exotischen Gärten, wo Tausende von tropischen Gewächsen auf den Felsenterrassen an den Klippen wucherten. Von ihrem Platz aus konnte sie die blumenübersäten Parks sehen, die glitzernden Hotels und schicken Apartmenthäuser entlang der Klippen. Hier war das Reich des Grand Prix, des berühmten Casinos und eines Fürsten, der ein amerikanisches Mädchen in eine Fürstin verwandelt hatte. Der Hafen war voll von Vergnügungsjachten, Segelschiffen und Motorbooten. In Richtung des Ufers sah man den Strand und die Hotelterrassen dichtbesetzt mit spärlich bekleideten Männern und Bikinischönheiten, die sich der Sonne hingaben. Wie ein Kronjuwel wirkte dieser Ort zwischen Italien und Frankreich. Das einzig Negative, das Joan anzuführen hatte, war, daß an dreihundert Tagen des Jahres die Sonne schien.

Joan blickte auf ihre Schreibmaschine und zog das Blatt heraus.

»War nun das Ende meiner Freiheit da, meiner Erlösung...«, las sie laut. »Meiner Karriere?«

Joan lehnte sich zurück und runzelte die Stirn. Härter als an jedem anderen Buch hatte sie an diesem gearbeitet. Aber irgend etwas stimmte nicht und – verdammt nochmal – sie wußte nicht, was es war. Sie verbrachte Stunden mit dem Lesen und Noch-einmal-Lesen des Manuskripts, mit Schreiben und Umschreiben. Aber auf einmal schien sie, Joan Wilder, bekannt dafür, ihren Helden und ihre Heldinnen in Schwierigkeiten zu verstricken, nicht in der Lage zu sein, sie wieder herauszuboxen. Joan hatte sich das Hirn zermartert, um ihrem Dilemma auf die Schliche zu kommen.

Sie schloß die Augen und versuchte nachzudenken. Vom benachbarten Boot plärrte Musik – das heißt, sie betrachtete ›Twisted Sister‹ eher als Wahnsinn denn Musik. Es war einfach nicht so wie in New York. Vielleicht lag es daran. In ihrem Apartment hatte sie immer schreiben können. Sie war diszipliniert gewesen, durchorganisiert und in der Lage, sich zu konzentrieren. Die vertraute Umgebung fehlte ihr.

Joan rieb sich die Stirn. Sie wußte nicht, was mit ihr oder ihrer Schreiberei nicht in Ordnung war – nur daß es einen Grund geben mußte, daß sie diese Unvollkommenheit spürte. Sie war nicht glücklich, jedenfalls nicht so glücklich, wie sie meinte, an diesem Punkt ihres Lebens sein zu müssen. Jedesmal wenn sie versuchte, die Schuld dafür ihrer Beziehung mit Jack zuzuschreiben, erkannte sie, daß sie den Fehler machte, die Last zu verlagern. All die Jahre hatte sie auf Jack gewartet. Sie hatte von ihm geträumt, über ihn geschrieben und ein Leben an seiner Seite geplant, noch ehe sie sich begegnet waren. Lag es erst über ein Jahr zurück, daß sie in jener Bar in New York gesessen war und Gloria erklärt hatte, sie wüßte, es gebe jemanden, der auf sie wartete?

Damals hatte Gloria sie für übergeschnappt erklärt. Jetzt meinte Joan selbst, sie sei übergeschnappt. Vielleicht hatte sie eine neue Form von Alterswahnsinn entwickelt. Sie war beinahe überzeugt, ihren Verstand verloren zu haben. Jack liebte sie. Das zeigte sich jedesmal, wenn er sie ansah, wenn sie zusammen schliefen. Nein, mit Jack war alles in Ordnung. Und wenn das der Fall war, dann sagte ihr der gesunde Menschenverstand, daß ihre Depression – wenn es das war – mit ihrer Schreiberei zusammenhing.

In diesem Moment bemerkte Joan, daß die Partygänger ›Prince‹ aufgelegt hatten. Das konnte sie ertragen – zur Not. Joan schaute auf und sah zwei schlanke Boote im Wettlauf auf sie zuhalten. Ihre Motoren röhrten auf wie Kriegsgeheul. Das zweite Boot drehte nach rechts ab und durchnäßte Joan mit einer Welle, die in allen Regenbogenfarben leuchtete.

Völlig verblüfft beobachtete Joan, wie das salzige Wasser von ihrem Gesicht auf die Schreibmaschine tropfte. Ihr Manuskript war in Mitleidenschaft gezogen. Gerade wollte sie das Blatt herausreißen, als sie das ohrenbetäubende Knattern eines Hubschraubers vernahm. Sie blickte zum Himmel und sah einen nichts Gutes verheißenden schwarzen Hubschrauber direkt über sich schweben.

Die Kraft der rotierenden Schaufelblätter wirbelte das Wasser auf. Im nächsten Augenblick gingen Wasserskiläufer unter, kämpften sich Schwimmer an die Pier heran, während Boote jeder Größe hin- und herschlingerten. Joan hielt sich an der Reling der ANGELINA fest und schaute zu dem drohenden Hubschrauber hoch.

Er trug seltsame Hoheitszeichen – arabische, wie sie glaubte, obwohl sie sich nicht sicher war. Joan hielt sich die Ohren zu und schalt sich, sich über die Musik der Nachbarn beschwert zu haben. Sie fragte sich, was das Ungeheuer über ihr vorhatte – im Hafen jedenfalls gab es keine Landestelle. Wieder blickte sie nach oben und wünschte, das markerschütternde Dröhnen würde aufhören. Tatsächlich drehte der Hubschrauber ab und verschwand hinter den Hügeln.

Joan schaute auf ihre triefende Schreibmaschine. Alles und jeder auf diesem Planeten machte Front gegen sie. Mit einer Frustration, die mit der Gewalt von Megatonnen in ihr durchbrach, packte Joan ihre Smith-Corona und warf sie über Bord der ANGELINA.

Das war das Ende von Jacques und Johanna. Niemand würde ihnen jetzt zu Hilfe kommen – nicht einmal Joan Wilder.

Kapitel II

Indem sie eine lange Kette von Luftblasen hinter sich herzog, taumelte die Schreibmaschine auf den sandigen Grund des Mittelmeers. Langsam und zögernd sank sie in die Tiefe, als wüßte sie, daß sie an Bord der ANGELINA hätte verbleiben sollen.

Genau unterhalb des Rumpfes der ANGELINA hielt ein Taucher in Froschmannausrüstung und Gesichtsmaske in seiner Arbeit inne und beobachtete, wie die Schreibmaschine heruntertrudelte. Er hatte ein Sauerstoffgerät mit zwei Versorgungsbomben umgeschnallt, eine Vorkehrung, die Taucher treffen, wenn sie sich besonders tief oder sehr lange unter der Wasseroberfläche aufhalten wollen. Er rückte seine Maske zurecht und zwang sich, ruhig und gleichmäßig zu atmen. Die Luftblasen, die er ausstieß, vermischten sich mit denen der Schreibmaschine.

Wieder wandte er sich dem Bug der ANGELINA zu. Aus einem langen zylindrischen Behälter entnahm er Unterwasserkitt und verstaute ihn in seinem Versorgungsgürtel. Dann holte er drei Drähte heraus, einen roten, einen grünen und einen weißen, befestigte drei Patronen Sprengstoff an dem kleinen quadratischen Kästchen, in dem die Kabel untergebracht waren. Er zog eine winzige Antenne aus dem Kästchen und betätigte dann einen silberfarbenen Schalter. Ein rotes Lämpchen begann zu blinken. Wäre der Taucher an Land und nicht unter Wasser gewesen, hätte er zufrieden gelächelt. In der Hälfte der ihm zugestandenen Zeit hatte er seine Aufgabe durchgeführt.

Er wollte gerade wegschwimmen, als er über sich das von einem Motorboot aufgewirbelte Wasser gewahrte. Das Boot fuhr außergewöhnlich schnell. Der Taucher hielt sich am Rumpf fest, bis sich das Wasser beruhigt hatte, um dann lautlos und flink wie ein Todesengel, der er ja auch war, in der lapislazulifarbenen See zu verschwinden.

»Joan, paß auf!« schrie Jack ihr aus einiger Entfernung zu.

Joan blickte angestrengt in die Ferne. Mit einer Geschwindigkeit von fast achtzig Meilen hielt Jack genau auf sie zu. Er muß verrückt sein, dachte sie. Genau an dem Punkt, wo der Bootsführer aus Sicherheitsgründen hätte abdrehen müssen, tat er das nicht. Statt dessen raste er mit unverminderter Geschwindigkeit auf die ANGELINA zu.

Jack würde getötet werden.

Während das Motorboot immer näher heranraste, konnte Joan, die völlig versteinert war, nichts weiter tun, als die Hände vors Gesicht zu schlagen. Gleich würde es Jack erwischen.

Jack hielt das Schleppseil fest umspannt und zählte die Sekunden. Er visierte die Fahrtrinne an ihrem äußersten Verlauf an. Acht: er tarierte sein Gleichgewicht. Neun: er winkelte die Knie perfekt an. Zehn: er stieß einen Schrei aus, hob am Rand der Fahrtrinne ab und übersprang mit einem Riesensatz das Achterdeck der ANGELINA.

Joan schüttelte den Kopf. Vor sechs Monaten hätte sie einen solchen Showeffekt in einen ihrer Romane eingebaut. Jetzt konnte sie sich nur fragen, ob das alles war, was sie und ihren Helden ausmachte – Skiakrobatik. War das das einzig Wahre im Leben? Spannung und Nervenkitzel wie im Zirkus? Unwillkürlich überlegte sie, daß sie etwas mehr aus ihrem Dasein herausholen sollte. Etwas Ernsthaftes. Sie konnte Jack und seinen Extravaganzen keinen Vorwurf machen. Er versuchte doch nur, ihr eine Unterhaltung zu bieten. War das nicht auch das, was sie jedesmal tat, wenn sie sich an die Schreibmaschine setzte? Nach dem Pulitzerpreis schielte sie nun wirklich nicht.

Verstört warf Joan den Kopf zurück. Was war seit einiger Zeit in sie gefahren? Warum konnte sie nicht glücklich sein wie Jack? Er war Feuer und Flamme bei allem, was er tat.

Sie hob den Stapel Papier auf. Nein, dachte sie, so sah eine Pulitzerpreisträgerin nicht aus – und deren Leben auch nicht.

Er dagegen hatte es geschafft. Er bekam kaum noch Luft und seine Knochen und Muskeln mochten angegriffen sein, aber er hatte es geschafft. Als er im Wasser einen Kreis beschrieb, grinste er über das ganze Gesicht. Dann signalisierte er dem Fahrer, ihn zur ANGELINA zurückzuschleppen.

Jack ließ das Schleppseil los und schwamm auf die an der Längsseite des Schiffes angebrachte Strickleiter zu. Er hievte seinen Ski an Deck und kam an Bord.

Er sah Joan an und stellte fest, daß sie beeindruckt war. Nun ja, wer wäre das nicht? Hätte sie nicht Beifall klatschen oder sonst etwas tun können? Wo war sein Siegerpreis? Wo war der Kuß für den Sieger?

Sie stand einfach da und starrte mit einem Ausdruck der Hilflosigkeit auf ihr Buch – ihr nicht vollendetes Buch. Er angelte sich ein Handtuch aus dem Stapel, trocknete sich das Gesicht ab und ging zu ihr hinüber. Er wollte sie aufheitern. In letzter Zeit hatte sie sich alles zu sehr zu Herzen genommen. Er hatte da draußen auf den Skiern Kopf und Kragen riskiert, um sie zum Lachen zu bringen. »Die Prinzessin, die nicht lachen konnte...« Seit sie vor zwei Wochen Lissabon verlassen hatten, nannte er sie so. Er hatte sie gnadenlos aufgezogen, mit ihr Einkaufsbummel unternommen, war zum Schwimmen gegangen und ins Casino von Monte Carlo – alles hatte er versucht, um ihr eine Freude zu machen. Aber er hatte versagt. Sich aufgegeben hatte Jack noch nie, und er war nicht gewillt, jetzt damit anzufangen.

»Hallo, Schöne!«

»Du hast dich verletzt?«

Er sah hinunter auf die klaffende Wunde an seinem Arm, die wie Feuer brannte, meinte aber leichthin: »Ich werd's überleben, Liebling; hast du zufällig Zeit gefunden...«

»Nein«, unterbrach sie ihn gereizt. »Ich hatte keine Zeit, in Monte Carlo herumzulaufen, um ein Heineken ausfindig zu machen.« Mein Gott! Sie hatte Wichtigeres zu tun als seinen Gelüsten zu entsprechen, dachte sie und warf verstohlen einen Blick über Bord, wo ihre Schreibmaschine versunken war.

Jack legte die Arme um ihre Taille. »Ich vermute, so was kann man nur in Amerika bekommen.«

Er sah hinüber zu dem Papierstapel auf ihrem Schreibtisch.

Höher als vorhin heute sah er nicht aus – auch nicht höher als gestern oder letzte Woche.

Er wußte nicht viel über Schriftstellerei oder Autoren, aber er lernte rasch. Er wußte inzwischen, daß es schwierig war, mit Schriftstellern zurechtzukommen. Er dachte daran, wie oft sie ihn schon nachts alleingelassen hatte, um einen Gedanken zu Papier zu bringen. Oder wenn er versucht hatte, etwas mit ihr zu besprechen und sie Millionen von Meilen von ihm entfernt zu sein schien. »Eine Idee ausbrüten«, pflegte sie zu sagen. Jack hatte zum erstenmal bemerkt, daß man auf etwas, das noch gar nicht vorhanden war, schrecklich eifersüchtig sein konnte. Über einen anderen Mann in Joans Leben brauchte er sich wahrscheinlich niemals den Kopf zu zerbrechen, überlegte er – lediglich über ein paar Dutzend Affären mit Schreibmaschinen. Fast wünschte er, daß ein Mann im Spiel sei; zumindest konnte er dann mit einer fairen Auseinandersetzung rechnen.

»Wie läuft's denn?« Er nickte in Richtung Manuskript.

»Gar nicht.«

»Kein Wunder. Weshalb hast du sie verheiratet?«

»Was hast du gegen das Heiraten?« fragte Joan und schaute mit erstaunten grünen Augen zu ihm auf.

Diese verflixten grünen Augen, dachte er. Sie konnte ihn weichmachen mit diesem Blick.

»Das ist altmodisch«, entgegnete er.

»Die Geschichte spielt im Jahr 1815«, gab sie temperamentvoll zurück.

»Es verkrampft den Stil«, antwortete Jack gegen seine einstige Überzeugung. Er nahm den Zipfel ihres Frotteekleides und wischte ihr behutsam die Zinksalbe aus dem Gesicht. Dann schob er das Kleid über die Schultern zurück und schaute sie lange an. Sie war noch immer rosig und weiß wie ein neugeborenes Baby. Er war froh, daß sie nicht aussah wie all die lederbraun gegerbten Frauen am Strand. Er mochte Joan mit ihrer zarten Haut, die so süß duftete. Er beugte sich hinunter und küßte sie auf die weiche Schulter.

»Okay«, sagte Joan, »sie heiraten nicht. Gute Idee. Eine, die mir zwar nicht gefällt, aber im Augenblick gefällt mir überhaupt nichts. Ach, Jack...«

Er fühlte ihre Zunge an seinem Hals. Er zog sie eng an sich und spürte, wie sich ihre Brüste an ihn preßten.

Vielleicht sollte er sich nicht so viele Gedanken machen, was er tun oder lassen sollte, sondern einfach handeln.

Er knöpfte die rote Baumwollbluse, die sie trug, auf und ließ seine Hände langsam ihren Rücken hinunterwandern bis dorthin, wo der Po aufhörte und ihre Schenkel begannen. Er drückte das glatte, feste Fleisch und hörte sie aufstöhnen.

Als er sie dann küßte, konnte er nicht genug bekommen. Er mochte es, wenn sie ihn begehrte. Das gab ihm ein Gefühl von Stärke.

»Ich weiß«, sagte er und schaute sie an. Er hatte nicht die leiseste Vorstellung, wie er ihr Problem für sie lösen konnte. »Joan, dort!« Er nickte zum Horizont. »Weißt du, was da drüben liegt?«

Joans grüne Augen blickten hoffnungsvoll. »Was denn?« Irgend etwas in der Tiefe ihres Herzens sagte ihr, daß er den Schlüssel besaß. Irgendwie verstand Jack, ihre Kraft freizulegen.

»Griechenland«, sagte er.

Joan befreite sich aus seinen Armen. »Griechenland?« War er von allen guten Geistern verlassen? Was für eine Art metaphysische Antwort war das? Ihre Schultern sanken zusammen. Jack war doch ein Pragmatiker...

»Na ja, du weißt schon, Mykonos, Rhodos, der Parthenon...« Bestimmt würde ihr das Spaß machen, all die antiken Stätten zu besuchen. Stätten, die ihre Gedanken beflügeln würden. Er wollte wieder Feuer in ihren Augen funkeln sehen. Daß sie so bedrückt war, tat ihm weh.

»Ich dachte, du hättest vorgeschlagen, für eine Weile nach New York zurückzugehen.«

»Stimmt – sobald der Sommer vorbei ist. War das nicht so abgemacht?« Was überlegte sie denn jetzt? Hatte sie Heimweh? Vielleicht wollte sie ihre Schwester sehen.

Joan löste sich von ihm. Sie nahm eine Flasche Sonnenöl

mit Lichtschutzfaktor 18 zur Hand. Du meine Zeit! Wenn sie nach Griechenland käme, würde das den zweiten Untergang Pompejis bedeuten. Sie wollte von diesem Schiff runter, aus dieser Sonne. Sie wollte...

»Ich möchte nicht länger warten. Ich will jetzt nicht nach Griechenland oder Rhodos oder zu irgendwelchen Ruinen. Jack, die Zeit läuft davon. Ich meine – sollten wir nicht etwas mehr tun?«

»Was mehr? Auf der ANGELINA zu den griechischen Inseln fahren, den Parthenon sehen – den Parthenon! Wer weiß, wie lange er noch stehen wird?«

Warum konnte sie nicht so empfinden wie er? Es wäre so einfach, das Leben von seiner Warte aus zu betrachten. Er war zufrieden, mit ihr zusammen zu sein und die wunderbaren Dinge der Welt zu sehen. Für Joan aber war das nicht genug. Sie meinte, auf einem Karussell zu sitzen und nicht absteigen zu können. Sie lebte ihr Leben durch ihn und gab sich selbst auf.

»Einverstanden, aber ich möchte an Land gehen und lange an Land bleiben. Ich will sagen, ich sollte eigentlich das Buch zu Ende schreiben, aber ich – ich kann nicht! Ich weiß nicht, was jetzt passiert!«

Sicherlich konnte er das verstehen. Sie hatte ihrem Verleger die Zusage gegeben. Sie hatte eine Menge Leser, die auf den neuesten Roman von Joan Wilder warteten. Sie rechneten mit ihr, doch sie ließ sie im Stich. Vielleicht verstand Jack unter Verantwortung etwas anderes als sie. Er schien sein Leben in einem Seesack mit sich herumzuschleppen, und wann immer er Lust und Laune hatte, setzte er Segel zu noch blaueren Gewässern. Vielleicht war das der Punkt, den sie nicht ertragen konnte.

Jack wußte, daß er sie verstehen sollte, aber er tat es nicht.

Er wußte nicht genau weshalb, aber irgend etwas zwischen ihnen hatte sich verändert, seit – seit wann? Er zermarterte sich das Gehirn bei dem Versuch, herauszufinden, was Schuld daran war, daß Joan so anders geworden war. Auf der ersten Strecke ihrer Reise war sie glücklich gewesen, so vieles kennenzulernen, von dem sie nur aus Büchern wußte. Auch er hatte sich wie ein König gefühlt, ihr das alles zeigen zu können. Ein wunderbarer Traum – ihr gemeinsamer Traum.

»Ich dachte, du wolltest mit mir zusammen die Welt kennenlernen.«

»Will ich auch. Aber nicht alles in einer Woche. Ein malerischer Hafen nach dem anderen, ständig große Partys und eindrucksvolle Sonnenuntergänge.«

Jack wollte seinen Ohren nicht trauen. In Lissabon jedenfalls war sie noch ganz anderer Meinung gewesen. Er würde nie vergessen, wie sie sich in der Nacht, als sie Lissabon verließen, geliebt hatten. Als ob sie zum Mond und wieder zurück geflogen wären. Allem Anschein nach besaßen sie nicht die gleiche Wellenlänge. Jack war zumute, als hätte sie gerade einen Revolver gezogen und ihn erschossen. Fast wünschte er, sie hätte es getan. Bestimmt konnte es nicht schmerzhafter sein als das. Er wollte sie schütteln, ein wenig Vernunft in sie hämmern. Warum war sie mit ihm nicht mehr glücklich? Bisher war sie es doch gewesen. Das wußte er, weil sie es ihm oft gesagt hatte. Seit Lissabon hatte sie es allerdings nicht mehr wiederholt. Was hatte ihre Einstellung geändert?

Jack grübelte, um auf des Rätsels Lösung zu stoßen. Sie hatten in den Tavernen am Strand Fisch gegessen und waren dann die steil ansteigenden Straßen hinaufgegangen, Straßen, die so eng waren, daß nicht einmal ein Auto durchkam. Sie hatten auf der Plaza in der Nähe des Palacio de Belem getanzt, wo ein junges Paar getraut worden war. Wunderschön hatte Joan an jenem Tag ausgesehen. Er hatte ihr eine Mantilla aus Spitzen gekauft, eine weiße, und ihr gesagt, ihn erinnere das an einen Brautschleier. Er entsann sich, daß er sich gewundert hatte, warum sie so traurig zu sein schien.

Ja, das war es. Sie war in Lissabon nicht glücklich gewesen; sie war traurig gewesen. Aber er hatte sie nie nach dem Grund gefragt und sie hatten nicht darüber gesprochen. Als er sich das jetzt ins Gedächtnis rief, wurde ihm klar, daß sich Joan, nachdem sie in Lissabon wieder in See gestochen waren, tatsächlich verändert hatte.

Eigentlich gab es eine Menge von Dingen, über die Joan

nicht gesprochen hatte. Eins davon war das Heiraten. Sie mied dieses Thema wie die Pest. Aber damals war es bei ihm genauso. Immerhin hatte er seine guten Gründe. Wenn früher die Beziehung zu einem Mädchen ernstere Formen annahm, gab ihm das Mädchen entweder den Laufpaß oder fing an, ihn ändern zu wollen. Zwischen ihm und Joan sollte es nicht so sein. Er wünschte sich, daß sie auf ewig zusammenblieben. Spannungen wollte er vermeiden. Sie kamen doch bestens miteinander aus. Jedenfalls glaubte er das. Sie wollte stets das tun, was er wollte. Niemals erhob sie Einspruch. Er war der Meinung, genauso wollte sie es haben; er wäre ihr gefällig, nicht sie ihm, wie er glaubte.

Als Joan heute über die Heiratsszene in ihrem Buch gesprochen hatte, war es zum erstenmal gewesen, daß sie in seiner Gegenwart das Wort ›Heirat‹ in den Mund nahm. Seine Antwort hatte ihn selbst verblüfft. Es war ihm vorgekommen, als sei er in die Falle gegangen, und das hatte ihn erschreckt. Nun, da er sie ansah und ihr zuhörte, fühlte er seine Abwehrmauer erneut wachsen.

»Eine harte Arbeit«, erwiderte er und versuchte, seine brüchige Stimme zu verschleiern.

»Jack, es ist – es ist zuviel und doch nicht genug. Es ist...«

Sie konnte es nicht fassen, daß es aus ihr herausgebrochen war. Wo sie sich doch hinsetzen und für die nächsten drei Leben genug Geschichten über all das, was sie gesehen und getan hatten, zusammenbasteln konnte. Aber Joan spürte, daß sie die Welt durch ihre Schriftstellerei erforschen wollte – nicht vom Bug eines Schiffes aus. War es nicht das, was das Leben ausmachte: Zu wachsen und sich zu entfalten? Sie brauchte eine Herausforderung für ihr Talent, eine Verpflichtung.

»Nicht genug?« Was meinte sie denn? Warum war er nicht genug für sie? Er hatte alles für sie getan. Er begleitete sie überall dorthin, wo sie sein wollte. Möglicherweise waren alle Schriftsteller so übergeschnappt wie sie. Vielleicht existierte das, was sie wollte, gar nicht.

Sie wandte sich von ihm ab. Ein schlechtes Zeichen, dachte er. Er mußte sie wieder zu sich zurückholen.

»Es ist – es ist ...«, flüsterte Joan und merkte, daß sich ihre Augen mit Tränen füllten. Wie konnte sie es ihm erklären, ohne daß er glaubte, es wäre etwas, was er getan hätte? Es lag doch nicht an Jack – bei ihr, Joan, war etwas nicht in Ordnung.

»Was ist es?« drang Jack, aus dessen Stimme Angst sprach, in sie. »Wolltest du es nicht immer so haben? Das hast du doch gesagt!«

Jack wandte sich um, deutete auf die Bucht, die ANGELINA und schließlich sich selbst. Sie konnte doch das alles nicht von sich weisen – oder?

»Du hast bekommen, was du wolltest, und jetzt willst du es nicht mehr?« Jack schluckte – vielleicht war es zu früh, von Heirat zu sprechen. Vielleicht hätte er es nicht auf diese Weise zum Ausdruck bringen sollen. Aber er mußte wissen, ob sie ihn liebte.

»Ich muß arbeiten, das ist es – wirklich schreiben sollte ich – ich meine damit: wieviel Romantik kann eine Frau vertragen?« Ein mit erfundenen Helden und Heldinnen vollgepfropftes Leben war einfach nicht mehr genug. Sie wollte über wirklich existierende Menschen schreiben – über wahre Helden.

Joan lehnte sich über die Reling und sah hinunter zu der Stelle, an der sie ihre Schreibmaschine versenkt hatte. Vielleicht sollte sie die Schriftstellerei ganz aufgeben...

In diesem Augenblick traf sie ein Strauß der größten und vollkommensten weißen Rosen, die sie je gesehen hatte, ins Gesicht.

»Miß Wilder?« hörte sie eine Stimme mit schwerem Akzent fragen.

In einem Evinrude-Motorboot aus Fiberglas stand ein hochgewachsener Araber, angetan mit Tunika und Turban. Seine mahagonifarbene Haut glänzte im Licht der untergehenden Sonne. Eine breite Narbe zog sich von seiner Schläfe bis zum Kinn. Schuhe, Kleidung und Ringe mußten eine kostspielige Angelegenheit gewesen sein. Sie war erstaunt, daß er sich nicht einer kosmetischen Operation unterworfen hatte – jeder in Monte Carlo tat das sonst.

»Weiße Rosen aus dem heiligen Garten«, sagte der Araber.

»Heiliger Garten? Wessen Garten?« fragte Jack kurzangebunden. Der Araber deutete zum Ufer hin. Er sagte nichts mehr, und ohne ein Wort oder Zeichen von ihm gab der Lenker des Bootes plötzlich Vollgas. Während das Boot davonraste, hielt der Araber den Blick weiterhin auf Jack und Joan gerichtet.

Joan schaute hinauf in die Uferklippen. Dort, zwischen grünen Bäumen, üppig blühenden Ranken und effektvoll gepflanzten Jährlingen, stand ein majestätisches Gebäude aus weißem Stein. In den getönten Fensterscheiben spiegelte sich die untergehende Sonne, was den Anschein erweckte, als stehe die Anhöhe in Flammen. Ganz oben auf dem Gebäude, hinter einem kunstvoll gefertigten Geländer, stand eine einsame Gestalt. Joan hielt zum Schutz die Hand über die Augen, konnte aber nur erkennen, daß die Gestalt einen Turban trug und lange, fließende Gewänder. Sie blickte auf die Rosen hinunter und zu dem Mann, der jetzt im Inneren des Hauses verschwunden war. Wie eigenartig, dachte sie, und wie romantisch! Rasch öffnete sie die den Rosen beigefügte Karte.

Jack las über ihre Schulter hinweg. »Heute nacht begegnen wir einander – in Erwartung des Augenblicks.« Er warf einen raschen Blick auf Joan, die in Trance verfallen zu sein schien. Kaum war sie diesem Fremden begegnet – und schon hatte er sie in seinen Bann gezogen! Jack fühlte, wie der Boden unter seinen Füßen schwankte. Das mußte von der Bewegung des Schiffes herrühren. Joan liebte ihn. Er hatte doch nichts zu befürchten von einem – Ölscheich?

»Muß jemand sein, der zu meiner Party kommt«, sagte Joan und glaubte, damit wäre die Sache erledigt.

»Sie findet doch erst nächsten Dienstag statt«, sagte Jack und ahnte das Schlimmste.

»Heute ist nächster Dienstag!« sagte sie und entfernte sich.

Kapitel III

Es war um die Mitte des neunzehnten Jahrhunderts, als sich der damalige Regent des kleinen Fürstentums Monaco, Charles III., mit einem schwierigen Problem auseinanderzusetzen hatte. Monaco hatte einen Großteil des Landes abtreten müssen und war somit weitgehend seiner Einnahmequellen verlustig gegangen. Charles III. waren nur wenige Ländereien verblieben, auch wenn dieser Besitz hinreißend schön war. Um Ausländer anzulocken, die, wie er hoffte, ihr Geld hier ausgeben würden, beschloß er, das in seiner Ausstattung verschwenderischste und prunkvollste Casino zu bauen, das die Welt jemals gesehen hatte. Bei der Durchführung seines Planes ging er sogar noch weiter und umgab das Casino von Monte Carlo mit großangelegten Gärten und bombastischen, teuren Hotels. Damit wollte er sichergehen, daß jedem Gast, der Monte Carlo besuchte, ein Leben in großem Stil geboten wurde.

Von November bis Ostern ist der Saal Garnier des Casinos Schauplatz eindrucksvoller Opernaufführungen, Ballettabende und Konzertveranstaltungen. Nur die hervorragendsten Ensembles und Komponisten werden auserwählt, in Monte Carlo aufzutreten.

Da Joan die Geschichte der Stadt und ihre Bedeutung kannte, war sie sich der Auszeichnung durch ihren Verleger Avon, für sie eine Autogrammparty im Ballsaal des Hotel de Paris abzuhalten, durchaus bewußt. Ebenso wußte sie, daß sie für diesen Anlaß nicht die passende Garderobe besaß.

Als ihr Gloria Hornes Büro in New York von der Party, die ihr zu Ehren stattfinden sollte, Mitteilung machte, ging Joan sogleich daran, ihre Kleider zu inspizieren. Sie hatte ein zwei Jahre altes Cocktailkleid, das sie bei Loehman erstanden hatte. Es gab ein schwarzes Crêpe-de-Chine-Kleid, das um die Hüften spannte und das sie unmöglich anziehen konnte, sowie ein gekräuselter Chiffondruck, zu dem Elaine sie überredet hatte.

Joan stopfte ein Bündel Franc-Scheine in ihr Portemonnaie, wobei sie sich fragte, wie teuer ein elegantes Kleid wohl sein mochte, und zog los.

In verschiedenen typisch monegassischen Boutiquen fand sie nichts; unter den Sachen, die im Lowe Monte Carlo Hotel angeboten wurden, war nur eine kleine Auswahl. In der Boutique des Palace Hotel jedoch wurde Joan im Spiegel einer Vision teilhaftig, die sie glauben ließ, es handle sich um jemand ganz anderen.

»Ein St.-Laurent-Modell«, sagte die Verkäuferin.

»Natürlich«, erwiderte Joan selbstsicher. Es war ihr gleichgültig, von wem das Kleid stammte – es war einfach schön. Die Verkäuferin bezeichnete es als ›Bustier‹, ein Kleid mit einem trägerlosen schmalen Oberteil, das sich eng um die Taille schmiegte. Joan fragte sich, wie man es geschafft hatte, so viel lavendelfarbige Seide zu diesen winzigen Falten und Rüschen, aus denen der Rock bestand, zu verarbeiten.

Joan kaufte das Kleid und außerdem die Ferragamo-Schuhe, die Ohrringe, das Armband und die Kette von Dior. Modeschmuck, gewiß, aber sie paßten ausgezeichnet zu dem Kleid.

Während die Verkäuferin die Sachen zusammenrechnete und dann einpackte, schlenderte Joan noch einmal zu dem Tisch mit dem Schmuck hinüber. Sie schaute in die Glasvitrine voll herrlicher Rubine und Smaragde, überlegte sich, wie der kleine Mann mit den zusammengekniffenen Lippen, der hinter dem Ladentisch stand, reagieren würde, wenn sie ihm den riesigen Smaragd zeigte, den sie einst besessen hatte. Sie kicherte in sich hinein und erregte seine Aufmerksamkeit.

Er musterte sie von Kopf bis Fuß und schien zu dem Urteil gelangt zu sein, daß sie nicht zu denen gehörte, denen man alles andrehen konnte, weshalb er sich wieder an die Arbeit begab. Joan zuckte mit den Schultern und ging hinüber zum nächsten Verkaufstisch. Hier waren herrliche Ringe mit Brillantsolitären zu bestaunen, oval geschliffene, quadratische, runde und birnenförmige Steine.

Während sie die Ringe bewunderte, überfiel sie ganz plötzlich eine nicht zu erklärende Traurigkeit. Sie blickte auf ihre linke Hand und überlegte, wie sich wohl ein Brillantreif an ihrem Ringfinger ausnehmen würde. Als sie aufsah, bemerkte sie, daß der kleingewachsene Verkäufer ebenfalls auf ihre Hand starrte. Entmutigend schüttelte er den Kopf und wandte dann rasch den Blick ab.

Auf einmal konnte sich Joan nicht schnell genug von diesem Ladentisch mit den Ringen entfernen. Sie eilte zurück in die Kleiderabteilung, nahm ihre Einkäufe in Empfang, bezahlte die Rechnung und hastete hinaus. Erst als sie wieder die ANGELINA betrat, überkam sie Erleichterung. Sie wollte die Freude über ihr Kleid und die Party auskosten. Wie töricht sie doch war! Der Modeschmuck würde wundervoll aussehen. Sie brauchte keinen Brillantring.

Als Joan unter Deck ging, um sich für die Party umzuziehen, fiel ihr ein, daß sie Jack noch gar nicht erzählt hatte, was sie erlebt hatte. Aber was gab es da schon zu erzählen?

Jack beobachtete sie, wie sie die Stufen hinabstieg. Er blickte in die letzten Strahlen der untergehenden Sonne. Heute abend war ihre Party. Vielleicht würde das Wiedersehen mit Gloria sie aufheitern.

Jack stieg auch die Treppe hinunter und prallte beinahe mit Joan zusammen. Sie hatte die Wand mit den Schnappschüssen, die er während der Kreuzfahrt von ihr gemacht hatte, betrachtet. Höflich und so, als wäre er lediglich ein weiterer Passagier auf einem Schiff, das auf einer Kreuzfahrt unterwegs war, lächelte sie ihm zu. Er drückte sich eng an die Wand, um sie vorbeizulassen.

Was war neuerdings in sie gefahren? Er dachte daran, wie sie früher über diesen schmalen Durchgang gelacht hatten und daß er diese Enge als Vorwand genommen hatte, um sie an sich zu ziehen. Er sah den Schnappschuß von ihnen beiden in dem Fischerdörfchen südlich von Marseille an. Eine ganze Menge ging ihm durch den Kopf...

Wie sie nackt von den Klippen in der Nähe von Mallorca,

die im Schein des Mondes glänzten, ins Meer gesprungen waren; wie Joan ihre ersten Tiefseetauchversuche absolviert oder ihm gezeigt hatte, wie man Kekse backt; wie er sich jeden Tag mehr in sie verliebt hatte. Nun wollte sie etwas anderes – sie wollte Veränderung. Jack wollte keine Veränderung. Ihm gefiel seine Joan genau so, wie sie war – so wollte er sie an seiner Seite behalten. Manchmal war ihm, als stürzten die Mauern um ihn herum zusammen. Eine Veränderung war eingetreten, ohne daß er es gewollt hatte.

Er schaute Joan an, die sich durch die nicht aufgeräumte Kabine einen Weg bahnte. Noch einmal warf er einen Blick auf den Schnappschuß. Er mußte einen Weg finden, dieses Lächeln zurückzuzaubern. Er mußte es unbedingt.

Als Jack zur Stirnseite ging, um eine Dusche zu nehmen und sich zu rasieren, kletterte Joan gerade über Jacks Surfboard. Es sei alt, hatte er gesagt: »Die letzte Erinnerung an meine Zeit in der High School in Kalifornien.« Es lag quer in der Kabine, und Joan wünschte, es wäre in Kalifornien geblieben. Als sie das Hindernis genommen hatte, wäre sie anschließend um ein Haar auf seinen Basketball getreten. Warum zum Kuckuck dieser Ball auf ihre Fahrt mitgenommen werden mußte, wußte sie nicht. Seit New York hatten sie keine Sporthalle mehr von innen gesehen. Und da lagen die Preßlufttanks, die nassen Anzüge, die schmutzigen Kleider, die feuchten, muffigen Handtücher – sie schnupperte an einem und warf es wieder zu Boden –, und die beiden nicht angeschlossenen Boxen für seine nicht funktionierende Lautsprecheranlage. Überall, von der Decke herunter oder an die Wände gelehnt oder oben auf den Schränken, stauten sich Reiseandenken. Nirgendwo konnte Jack hingehen, ohne ein Souvenir zu erstehen. Sie fragte sich zuweilen, warum ihm die Erinnerung nicht genügte.

In Spanien hatte er sich eine besondere Uhr in Form der ANGELINA anfertigen lassen. Als sie nun darauf schaute, erwies sich diese Errungenschaft als sinnvoll.

»Jack«, rief sie ins Badezimmer, »wir müssen uns beeilen!«

Joan ging an die Kommode und zog eine vollgepferchte Schublade nach der anderen heraus. Sie begann unterdrückt zu fluchen. Jedesmal, wenn sie die Schubladen aufgeräumt hatte, brachte er sie wieder in Unordnung. Ihren Badeanzug entdeckte sie in der Schublade, in der seine T-Shirts lagen. Außerdem stieß sie auf eine Dose Ölsardinen, eine Schachtel gemischter Kekse, eine zerbrochene Sonnenbrille und ein halbes belegtes Brötchen. Es war direkt ein Wunder, daß die Küchenschaben sie nicht bei lebendigem Leib aufgefressen hatten.

Da sie ihre neue Strumpfhose und den fleischfarbenen Slip noch immer nicht gefunden hatte, setzte sie ihre Suche fort. Sie versuchte ihr Glück mit einer anderen Schublade, aber die klemmte. Sie zog kräftiger und stemmte dabei den Fuß gegen das untere Ende des Schrankes. Endlich gab die Schublade nach – zum Vorschein kam ein Alligator mit winzigen Augen. Um nicht loszufluchen, griff sich Joan an die Brust, sprach laut ihren Namen aus und nahm dann das kleine ausgestopfte Reptil heraus. Sie streichelte ihm über den Kopf und erinnerte sich daran, wie sie Jack in Kolumbien begegnet war.

Irgendwie schien die Zeit danach mit einer anderen Joan zusammenzuhängen. Damals war sie glücklicher gewesen. Sie und Jack waren damals – nun ja, enger verbunden gewesen. Sie hatten einander gebraucht, waren voneinander abhängig. Was beschäftigte ihre Gedanken? Brauchten sie sich nicht noch immer?

In diesem Augenblick kam Jack zurück. Rasch nahm sie ihre Utensilien und zwang sich in dem schmalen Gang an ihm vorbei. In Kolumbien, so schien es, hatten sie sich ohne Worte besser verstanden als jetzt mit vielen. Etwas zwischen ihnen fehlte, nur wußte sie nicht, was das war. Sie wußte, daß ihre Karriere ihr Kopfzerbrechen bereitete; vielleicht hatte sie nur daran gedacht. Jack lächelte höflich. Du liebe Güte! Er verhielt sich so, als sei sie eine Fremde. Sie wandte den Kopf zu der Wand mit den Schnappschüssen, damit er die Tränen nicht bemerkte, die ihr in die Augen stiegen.

Sie schlüpfte ins Badezimmer.

Jack ging hinüber zu der Kommode und zog vorsichtig die Schublade auf, in der seine Socken lagen, sein Gürtel und die zusammengelegten weißen Hosen. Als er sie ausschüttelte, war er sofort in eine Wolke von Staub gehüllt. Er hustete, und als er sich umdrehte, bemerkte er eine Krawatte, die genau vor ihm hing und die nur ein Blinder hätte übersehen können. Er nahm den Schlips in die Hand und blickte in Richtung Duschraum.

Joan hatte diese Krawatte für ihn zurechtgelegt. Seit seinen Tagen in der Wall Street hatte er sie nicht mehr getragen. Aber für Joan würde er alles tun – sogar einen Schlips umbinden. Dieser Abend war etwas Besonderes für sie. Er würde ihr beweisen, daß er mit diesen eingebildeten Lackaffen genauso gut zurecht kam wie heute nachmittag mit seinen Wasserski.

Jack kleidete sich fertig an und ging an Deck, um noch schnell eine Zigarette zu rauchen, bevor sie aufbrachen.

Aus dem winzigen Bad tauchte Joan vollständig angezogen auf. Sie war selbst erstaunt, daß sie ein vollständiges Set heizbarer Lockenwickler, einen Föhn, ihre gesamten Make-up-Utensilien, die Schachtel mit den künstlichen Fingernägeln sowie ihre Kleider in diesem kleinen Raum unterbringen konnte. Verschwommen überlegte sie, ob sie das für den Pulitzerpreis qualifizieren würde.

Vorsichtig, um sich keine Laufmasche einzufangen, stieg sie über das Surfboard hinweg, als Jack die Treppe hinunterkam. Sie blickte auf.

»Die Krawatte!« sagte sie erfreut. Sie hatte ihn noch nie mit Schlips gesehen und wußte, daß er sie nur ihretwegen umgebunden hatte.

»Für dich«, sagte er lächelnd.

Jedesmal, wenn sie ihn anschaute, wurde die Ähnlichkeit mit einem ihrer Helden offenkundiger. Er reichte ihr den Arm, und sie nahm ihn. Einen Augenblick blieb er stehen und zog sie dann ein wenig näher an sich heran.

Er konnte seine Augen nicht von ihr abwenden. Noch immer war sie die schönste Frau, die er jemals gesehen hatte. Seit er Joan kennengelernt hatte, war es für ihn unmöglich geworden, sich von einer anderen faszinieren zu lassen. Sobald er an sie dachte, wurde er unruhig. Und wenn sie so dicht bei ihm stand... Er überlegte, ob sie heute mit ›schicklicher Verspätung‹ erscheinen konnten. Nein, fand er, lieber nicht. Joan wollte diesen Abend zu etwas Besonderem machen, und er wollte derjenige sein, der dazu beitrug.

Sie wandten sich um, um an Deck zu gehen, als Jack mit dem Kopf gegen einen von oben herabhängenden Preßlufttank stieß. Er rieb sich den Schädel und stellte fest, daß er Joan nur verschwommen sah. Sie lächelte ihn an, mit diesem schönen Lächeln, das ihre Grübchen zeigte und das ihn immer ganz schwach machte. Sie berührte seinen Kopf. Er merkte, daß sie besorgt war. Diesmal konnte sich Jack nicht mehr beherrschen. Er schloß sie in die Arme und küßte sie voller Inbrunst.

Joan schmiegte sich an ihn. Noch immer flammte eine Leidenschaft zwischen ihnen, der sie niemals würde entsagen können. Plötzlich wünschte sie sich, sie hätten keine feste Verabredung einzuhalten. Ausgerechnet sie, die sich seit Tagen beklagte, daß sie so etwas brauchten! Sie wollte seine Hände auf ihrem Körper spüren... Großer Gott! Sie fragte sich, ob ihm eigentlich bewußt war, was seine Küsse in ihr auslösten.

Joan vergrub den Kopf einen Augenblick lang an seiner Schulter und genoß die Geborgenheit in seinen Armen. Dann stiegen sie an Deck. Sie begaben sich an das Ende der Pier, wo ein einsames Gefährt stand – ein Motorrad.

Joan warf einen Blick auf ihr St.-Laurent-Kleid und einen zweiten auf Jack.

»Ich dachte, du wolltest ein Auto mieten.«

»Tut mir leid, Liebling. Hab's vergessen.«

Joan seufzte resigniert. Jack würde sich niemals ändern. »Schon gut.«

Jack saß auf. »Ist doch wie ein Auto, nur nicht so viel Platz.«

Irgendwie entsprach das nicht der Vorstellung, die sie von heute abend und von ihrer Ankunft vor dem Hotel gehabt hatte. Deprimiert nahm sie Platz – im Damensitz, um ihr teures Kleid nicht zu ruinieren.

»Schon gut, habe ich gesagt.«

Jack startete das Motorrad, was etwas mühsam vor sich ging, weil er dreimal den Choke ziehen mußte, ehe die Maschine ansprang. Mit lautem Getöse rasten sie die Straße entlang.

Auf dem Dock, nur fünfundzwanzig Fuß vom Ankerplatz der ANGELINA entfernt, waren drei Stapel Proviantkisten gelagert. Der erste Stapel bestand aus kleinen Lattenkisten und enthielt Jacks wichtigsten Nachschub – Beer und Snacks. Der zweite Stapel enthielt Ersatztaue aus Hanf, Motoröl und Maschinenersatzteile für die ANGELINA. Am Ende der beiden Stapel stand ein großer Lattenverschlag ohne Markierung.

In dem Moment, da Jack und Joan auf dem Motorrad entschwanden, hörte man ein tiefkehliges Brummen, das von dort kam, wo sich die Lattenverschläge befanden. In dieser Gegend durften sich Tiere nicht aufhalten, und es war bekannt, daß nur wenige in der Nähe der Piers herumstreunten. Als jetzt auch ein Husten zu vernehmen war, stand fest, daß der Eindringling eindeutig der menschlichen Rasse angehörte.

Die ANGELINA schaukelte zufrieden im Wasser. Ihr hoher Mast zeichnete sich gegen den nächtlichen Himmel ab. Nach wenigen Minuten konnte sic keine weiteren merkwürdigen nächtlichen Geräusche mehr ausmachen.

Kapitel IV

Ein mit funkelnden kleinen Lichtern übersäter schwarzblauer Himmel wölbte sich über Monte Carlo. Die Abendluft war warm und durchzogen von dem Duft unzähliger Blüten. Die See war ruhig, und in allen Straßen stauten sich die teuersten Sportwagen, Cabrios und Limousinen, auf ihrem Weg in die Hotels oder zum Casino. Scheinwerfer ließen Bäume, Blumen, Parks, Hotels und Restaurants aufleuchten.

Als Jack und Joan am Casino von Monte Carlo vorbeifuhren, war es Joan, als ob das Gebäude aus purem Gold gefertigt wäre. Wie eine Königinwitwe, die über ihre Untertanen herrschte, stellte es das mächtigste Bauwerk der Stadt dar. Die beiden reich verzierten Kuppeln, die das zweigeschossige Casino krönten, waren in ihrer Mitte mit einer kunstvoll gearbeiteten Uhr verziert; die gläsernen Türfluchten standen weit offen, und ein eleganter Teppich spannte sich bis zum Bürgersteig.

Das in unmittelbarer Nähe gelegene Hotel de Paris bot einen ähnlich atemberaubenden Anblick. Seine Belle-Epoque-Architektur vermittelte Joan das Gefühl, in ein zurückliegendes Jahrhundert versetzt zu sein. Geradezu überwältigend schön wirkte es für sie, als sie die vergoldeten Spiegel, die kristallenen Lüster und die reich geschmückten Wände betrachtete. Überall, in dem parkähnlichen Garten und in den Aufenthaltsräumen, waren elegant gekleidete Frauen am Arm wohlhabender Amerikaner, Diplomaten, ausländischer Würdenträger und französischer Offiziere in voller Uniform zu entdecken.

Noch nie in ihrem Leben hatte Joan so viele Modellkleider und so viel Schmuck gesehen, und um so erleichterter war sie, dieses Kleid gekauft zu haben. Schließlich fiel ihr die Rolle des Stars zu. Sie fühlte sich bereits umgeben von einem Meer aus Chiffon, Crêpe de Chine, Organza und Seide, das in allen Farben des Regenbogens leuchtete. Unter den in hellem Gold glänzenden Seidenkreationen am Arm älterer Staatsmänner und Gesandter und den farblich perfekt abgestimmten Kleidern ihrer Töchter – waren sie ihre Töchter? – erkannte Joan jetzt einige der Modeschöpfer. Sie entdeckte ein Oscar de la Renta – einen zitronenfarbenen Traum aus Rüschen. Das schmale fließende Kleid war ein Valentino-Druck, und das karmesinrote Modell mit den breiten Schultern eindeutig ein Nolan Miller.

Ihr Einkaufsbummel war lehrreicher gewesen, als sie angenommen hatte.

Während Joan Gloria umarmte und ein ›offizielles‹ Gesicht machte, schlenderte Jack durch die Menge und fühlte sich völlig fehl am Platz. Herzöge waren gekommen, Lords und ihre Ladys, eine Marquise und ein Maharadscha mit seiner Maharani. Und alle waren aufgedonnert bis zum Geht-nicht-mehr. Jack fuhr sich mit dem Finger in den engen Kragen, hoffte, das würde ihm Luft verschaffen. Da hatte er sich einen Schlips umgebunden – während alle anderen im Smoking erschienen waren. Er warf einen Blick hinüber zu Gloria, die ihn beobachtete. Irgendwie schien es ihr Vergnügen zu machen, sich an seinem Mißbehagen zu weiden.

Jack wollte ihr einen grimmigen Blick zuwerfen, hielt sich aber einzig und allein Joan zuliebe zurück.

Er sah sie an. Strahlend und bildhübsch wirkte sie in ihrem neuen Kleid. Ihr Publikum hing an ihr. Sie lächelte allen zu, signierte Bücher, beantwortete Fragen.

Jetzt erschienen Kellner, die auf ihren Tabletts Gläser mit Champagner balancierten. Jack nahm sich eins, stürzte es hinunter, worauf ein anderer Kellner ihm sofort aus einer Flasche nachschenkte. Dann bemerkte Jack einen grauhaarigen Baron, der die Gäste zu beruhigen versuchte und sein Glas emporhielt.

»Ein Toast – auf die Frau, die die Romantik in unserem Leben bewahrt, in meinem traurigen Leben besonders. Möge Joan Wilder tausend weitere Geschichten schreiben!«

Joan schluckte. »Tausend...«, flüsterte sie tonlos. Mein Gott! Sie hoffte es nicht. »Ich danke Ihnen allen sehr herzlich.«

Jack erhob sein Glas und trank ihr ebenfalls zu. Er war stolz auf sie. Es war lange her, seit er ihr das gesagt hatte. Vielleicht glaubte Joan, er würdige ihre Arbeit nicht. Er sollte sie wirklich besser unterstützen. Wenn er ehrlich war, hatte er erst einen Roman von ihr gelesen. Eigentlich hätte er sie bereits alle kennen sollen. Statt dessen verbrachte er einen Großteil seiner Zeit damit, die ANGELINA in Schuß zu halten oder sich zu amüsieren – was er unter ›amüsieren‹ verstand.

Er sollte zu ihr gehen, überlegte er, und setzte sich in Richtung Joan in Bewegung. Mit einemmal drängte eine weitere Schar in den Raum und umringte Joan. Jack hatte den Eindruck, als wäre sie verschluckt worden. Sein Verstand sagte ihm, daß dies nicht die Sorte von Menschen war, mit der sich Joan in New York umgab. Eigentlich war sie doch eher eine Einzelgängerin. Aber er wußte auch, daß sie sich diesen Leuten besser anpassen konnte als er. Sie verfügte über eine ganz besondere Ausstrahlung, bewies Haltung – etwas, was er sich niemals würde aneignen können. Sie war damit geboren. »Der Stall läßt sich nicht verleugnen«, hatte seine Mutter immer gesagt. Damals hatte Jack sie ausgelacht. Jetzt lachte er nicht mehr. Ein Ober erschien und goß ihm abermals nach.

Nach mehr als einer Stunde glaubte Joan, ihr Lächeln sei jetzt bereits abgebröckelt und zu Boden gefallen. Gloria meinte, sie hätte mehr als dreihundert Leute begrüßt; jedenfalls sei sie erschöpft.

»Herzlichen Glückwunsch, Joan, du hast es verdient.« Gloria umarmte sie.

»Du hast eine große Show abgezogen«, sagte Jack. In seiner Stimme schwang unterschwellig ein Vorwurf.

Joan schaute ihn an. Sein Schlips hing schief. Sie wünschte, sie hätten etwas gegessen, bevor sie herkamen.

Links neben Joan stand ein italienischer Visconte und erzählte ihr, er lese ihre Bücher immer dann, wenn er zwischen seinen über die ganze Welt verstreuten sechs Villen hin- und herpendelte. Rechts hatte sich eine füllige Matrone aus New York aufgebaut, die auf Urlaub hier war und ihre

Tochter, eine Marquesa, besuchte. Joan ahnte, daß die beiden nur darauf warteten, Gloria und Jack vorgestellt zu werden.

»Das ist meine Verlegerin, Gloria Horne – und das ist Jack Colton.«

»Verlegerin, wie reizend...« Der Visconte wandte sich an Jack und schüttelte ihm die Hand. »Und Sie sind ein... Was machen Sie?«

»Ich arbeite im Casino.« Jack mißfiel die Art und Weise, wie dieser Kerl auf Joans Busen starrte. Er hatte genug von diesen Plastikmenschen. Er grub die Hand in seine Jackentasche, in der er eine Handvoll Chips, die er zuvor gekauft hatte, spürte.

»Ich hau' das jetzt auf den Kopf«, sagte er zu Joan. Es hatte keinen Sinn, ihr mit seiner schlechten Laune den Abend zu verderben.

»Jack...« Joan wollte ihn am Arm packen, aber es war zu spät. Sie sah ihm nach, wie er den Ballsaal verließ und zu den Spielzimmern hinüberging.

Die matronenhafte Dame wandte sich an den Visconte. »Was ist er doch gleich wieder?«

»Spieler, glaube ich«, erwiderte der Visconte von oben herab.

»Oh!«

Joan fühlte sich gedemütigt, sehnte sich nach frischer Luft. Sie eilte in Richtung Terrasse, vorbei an dem Geiger, dem ausladenden Buffet. Es war ihr, als wichen die rettenden Türen immer weiter zurück. Was war in letzter Zeit nur mit ihr los? Zwischen Jack und ihr hatte sich etwas geändert, und sie wußte nicht warum. Sie machte sich Vorwürfe. Sie war schwankend in ihren Gefühlen geworden, Stimmungstiefs und -hochs wechselten sich ab. Vielleicht tendierte sie einfach zu Depressionen, überlegte sie. Das Schlimmste war, daß es sich auch auf ihre Schriftstellerei auswirkte.

Sie hastete zu dem Balkongeländer und atmete tief durch.

Schön war es hier draußen. Die Lichter von Monte Carlo boten ein prächtiges Schauspiel. Warum war Jack nicht mehr an ihrer Seite? Er wußte doch, wie wichtig dieser Abend für sie war. Warum konnte er sich nicht zusammennehmen, nur heute abend? Sie wollte weinen; sie wollte ihm die Meinung sagen...

Gloria, die hinter Joan hergeeilt war, erreichte atemlos die Terrasse.

»Nicht durchdrehen, Joan! Du kannst ihm keinen Vorwurf machen. Diese Literaturfanatiker... Weißt du, Jacks Lieblingsschriftsteller ist der Kerl, der ›an der Lasche ziehen‹ schrieb.«

Joans Stimme klang gepreßt. »Gloria, zufällig bin ich sein Lieblingsschriftsteller.« Jedenfalls war sie es bis jetzt.

»Noch immer?« fragte Gloria, der Joans Blässe und der nicht unbedingt überzeugende Ton nicht entgangen war.

Selbst Gloria hatte wohl mitbekommen, daß Jack ihr entglitt. Sie wollte Gloria keinerlei Rechenschaft abgeben, vor allem deshalb nicht, weil sie es selbst nicht verstand.

Ein Ober trat auf die beiden zu.

»Drinks, meine Damen?«

Joan schaute ihn verdutzt an. Einen arabischen Kellner hatte sie hier nicht erwartet. In seiner Uniform wirkte er linkisch und fehl am Platz, fast drollig. Immerhin freute sie sich, als er sich vor ihr verbeugte.

»Einen Vodka Gimlet«, sagte Gloria.

»Tequila«, antwortete Joan.

Erstaunt über diese Bestellung, sah Gloria Joan an. Der Ober verneigte sich und verschwand.

»Tequila? Harter Stoff.«

»Ich bin in Kolumbien auf den Geschmack gekommen. herrliche Zeit damals«, sagte Joan und dachte wieder an ihre erste Begegnung mit Jack. War dieser Zauber verflogen?

»Wenn du der Zeit, als du es mit Krokodilen aufnehmen mußtest, nachtrauerst, möchte ich mir nicht vorstellen müssen, was du in letzter Zeit gemacht hast.« Gloria machte eine kurze Pause und dachte an den Wortwechsel zwischen Jack und dem Visconte. Es war offenkundig, daß nicht alles Milch und Honig war.

Sie sprach weiter. »Übrigens, was hast du eigentlich getan? Ich bin nicht Tausende von Meilen gereist, um mit dir Croissants zu essen. Ich bin hier, weil dein Buch seit drei Monaten überfällig ist.«

Joan verabscheute Glorias Verlegerstimme.

»Ich arbeite am letzten Kapitel.« Joan versuchte ein Lächeln.

Gloria schüttelte den Kopf. »Dein Lächeln wirkt ein bißchen dürftig. Was ist los? Zu viel Ablenkung durch Peter Pan auf dem Traumschiff?«

Joan biß sich auf die Lippen, erwiderte nichts. Nun tauchte der arabische Kellner mit den Drinks auf. Er reichte Gloria das Glas mit Tequila. Joan bemerkte, wie sein Blick über die Terrasse huschte. An alles denkt er, nur nicht an seine Arbeit, überlegte sie.

»Nein«, sagte Gloria. »Ich habe den Gimlet bestellt.«

»Oh, tut mir leid.« Er entschuldigte sich. Dann nahm er Gloria das Glas wieder ab und stellte es auf das silberne Tablett, das er plötzlich ganz umdrehte und wieder aufnahm.

Joan blinzelte zweimal, glaubte, nicht richtig gesehen zu haben. Jetzt hatten die Gläser die Seiten gewechselt. War er ein Genie? Höflich nahm sie den Drink entgegen, den er ihr reichte.

Der Ober wurde nervös, seine Blicke wanderten von Gesicht zu Gesicht.

»Ich danke Ihnen sehr«, sagte er, ging einen Schritt zurück und war auf einmal verschwunden. Joans Verstand sagte ihr, daß er irgendwo in der Menge untergetaucht sein mußte, auch wenn sie zu sehen geglaubt hatte, daß sich der Mann in Luft aufgelöst hatte. Wie ein Zauberer.

Joan und Gloria stießen an. Die fünf arabischen Leibwächter, die sich ihren Weg durch die Menge bahnten, nahmen sie nicht wahr. Joan bemerkte auch nicht, daß eine Gesichtshälfte des größten von ihnen mit einer breiten roten Narbe gezeichnet war.

»Dann also auf das letzte Kapitel«, sagte Gloria lächelnd.

»Gloria ...« Joan nahm ihren ganzen Mut zusammen. »Ich werde das Buch nicht fertigschreiben.«

Glorias Augen wurden kugelrund. Völlig fassungslos stammelte sie: »W-was? Warum denn nicht?«

»Weil ich nämlich nach siebzehn Büchern auf einmal nicht mehr weiß, wie es überhaupt ausgeht.«

Joan wollte gerade in ihrer Erklärung fortfahren, als eine weiße Rose in ihr Gesicht geworfen wurde.

»Dann erlauben Sie mir, es Ihnen zu sagen.«

Joan schaute auf und erblickte den bestaussehenden Araber, dem sie je begegnet war, einen hochgewachsenen Mann in Turban und prächtiger Seidentunika, der umgeben war von Landsleuten, unter denen sich auch der narbengesichtige Bote von heute nachmittag befand. Wie eine Gestalt aus tausendundeiner Nacht wirkte er. Nur allzu gut konnte sich Joan vorstellen, wie er, einen langen Krummsäbel schwingend, auf einem gewaltigen Hengst durch die Sahara jagte.

Seine Stimme war melodisch und zwingend. »Sie endet nicht... sie beginnt von neuem mit Ihrer Reise nilaufwärts...« Er unterbrach sich, und seine glühenden Augen forschten in ihrem Gesicht. »Mit mir.«

Joan war wie gelähmt, als er ihr die Rose überreichte.

»Omar Khalifa, so wahr ich lebe und kaum atme«, seufzte Gloria.

Joan sah hinüber zu Gloria, die beim Anblick Omars Kulleraugen bekommen hatte. Joan konnte es nicht fassen. So benahm sich Gloria sonst nie. Gloria, die kühle, intelligente Geschäftsfrau, die stets in weniger als drei Sekunden einen Menschen durchschaute und ihm ein Etikett aufdrückte – Gloria, Joans beste Freundin, war geblendet!

»Sie also haben mir die Blumen geschickt?«

»Sie verblassen neben Ihrer Schönheit.«

»Dieser Bursche gefällt mir«, flüsterte Gloria, die sich zu Joan gebeugt hatte, ihr ins Ohr.

»Ich habe alles über Sie gelesen«, sagte Joan und stellte fest, daß niemand je das Charisma, das dieser Mann besaß, richtig beschrieben hatte. Eine überwältigende Aura umgab ihn. Sekundenschnell hatte er Gloria aus dem Gleichgewicht gebracht. Selbst Joan spürte, wie sie seinem Zauber erlag, als ob ein gewaltiger Strudel sie verschlingen würde.

»Ja«, antwortete er, »aber kaum die Wahrheit. Ich habe eine Geschichte zu erzählen, die keiner gleicht, die man je erlebt oder gehört hat. Und Sie, Joan Wilder, müssen mit mir kommen und sie schreiben.«

»Kennen Sie nicht meine Bücher, meine Arbeit?«

»Ich kenne alles«, sagte er mit seiner samtigen Stimme, die Joan davon überzeugte, er wisse auch über ihre Wäschegröße Bescheid. Nichts von dem, was er sagte, würde sie in Zweifel zu ziehen wagen. Er hielt ihre Hand fest und streichelte mit dem Daumen ihre Finger. Der schwelende Blick seiner Augen war unmißverständlich. Joan fragte sich, ob alle Araber Frauen so ansahen. Vielleicht war das ihre zweite Natur. Sie wußte, wenn Jack sie so ansah, würden sie in weniger als zehn Sekunden im Bett liegen.

Glorias kühler Verstand gewann jetzt wieder die Oberhand: die Verlegerin in ihr kam zum Vorschein. »Dann müßten Sie wissen, daß Joan – und das soll keine Beleidigung sein – nicht unbedingt als Reporterin gilt.«

Joan legte zu einer Selbstverteidigung los. »Ich möchte gar keine Reporterin sein – wirklich.«

Omar lächelte. »Wirklich. Miß Wilder versteht.«

»Wirklich?«

»Wer wäre geeigneter? Aus Ihren hervorragend geschriebenen Geschichten geht hervor, daß Sie Männer wirklich mögen. Daß Sie sie mit all ihren guten Eigenschaften anerkennen. Ich bin viel zu oft falsch verstanden worden und suche einfach Ihre Klarheit.«

Glorias Geschäftssinn sagte ihr, daß irgend etwas an der ganzen Sache faul war.

Omar bemerkte sofort ihren skeptischen Blick.

»Mein Leben war voller Risiken und Wagnisse – alles für eine wunderbare Sache. Und ich biete Ihrer so vielgelesenen Autorin eine Gelegenheit, Geschichte festzuhalten.«

Seine Worte klangen in Joans Ohren wie Musik. Endlich eine Möglichkeit, ihre Fähigkeiten einzusetzen und auszubauen. Mit ihrem Talent konnte sie wirklich etwas auf die Beine stellen. Joan war jetzt überzeugt, daß alle ihre Lebensängste, ihre Befürchtungen im Hinblick auf ihren Beruf, selbst ihre Zweifel in bezug auf Jack, einen Sinn gehabt hatten. Sie hatten ihr diese Begegnung mit Omar gebracht, der dabei war, ihrer Karriere eine völlig neue Wende zu geben. Sie durfte diese Chance nicht ungenutzt lassen. »Jeder ist seines Glückes Schmied«, hatte ihr Agent einmal gesagt. Und bedeutete Glück nicht einfach Bereitschaft, die Gelegenheit beim Schopf zu packen? Das waren die Worte Benjamin Franklins, überlegte sie – und alles, was er gesagt hatte, war bemerkenswert.

Joan nahm den Arm, den ihr Omar reichte. Er wandte sich an Gloria.

»Haben Sie etwas dagegen?«

»Vielleicht. Joan, was ist mit meinem Buch?« Glorias Stimme war belegt, und Joan konnte sehen, wie sich ihr Gesicht spannte.

Joan war zu erregt von dem Gedanken, welche Wende ihre Karriere nahm, so daß alles andere für sie bedeutungslos wurde. Wenn Gloria irgendwann einmal in Ruhe darüber nachdächte, wäre sie sicherlich auch der Meinung, daß Joan die einzig richtige Entscheidung getroffen hatte.

Joan schaute über die Schulter zurück. »Ich rufe dich an.«

Kapitel V

Der Korken flutschte aus der Champagnerflasche, deren Etikett den stolzen Namen ›Dom Perignon‹ trug. Jack wußte, daß seine Tapferkeit am Rouletterad heute nacht das Gesprächsthema des Casinos war. In etwas mehr als nur einer Stunde hatte er sechzigtausend Francs gewonnen. Er hoffte, Joan wäre entgangen, daß er die gleiche Summe in weniger als zehn Minuten wieder verloren hatte. Seine Glückssträhne war schneller abgerissen als ein Kurssturz von Aktien. Er konnte beim besten Willen nicht begreifen, warum er weiterspielte. Vielleicht wollte er herausfinden, ob ihn der ›große Kitzel‹ überkommen würde. Dem war nicht so, wie er feststellte. Als sich das Rad zum letztenmal gedreht hatte, war er froh, daß er nicht mehr als hundert Dollar bei sich gehabt hatte. Nachdem er sein Geld gezählt und dem Croupier ein Trinkgeld zugeschoben hatte, betrug die Differenz seiner Barschaft lediglich fünfundzwanzig Dollar, nicht mehr als der Preis einer guten Flasche Wein im Village von New York. Das konnte er verkraften.

Er verließ den Spieltisch, winkte im Hinausgehen den Geschäftsführern des Casinos zu, atmete Duftwolken exquisiter Parfums ein, streifte Modellkleider, ließ sich blenden von Schmuck – samt und sonders aus den Häusern der Modeschöpfer. Die Umgebung mit ihren affektierten Gestalten machte ihn langsam krank. Vielleicht ging es Joan genauso. Er wünschte, wieder auf der ANGELINA zu sein und Segel zu setzen.

In diesem Augenblick entdeckte er Joan. Als er an ihren Tisch trat, stellte er fest, daß sie in Gesellschaft eines unverschämt gutaussehenden Arabers war.

Der Ölscheich, dachte er. Eine Anzahl von turbangekrönten Leibwächtern war um ihn herum postiert. Irgendwelche Schmuckstücke konnte Jack an dem Mann nicht entdecken. Eigentlich ein wenig ungewöhnlich, wo er doch gehört hatte, daß diese Kerle mit ihren Millionen herumprotzten, wann immer sich ihnen eine Gelegenheit bot.

Jack blickte zu Joan. Sie war völlig fasziniert von dem, was dieser Mann sagte. Jacks Nackenhaare stellten sich auf. Er wußte, was es bedeutete, wenn Joan ihn so ansah. Jeder Knochen, jeder Muskel, jede Sehne von Jacks Körper ging sofort auf Verteidigung.

Mit einem kühlen und herablassenden Lächeln beugte er sich hinunter und legte den Korken vor Joan auf den Tisch.

»Und worauf trinken wir jetzt?«

Joan stand auf und ergriff seine Hand.

»Auf den Nil!« rief sie.

Der Araber erhob sich langsam, wobei seine Augen Jack von oben bis unten musterten. Jack taxierte seinen Gegner auf die gleiche Weise.

»Den Nil?« Jack wußte nicht genau, was hier vor sich ging.

»Wir sind nach Nordafrika eingeladen«, platzte Joan heraus. »Jack Colton – Omar Khalifa«, stellte sie die beiden Männer vor.

Jack schüttelte die ihm entgegengestreckte Hand, spielte den Liebenswürdigen.

»Er hat mich gebeten, seine Geschichte niederzuschreiben!« sprudelte es aus Joan.

Jack war skeptisch. Dieses Verhalten einem anderen gegenüber kannte er an Joan nicht. »Oh, und was für eine Geschichte mag das wohl sein?«

Omar lächelte freundlich. Jack war mißtrauisch. »Die Geschichte eines Mannes, der auserwählt ist, die Volksstämme entlang des Nils zu vereinen und die inneren Auseinandersetzungen zu beenden, die unser Land seit der Zeit unseres geliebten Erlösers in Blut getaucht haben.«

»Auserwählt? Von wem?«

»Vom Volk und von dem Unsichtbaren. Ich bin von einem Geist, einem heiligen Geist, heimgesucht worden, der mir die Führung anvertraut hat. Ich bin sicher, daß ein Mann mit Ihrer religiösen Überzeugung das zu schätzen weiß.«

Jack glaubte kein einziges Wort. Er griff nach Joans Arm. »Entschuldigen Sie uns einen Moment.«

»Natürlich«, sagte Omar sehr höflich und dann betonter: »Mr. Wilder!«

Jetzt wußte Jack, daß Omar in bezug auf Joan nach viel mehr aus war als nach einer Geschichte. Dieser Kerl war der mieseste Schauspieler, der ihm je untergekommen war. Aber darum ging es gar nicht. Was ausschlaggebend war – Joan himmelte diesen Mann an, als ob er ein Wirklichkeit gewordener Traum sei. Er führte sie zu einer von Farnpflanzen abgeschirmten Nische, um sicherzugehen, daß Omar sie nicht sehen konnte. Es hätte ihn keineswegs erstaunt, wenn Omar von den Lippen ablesen konnte.

»Zum Nil? Ich dachte, du wolltest nach New York zurück.«

»Das hat sich alles geändert.«

»So schnell?« Wie konnte sie so rasch ihre Pläne umgeworfen haben? Sein ganzes Leben drehte sich auf einmal im Kreis, genauso wie die schwarze Roulettekugel. Auch diesmal winkte ihm kein Gewinn.

»Jack, eine Biographie schreiben, etwas, das wirklich ist – das ist es, wonach ich gesucht habe.« Wie konnte sie ihm das klarmachen, ohne seine Gefühle zu verletzen? Es genügte ihr nicht, das Nomadenleben an seiner Seite weiterzuführen. Hier ging es um ihre Karriere, über die sie sprachen, nicht um eine seiner kleinen Spritztouren. Nichts hatte sie jemals von ihm gefordert. Immer taten sie das, was er wollte. Warum konnte er ihr nicht einmal nachgeben? Sie glücklich machen?

»Denk doch, Joan – Geister? Heimsuchungen? Dieser Kerl war zu lange ohne Turban in der Sonne.«

»Aber das ist es, was ich immer gewollt habe!« Sie sagte das mit so viel Überzeugung, daß sie sich fast selbst überzeugte. Sie glaubte, das Richtige zu tun. In den letzten Tagen hatte Joan mehr Fragen gehabt als Antworten darauf. Sie hoffte, jetzt einige Antworten zu finden – wenn nicht durch Omar und seine Geschichte, dann eben durch die intensive Beschäftigung mit ihrer Aufgabe.

»Du willst also eben mal mit Sabu den Nil herunterschippern?«

»Das ist eine Riesenchance für mich, und du bist auch eingeladen. Kann doch schön werden, abenteuerlich, Afrika, der Nil...«

Jack kniff die Augen zusammen. Während der letzten Woche waren sie nicht offen zueinander gewesen. – Joan hatte etwas bedrückt gewirkt, fand er. Aber plötzlich mit einem anderen Pläne zu schmieden... Jetzt wußte er, warum er so mißtrauisch reagiert hatte, als dieser Kerl mit den Rosen aufgetaucht war. Joan gehörte ihm nicht! Vielleicht war sie nur wegen der Reise mitgekommen – jetzt bot ihr Omar eine noch verlockendere an. Jack hatte Joan seit Wochen geprüft, versucht, sie ganz für sich zu gewinnen, aber sie hatte nicht gewollt. Er wollte noch mehr von ihr und glaubte – vielleicht irrtümlicherweise – sie würde sich für ihn entscheiden.

»Du bestehst also darauf?«

Sie nickte.

»Nun, bei mir ist's nach wie vor Griechenland.«

Sie erschrak. Keine Sekunde lang hatte sie daran gedacht, irgendwohin ohne ihn zu fahren. Wozu ihr Talent entfalten, wenn Jack nicht an ihrer Seite war, um ihren Triumph mitzufeiern oder ihr zu helfen, die Scherben aufzusammeln, wenn sie eine Bauchlandung machte? Sie war sich keineswegs sicher, dieser Aufgabe gewachsen zu sein. Sie hoffte nur, es zu schaffen. Jedenfalls versuchen mußte sie es.

Jack blickte ihr tief in die Augen. »Du fährst also. Wann?«

»Nun, heute nacht. Er hat ein Privatflugzeug und...« Joans Stimme erstarb.

»Ach so, Privatflugzeug...« Jack sah sie an, nahm dann den Schlips ab und band ihn ihr um den Hals. Er zwang sich zu einem Lächeln und hoffte, sie würde seine brüchige Stimme überhören.

»Paßt besser zu dir.«

Joan war sprachlos. Wie konnte er sie allein fahren lassen? Jack liebte sie doch! Sie sagte sich, daß er es tat. Er hatte es ihr ja auch gesagt. Aber was hatte er in letzter Zeit getan, um ihr das zu beweisen? War es das, was sie suchte? War es das, warum sie sich zuweilen so – leer fühlte, sogar einsam, wenn sie mit ihm zusammen war? Was war mit ihnen geschehen?

All ihre Träume hatte sie in Jack vereinigt, hatte alle seine Träume mit ihm durchlebt. Wußte er das eigentlich?

Nun ja, wenn er sie nicht mehr wollte, war das eben nicht zu ändern. Sie würde nicht vor ihm auf die Knie fallen, ihn nicht anflehen – nicht, weil sie zu stolz dazu war, sondern weil sie niemals den Schmerz überwinden konnte, wenn er sie erneut abwies. Joan wollte von ihm weglaufen und hemmungslos weinen.

»Wir haben viel Spaß gehabt.« Er quälte sie, aber das war ihm jetzt egal. Er wollte, daß sie mit ihm kam.

»Jack, das sind doch nur vier oder fünf Wochen für die Bestandsaufnahme.« War das eine flehentliche Bitte?

»Gut. Vielleicht brauchen wir genau das. Eine kleine Pause.«

»Ich weiß, daß wir in letzter Zeit Schwierigkeiten hatten.«

»Du ja.« Für ihn war es himmlisch gewesen. Er konnte sich nicht erinnern, halb so viele Probleme gehabt zu haben, bevor dieser Araber aufgetaucht war. Jacks Augen verengten sich, als er Omar ansah, dessen Augen triumphierend blitzten. Wie konnte es dieser Kerl so schnell so weit bei ihr gebracht haben? Sie mußte bereitwilliger gewesen sein, als Jack geglaubt hatte.

»Vielleicht kann ich dich in Griechenland treffen.« Joan lauerte auf ein Zugeständnis. Sie mußte Gewißheit haben, daß an diesem Punkt nicht einfach alles zu Ende war. Kämpfte er denn nicht um sie? Warum bedeutete sie ihm so wenig? Vielleicht war sie ihm immer eine Last gewesen.

Jack vermochte kaum zu sprechen. Joans Worte durchbohrten ihn wie Dolche, auch wenn er äußerlich ruhig blieb. Nonchalant zuckte er die Schultern. Innerlich fühlte er sich wie tot, aber er konnte sie nicht einfach so gehen lassen.

»Natürlich, ja. Oder vielleicht komme ich den Nil herauf...«

»Ja«, sagte Joan schwach. Jetzt wußte sie, woran sie war. Wie idiotisch von ihr, ihm ein Geständnis abringen zu wollen! Jack lag nichts an ihr. Alles, was sie waren, alles, was sie hatten, verfiel vor ihren Augen zu Asche. Was wollte er von ihr? In Kolumbien war sie mit ihm durch die Hölle gegangen, hatte gewartet, daß er zu ihr zurück nach New York käme, war mit ihm um die halbe Welt gesegelt... Wenn sie nur wüßte, mit welchem Schlüssel sie sein Herz öffnen konnte, damit er sah, was er über Bord zu werfen im Begriff war? Aber sie wußte es nicht. Sie stand ganz einfach da, mit brennenden Augen, und wußte, daß sie ihn immer lieben würde, auch wenn er sie nicht wollte.

»Einverstanden«, sagte er kühl. »Das eine oder das andere.«

»Ich werde dir schreiben.«

»Ja«, sagte er. »Wohin?«

Für Joan klang es, als versprächen sich zwei Kinder am Ende eines Ferienlagers ewige Freundschaft und wüßten, daß dem nicht so sein würde.

»Ja, richtig. Wohin?«

Jack zwang sich zu einem saloppen Grinsen, schluckte den Kloß, der ihm im Hals steckte, hinunter und lächelte ihr ein letztes Mal zu. Immer wieder mußte er daran denken, wie sie sich in Kolumbien zum erstenmal begegnet waren. Bis auf die Haut hatte sie der tropische Regenschauer durchnäßt; das blonde Haar hatte an ihrem Gesicht geklebt – an diesem schönen Gesicht mit den lustigen Grübchen. Damals hatte er über sie gelacht; sie hatte sich völlig verausgabt bei ihrem Versuch, mit dem riesigen amerikanischen Rucksack mit ihm Schritt zu halten. Herzlos, wie er gewesen war, hatte er ihn den Abhang hinuntergeschubst. Aber er hatte es wieder gutgemacht. Hatte er ihr nicht in Paris neue Sachen gekauft? Er überlegte, ob sie irgend etwas davon mitnehmen würde.

»Ich glaube, ich werde jetzt dem Roulette eine letzte Chance geben.«

Jack beugte sich vor und streifte Joan mit einem flüchtigen Kuß. Er wollte keine Szene machen, aber es lag ihm daran, daß sie sich erinnerte – wie er sich erinnern würde.

»Jack, du wirst doch auf dich aufpassen, nicht wahr?« Sie fühlte die Erde unter sich beben; ihre ganze Welt schien ihr zu entgleiten.

»Tu ich das nicht immer? Mach keine Dummheiten, ja?«

Als Jack an Omar vorbei hinausging, konnte er Joans Blicke

im Rücken spüren. Er sah den Araber prüfend an. Warum setzte Joan seine Liebe für diesen Halunken aufs Spiel? Eine Goldgräberin war sie doch nicht. Am Geld konnte es nicht liegen. Macht? Er schaute in Omars schwarze Augen. Völlig undurchsichtig waren sie – von der Sorte, der er nicht traute.

Omars schwarze Augen funkelten, als er sagte: »Warum glaube ich, anstatt Willkommen an Bord Bon Voyage sagen zu müssen?«

Jack spürte, daß er alles getan hatte, was er konnte. Er entfernte sich, noch immer hoffend, sie würde ihm nachkommen. Er hoffte sogar, bis er das Hotel verlassen hatte, wo er einem Taxi winkte.

Als er vom Taxi aus einen letzten Blick auf den luxuriösen Hotelkomplex warf, wurde ihm bewußt, daß er am Spieltisch mehr als Geld verloren hatte – nämlich sein Herz.

Kapitel VI

Ferraris, Mercedes und Rolls Royce gaben der schwarzen überlangen Limousine den Weg vor dem Hotel de Paris frei. Lichterfunken sprühten von den goldglitzernden Gewändern der. Gäste, die beobachteten, wie Omar und Joan das Hotel verließen. Joan hatte den Eindruck, Teilnehmerin an dem Fest der Oscar-Preisverleihung zu sein. Sie wäre gern genauso fröhlich gewesen. Statt dessen war ihr Herz wie erstarrt. Galant wartete Omar, bis sie in die Limousine gestiegen war.

Joan wandte sich zu ihm um, gerade noch rechtzeitig, um das Aufblitzen eines Lichtstrahls zu erhaschen. Auf einmal wußte sie: das war ein Messer – und es war direkt auf Omars Herz gerichtet. Schwerfällig sackte Omar in dem Fahrzeug zusammen. Joan sah, wie sich der Schatten eines dunkelhäutigen Mannes seinen Weg durch die Menge bahnte. Sie versuchte, mehr ausmachen zu können, aber die Leibwächter schlugen die Tür zu und nahmen zu Fuß die Verfolgung des Mannes auf.

Erregtes Stimmengewirr war zu vernehmen, als sich jetzt auch andere an der Jagd beteiligten. Dann hörte Joan den Knall einer Pistole. Unwillkürlich duckte sie sich tiefer in ihren Sitz. Der Fahrer ließ den Motor an und fuhr rasch die Limousine vom Bürgersteig weg, wobei Joan in den Rücksitz gedrückt wurde.

Sie tastete nach dem Türgriff, um sich festzuhalten, und bemerkte nicht, daß die Leibwächter ihre Mission erfüllt hatten.

Die eine Hand auf seine blutende Schulter gepreßt, taumelte der arabische Ober, der Joan und Gloria die Drinks serviert hatte, durch die elegant gekleidete Menge. Frauen schrien auf, Männer schnappten vor Entsetzen nach Luft. Der Kellner stürzte auf das Geländer der Terrasse zu, noch immer gefolgt von drei von Omars Leibwächtern. Er schwang sich über das Geländer, vollführte in der Luft einen perfekten Salto, landete zwei Stockwerke tiefer sicher auf den Füßen und verschwand dann in der Nacht wie ein Zauberer.

Joan starrte mit weitaufgerissenen Augen zu Omar hinüber, der sich dort, wo das Messer die feine Seide aufgeschlitzt hatte, an die Tunika faßte. Er zerrte an dem Tuch und machte seine Brust frei. Das Geräusch reißender Seide erfüllte die Limousine.

Joan schluckte, als sie sah, daß er unter der Tunika ein metallenes Maschenhemd trug, das seine Brust, den Rücken und den Brustkorb umhüllte. Sie schaute ihn an.

»Haben Sie keine Angst«, sagte er. »Ein Prophet hat viele Feinde, und deshalb kommt es hin und wieder zu derartigen Zwischenfällen.«

Er lächelte und tätschelte ihr beruhigend den Arm.

Obwohl sie zurücklächelte und nickte, fragte sich Joan, was für eine Art Heiliger dieser Mann war. Sie hatte noch nie gehört, daß der Papst oder auch Ghandi eine kugelsichere Weste trugen. Omar, fand sie, war faszinierend – und erschreckend.

Jack sah, wie die Limousine abfuhr. Das dumpfe Pochen seines Herzens gegen seine Brust übertönte das Motorengeräusch der Limousine, die mit hoher Geschwindigkeit den Quai hinter sich ließ.

Er ließ seinen Blick über den Hafen von Monte Carlo schweifen, über die Lichter am Ufer, in die schwarze Nacht. Alles sah plötzlich anders aus – nicht so strahlend hell. Leblos.

»Nun, Angelina, jetzt sind nur noch wir beide da, du und ich, Baby.« Er atmete tief ein. »Mein Herz hatte ich ja schon lange vor ihr an dich verloren.«

Er stand auf und taumelte auf schwankenden Beinen. Vielleicht war seine Einstellung zur Nüchternheit doch falsch... Er ging die Laufplanke entlang zum Quai, bis hin zu dem zweiten Stapel Holzkisten. Er wühlte in der Kiste mit den Lebensmitteln und zog eine Tüte Salzbrezeln heraus, Käsestangen, Kartoffelchips, glasiertes Popcorn. Weiter unten fand er eine Tube Käsepaste. Er sah auf den Kasten Bier. Nein, er brauchte etwas Nahrhaftes. Als er auf die von ihm ausgewählten Vorspeisen schaute, hoffte er, davon kein Sodbrennen zu bekommen.

Sodbrennen hatte er schon genug.

»Immerhin gibt's weiterhin dieselben Anlegehäfen, die gleichen Sonnenuntergänge, in die ich hineinfahre, das gleiche Glücksgefühl... Das einzige Problem ist...« Jack stieß mit dem Fuß gegen die leere Holzkiste und kickte sie in die Luft. «...man kann mit einem Schiff nicht ins Bett gehen.« Sein Vater hatte einen Idioten hochgepäppelt.

»Einfaltspinsel!« schalt er sich. »Laß sie doch einfach laufen!«

Mit hängenden Schultern machte Jack kehrt und ging wieder auf das Schiff zu. Wen wollte er verkohlen? Ohne Joan war nichts mehr so, wie es einmal war. Warum konnte sie ihn nicht lieben? So übel war er doch gar nicht. Zwar nicht irgendein Held aus einem ihrer Bücher, nur ganz einfach ein netter Kerl. Aber er liebte sie. Mein Gott, und wie er sie liebte!

Gerade als Jack das Deck erreichte, hob sich langsam der Deckel der größten aus hölzernen Latten gezimmerten Kiste. Ein Augenpaar blinzelte, und dann sprang Ralph heraus. Sein einstmals weißer Anzug war zerlumpt; Ralph fuchtelte mit einer großen Pistole in Jacks Richtung.

»Schrei nicht, du Mistkerl. Ich werde dich begleiten.«

Jack überlegte, daß es am Champagner liegen mußte, daß er sich Dinge einbildete, die es gar nicht geben konnte. Aber diese Pistole war Wirklichkeit, und Jack nahm an, daß sie sogar geladen war. Also nahm er die Hände hoch.

»Kolumbien! Cartagena!« sagte Jack – fast erfreut, daß Ralph es offensichtlich ebenfalls geschafft hatte, dort herauszukommen.

»Hast mich wohl vermißt, wie? Ich habe dich vermißt. In den letzten sechs Monaten habe ich an nichts anderes als an dich gedacht. Die ganze Zeit über, die ich mich bei den Ratten in diesem verdammten Land verkriechen mußte, habe ich an dich gedacht. Als mich ein solches Vieh biß und ich zehn Wochen lang solche« – er deutete mit den Händen eine Länge von zwei Fuß an – »Injektionen gegen Tollwut bekam, habe ich an dich gedacht. Sogar als sie mich in das stinkende Gefängnis von Spico steckten und jeder versuchte, als mein Anwalt anzuheuern, habe ich an dich gedacht. Nur an dich.«

»Ich fühle mich direkt geschmeichelt. Aber ich laufe heute nacht aus. Was gegen ein Hundert-Dollar-Scheinchen?«

»Ein Hundert-Dollar-Scheinchen? Ich verpaß dir 'ne Fahrkarte ins Paradies!«

Ralph versuchte, aus der Lattenkiste zu klettern, aber sein Fuß verfing sich in dem darin befindlichen Hanfseil. Er hob das rechte Bein und schüttelte es, verstrickte seinen Knöchel aber nur noch mehr in dem Seil. Da er lieber Jack im Auge behielt anstatt sein Bein zu befreien, entschloß er sich, mit dem anderen Fuß zuerst auszusteigen. Er stolperte und fiel auf den Quai. Mit einem lauten Knall ging die Pistole los, die glücklicherweise in die Luft gerichtet war. Anscheinend war das Glück Ralph in dieser Woche etwas besser gesonnen – er war froh, sich nicht ins Bein geschossen zu haben. Auch wenn er auf der Erde lag, behielt er doch einen klaren Kopf und hielt die Pistole auf Jack gerichtet.

»He, ich bin nicht zu Spielchen aufgelegt! Was hast du damit gemacht?«

»Womit?«

»Mit dem Stein, du Schuft! Na, wird's bald?« Ralph deutete mit der Pistole an, Jack solle auf den Quai herunterkommen. Er wollte Jack in Reichweite haben, um ihn besser in Schach halten zu können.

»Er ist weg«, sagte Jack, als er wieder die Laufplanke betrat.

»Das Ding ist geladen!« Ralph visierte seine Pistole an.

»Ich hab' ihn verkauft. Mir das Schiff zugelegt, bin herumgeschippert, habe gut gegessen, ein bißchen gespielt. Nichts mehr übrig – nur das Schiff.«

»Was ist mit den zwanzigtausend in bar, die du unter dem Schott in der Kombüse versteckt hattest?«

Jack geriet in Panik. Dieser kleine Gauner hatte doch nicht etwa... Jack wandte sich nach dem Schiff um. Er mußte das herausfinden. Das war seine Einlage. Geld, das er vielleicht für den Kauf eines Hauses verwenden wollte – wenn Joan eins wollte – oder eines größeren Schiffes, wenn sie herumsegeln wollte. Geld, um sie zu halten...

»Keine Sorge. Ich habe mir erlaubt, es an einen sicheren Ort zu schaffen.«

»Du Idiot.« Jacks Wut brach durch. Er wollte diesem kleinen Wiesel den Hals umdrehen. Wie konnte er es ohne sein Geld jemals mit einem übermächtigen Araber aufnehmen.

»Nette Art, um dein Leben zu betteln«, kicherte Ralph. Wieder fuchtelte er mit der Pistole in Jacks Richtung. Er sollte sich darüber klar werden, daß Ralph nicht der Mann war, den man austricksen konnte. Wenn er Geschäft meinte, dann bedeutete das Geschäft bis zum Ende.

»Wo ist das, was noch übrig ist?«

»Das war alles, ich schwör's dir.«

Ralph glaubte ihm nicht. Er dachte zurück an damals, als ein Kerl namens Zolo die Herausgabe seines Geldes gefordert hatte und Jack verdammt nahe darangewesen war, lieber zuzusehen, wie seiner blonden Freundin von einem Krokodil die Hand abgebissen wurde als nachzugeben. Möglicherweise mußte Ralph bei Mr. Jack T. Colton überzeugendere Mittel einsetzen.

»Habe ich dir erzählt, daß ich mir in diesem Gefängnis Malaria geholt habe? Ich hab' immer noch Anfälle von Schüttelfrost – in meinem Abzugsfinger.«

Jack versuchte den Rückzug. Vielleicht hatte er Ralph unterschätzt. Da war dieser entschlossene Blick in den Augen, ein grausamer Blick, den er vorher an ihm nicht gekannt hatte. Vielleicht hatte Ralph mehr durchgemacht als Jack sich vorstellen konnte. Ralphs Finger am Abzugshahn krümmte sich ganz langsam.

»He, keine Dummheiten«, suchte Jack ihn zu beschwichtigen.

»Dein flottes Leben geht zu Ende.«

Jack trat noch einen Schritt zurück, aber diesmal gab es kein Entrinnen. Ralph wirkte beinahe wie ein Wahnsinniger. Er würde ihn töten.

Während all der Monate in dem elenden Gefängnis hatte

Ralph an nichts anderes gedacht als an den riesigen Smaragd und auch daran, Jack umzubringen. Die Todesangst in Jacks Augen zu sehen – diese Vorstellung hatte Ralph am Leben erhalten. Leben, um sich zu rächen. Auf diesen Augenblick hatte er so lange gewartet und wollte ihn so lange wie möglich auskosten. Die Macht, die mit dem Bewußtsein einhergeht, das Leben eines Menschen auslöschen zu können, sagte ihm zu. Besonders wenn dieser Mensch den größten Smaragd, der je gefunden wurde, an sich gebracht hatte.

Ralph wollte gerade den Abzug drücken, als aus dem Nichts heraus sieben arabische Schwerter in schneller Reihenfolge durch die Luft wirbelten und Ralph an seinem Mantel an der Versorgungskiste festnagelten. Ralph hatte mit der Hand gezuckt; der Revolver flog auf den Quai.

Jack war wie versteinert. »Was soll denn...«

Hinter einer anderen Proviantkiste sprang der arabische Kellner aus dem Casino hervor. Er blutete an der Schulter, seine schwarzen Augen funkelten. Jack hätte nicht sagen können, ob der Araber Ralph umbringen wollte oder ob das nur ein Trick war.

Der Araber wandte sich an Ralph. »Das nächste Mal hast du weniger Glück, du Würstchen!«

»Verdammt!« schrie Ralph erschrocken und starrte auf die stattliche Anzahl von Messern oberhalb seines Kopfes und um seine Arme. »Verdammt!«

Der Araber richtete das Wort an Jack. Seine Stimme klang beherrscht und drohend.

»Ich bin Tarak. Ich habe Sie und Ihre Frau mit Omar Khalifa im Casino gesehen. Heute nacht versuchte ich, Omar Khalifa zu töten, aber es hat nicht geklappt. Deshalb halten Sie sich bereit. Sie müssen mit mir kommen!«

»Das finde ich nicht, Freundchen.«

»Sie müssen! Omar hat unser Juwel gestohlen!«

Plötzlich war Ralph ganz Ohr und Lächeln. »Juwel?« Vielleicht hatte sich sein Glück doch gewendet. Einen Smaragd verlieren – einen anderen finden. Er war stolz auf sich, sich niemals unterkriegen zu lassen. Daß er Jack Colton aufgestöbert hatte, Tausende von Meilen gereist war, daß er überlebt hatte, nur um sich zu rächen... Vielleicht war Rache letzten Endes doch süß.

»Sie wurden mit der Frau zusammen eingeladen, Sie können sich Zugang zum Palast beschaffen – meine Leute können das nicht. Sie aber, Sie können es!« Der Araber redete wild auf Jack ein.

»Warte, warte. Momentchen mal.«

»Wir müssen den Juwel finden!« schrie er.

»Was für ein Juwel?« fragte Ralph. Verdammt! Er wünschte, dieser Araber würde sich nicht über Jacks Freundin ausschleimen und zur Sache kommen.

»Den Niljuwel. Unseren heiligsten Juwel.«

»Oh«, sagte Ralph mit einem wissenden Grinsen. »Diesen Juwel. Natürlich habe ich davon gehört. Und er ist gestohlen worden?« Ralph schaute Tarak an. Auf gar keinen Fall würde er sich Jack diesmal durch die Lappen gehen lassen. Wenn Jack zum Nil fuhr, dann er auch. Ralph hatte nicht die Absicht, letzten Endes mit leeren Händen dazustehen – so oder so. Das war ihm einmal passiert, und Ira hatte ihn zum Teufel gejagt. Nicht noch einmal. Er war zu weit hergekommen, hatte zu viel erlebt, um sich von irgend jemand an der Nase herumführen zu lassen.

Erstaunt schüttelte Jack den Kopf. Von welch merkwürdigen Gestalten er umgeben war! Zuerst dieser Gangster im Taschenformat, der ihn aus seiner Chips-Kiste anspricht, dann Ali Baba, der aus dem Nichts auftaucht und einen Messertanz aufführt... Jacks Schädel dröhnte infolge des Alkoholkonsums, und zu allem Übel hatte er auch noch seine Geliebte verloren. Ein schwarzer Tag war das gewesen.

Er wandte sich an Tarak. »Hören Sie zu, ich weiß nicht, woher Sie sind, und ich habe nicht die blasseste Ahnung, worauf Sie aus sind, aber ich laufe aus. Heute nacht.«

Tarak ließ sich nicht einschüchtern. Er packte Jacks Arm. Als er sprach, klang seine Stimme stählern. »Ihre Freundin ist in Gefahr, genauso wie meine Stammesbrüder. Omar ist ein falscher Prophet, der um seiner Macht willen mit Menschenleben handelt – und mit dem Juwel in seinem Besitz kann ihn nichts aufhalten.«

»Dieser Schuft«, sagte Ralph. »Ich spucke auf ihn. Sie sagen uns, wo wir hingehen sollen, und wir holen euch euren Juwel zurück.« Ralph war nicht bereit, diese Chance auszuschlagen – diese Chance in Form eines Schatzes.

Jack winkte beiden ab. Er wollte nichts mehr mit Arabern oder Juwelen zu tun haben. Er hatte genug von der Schatzsuche. Er mußte ein geschundenes Herz pflegen. Er wollte nichts als vergessen.

»Sehen Sie, Tarak, ich würde Ihnen gern helfen. Vielleicht nächsten Monat. Sagen Sie mir Bescheid.«

Er wollte gehen, aber Tarak packte ihn an der Schulter. Er war stärker, als Jack angenommen hatte.

»Nein – jetzt! Seine Proklamation findet in drei Tagen statt!«

Jack schüttelte ihn ab. »Komm schon, Angelina, wir ziehen Leine.«

Jack ging auf das Schiff zu, als plötzlich eine gewaltige Explosion erfolgte. Flammen stoben in die Luft, züngelten mit roten Zungen zum nächtlichen Himmel empor. Jack, Ralph und Tarak gingen hinter den Holzkisten in Deckung.

Teakholzbretter, Splitter, brennende Segel und Trümmer wurden durch die Luft geschleudert. Überall brannte es.

Jack erstarrte, als er einen Balken mit den mit goldener Farbe aufgemalten Buchstaben ›ANG‹ auf dem Meer treiben sah. Sein Traum lag in Trümmern, regnete als Asche und Flammen um ihn herum nieder. Seine Angelina! Es war, als hätte Joan die Weichen des Schicksals gegen ihn gestellt. Als sie ging, hatte sie alles mitgenommen. Nicht einmal seine Angelina war ihm jetzt geblieben.

Wie konnte so etwas geschehen? Jack hatte nicht unvorsichtig mit etwas an Bord herumhantiert, das dieses Unglück hätte auslösen können. Wenn es sich um die ANGELINA handelte, war er stets peinlich gewissenhaft gewesen. Und Joan auch. Das alles gab keinen Sinn. Mein Gott! Er blickte zum Himmel, wo sich jetzt beißender schwarzer Rauch ballte. Er konnte aufgeregte Stimmen am Ufer hören, auch andere Schiffshalter, die an Deck ihrer Boote kletterten, um das Schauspiel mitzuerleben. Die ANGELINA war nicht mehr.

Ralph war perplex. »Das Schiff ist explodiert!« Er faßte Jack am Jackenaufschlag. »Ich hätte umkommen können!«

Jack schüttelte ihn ab, stand stumm da, starrte auf den Trümmerhaufen. »Wer... Wer könnte so etwas getan haben?«

»Omar würde so etwas fertigbringen, wenn Sie sich einmischten. Oder sich nicht einmischten. Das wäre ihm gleichgültig. Und wenn ihn die Schriftstellerin abgelehnt hätte, hätter er sie nicht am Leben gelassen.«

Jack trat an den Rand der Pier und beobachtete, wie die Reste seiner zerstörten Yacht auf den Grund des Hafens sanken. Er hätte sich auf sein Gefühl verlassen sollen. Er hatte, was Omar betraf, recht behalten. Aber Omar war mehr als ein ›mieser Schauspieler‹ – eine ganze Menge mehr. Wenn Omar, ohne einen wirklichen Grund zu haben, zu einer solchen Verwüstung fähig war, dann fragte sich Jack, wozu er fähig wäre, wenn er wütend war. Er hoffte, daß es noch nicht zu spät war, um Joan zu retten.

»Ich werde Sie zu Omar bringen«, sagte Tarak.

»Ich komme auch mit«, meldete sich Ralph.

»Von wegen!«

»Colton, vergißt du nicht etwas? Ich habe alles, was du besitzt – Partner. Wo immer du hingehst, gehe ich hin. Also – wohin gehen wir?«

»Nach Afrika.«

Kapitel VII

Vom Hubschrauber aus sah Joan den langen Zug arabischer Frauen unter sich, alle in die traditionelle Gallabija gehüllt, jenen baumwollenen Stoffbahnen, die zu Gewand und Turban geschlungen werden. Auf dem Kopf balancierten sie gebündelte Zweige. Autos oder Lastwagen waren auf dem staubigen schmalen Pfad nicht auszumachen; nichts deutete darauf hin, daß sie ihren alten Bräuchen entsagen und sich auf ein moderneres Leben einstellen wollten. Langsam zogen sie vorwärts; Joan mußte an eine Schlange denken, die sich aus dem Unterholz wand. Dem Hubschrauber, der an ihnen vorbeidonnerte und dann der Sonne entgegenflog, schenkten sie keine Beachtung.

Als sie über der Stadt eine Schleife zogen, entdeckte Joan ein paar vereinzelte Bäume, roten Lehmboden und winzige Behausungen, die sich mit ihren schilfgedeckten Dächern zu kleinen Ansiedlungen zusammendrängten. Erst als der Hubschrauber nach links abbog, gingen ihr die Augen über: Wie riesige flache Marmorplatten erhoben sich die Mauern der Stadt der Sonne entgegen. Der obere Teil der Mauern war mit altertümlichen Basreliefs verziert, und direkt in der Mitte spiegelten zwei gleißende Messingkuppeln das Licht der Sonne wider. Wind, Regen, Sandstürme und die Zeit hatten einen Großteil der Malereien um die Stadttore herum weggewaschen, aber selbst aus der Vogelperspektive konnte Joan noch erkennen, daß die kunstvolle Ausführung von besonderer Qualität war.

Als der Hubschrauber die Stadt überflog, läuteten Glokken, und ein eigenartig klingelndes Rasseln kündete von ihrer Ankunft. Joan sah Männer, die in ihrer Tunika aus Kaffeehäusern und Gebäuden auf die Straße liefen und zum Himmel deuteten, und war erstaunt, als sie über die Stadt hinwegflogen und erst am nördlichsten Rand zur Landung ansetzten.

Eine lange Landepiste, frisch zementiert und von so viel Lampen flankiert, daß der Flughafen von La Guardia vor Neid erblassen konnte, kam in Sicht. Auf beiden Seiten der Piste erstreckten sich riesige Areale mit reihenweise militärischen Ausrüstungsgegenständen, darunter Jeeps, Lastwagen, Feuerspritzen, Nachschubwagen, gepanzerten Fahrzeugen und halboffenen Wüstenautos. Joan sah T-62-Sturmkampfpanzer sowjetischer Herkunft – von der Art, wie sie sie in dem Film ›60 Minuten‹ gesehen hatte. Omars Loyalität war also käuflich, überlegte sie.

Sie überprüfte ihre Kamera und hängte sie sich um den Hals; dann, als der Hubschrauber stotternd aufsetzte, klammerte sie sich an ihrem Sitz fest. Sand und Staub wirbelten auf und behinderten die Sicht, als sie auf das Mercedes-Kabrio zueilten, das sie erwartete. Eine Limousine mit Klimaanlage, fand sie, wäre passender gewesen. Sie kämpfte gegen den Staub an, als der Hubschrauber den Rotor abstellte.

»Gehört das alles Ihnen?«

»Ja«, antwortete Omar.

Joan schaute zum anderen Ende der Landebahn, wo eine F-16 geparkt war. Sie glänzte, sah schnittig und brandneu aus. Joan hätte ihr ganzes Geld verwetten können, daß die Maschine eben erst geliefert worden war. Sie griff nach ihrer Kamera, um sie im Bild festzuhalten, aber Hassan, der Leibwächter mit dem Narbengesicht, trat vor sie hin. Sie ließ die Kamera sinken und lächelte einfältig, während Hassans eisiger Blick auf sie gerichtet blieb.

Omar legte den Arm um Joans Schulter. »Warum das Negative hervorheben? In ein paar Tagen brauchen wir das alles nicht mehr.« Sanft, aber doch energisch dirigierte er sie zum Auto. »Kommen Sie, ich möchte Ihnen das Dorf zeigen, wie es wirklich ist.«

Joan kletterte in das Auto und nahm auf dem Hintersitz neben Omar Platz. Die ganze Zeit über war sie sich bewußt, daß Hassans durchdringender Blick auf ihr ruhte.

Durch einen steinernen Torbogen fuhren sie in den Hauptsouk des Dorfes ein. Auf dem Marktplatz drängten sich Händler und Dorfbewohner. Zuerst meinte Joan, angesichts der um Waren schachernden Eingeborenen eine Szene aus ›Casablanca‹ vor sich zu haben. Sie sah Filigrantabletts aus Messing und Kupfer, verzierte Schalen und Urnen, wunderschöne handgemalte Kacheln und Keramikarbeiten. Kleider, Tuniken und Tücher in allen erdenklichen Farben hingen von hölzernen Haken, die in sonnendurchglühte Lehmwände getrieben waren. Kinder mit bis unters Kinn hochgezogenen Knien saßen in der Sonne herum.

Als jedoch das ›Vorausfahrzeug‹ die Hupe erschallen ließ und damit Omars Erscheinen ankündigte, sah Joan, daß sich die Einwohner entlang der Straße aufstellten, um den Troß vorbeizulassen. Mit leisem lethargischen Singsang riefen sie immer wieder Omars Namen. Je weiter sie vorankamen, desto deutlicher sah Joan, daß das Lächeln auf ihren Gesichtern verschwunden war und ihre Augen Teilnahmslosigkeit erkennen ließen. Weiter hinten in der Menge erblickte Joan grimmig aussehende Soldaten in lässiger Wüstenuniform und geschultertem Gewehr. Wenn sie sich ein bißchen anstrengte, konnte sie sogar hören, wie der Leibwächter in dem ›Vorausfahrzeug‹ den Soldaten Befehle zurief, worauf die Rufe der Bewohner lauter wurden.

An den Lehmmauern oberhalb strohgedeckter Verkaufsstände sah Joan Omars Konterfei, und je weiter sie fuhren, desto mehr häuften sich die Plakate und Bilder mit seiner Abbildung.

Mit selbstzufriedenem Lächeln winkte Omar seinen Untertanen zu. »Mein Volk liebt mich. Ich bin ein Gesegneter.«

Jetzt bemerkte Joan, daß einer der Soldaten einem alten Mann das Gewehr in den Rücken drückte.

»Ja, sie wirken alle so – so enthusiastisch.«

Omar deutete auf einen zerlumpten kleinen Jungen mit leeren Augen, die, weil er so dünn war, sein Gesicht beherrschten. Seine Mutter hatte ihm ein Plakat mit Omars Bild in die Hand gedrückt.

»Da. Das wäre ein gutes Motiv für ein Foto. Ein kleiner Junge mit meinem Bild.«

»Ja. Das ist wunderbar.« Joan hoffte, er würde ihre Erregung nicht bemerken. Ein so heftiges Zittern überfiel sie, daß sie meinte, sie würde das Foto verwackeln.

»Der günstigste Tag, um in die Souks zu gehen, ist Donnerstag«, sagte Omar.

Joan meinte, der Knall, den sie hörte, rührte von der Frühzündung eines Kraftfahrzeugs her. Sofort ging Omar in Dekkung, rollte sich auf dem Boden des Autos zusammen. Als Joan ihren Blick schweifen ließ, sah sie aus der Menge eine Unzahl von Soldaten heraustreten und unter den Dorfbewohnern nach einem möglichen Mörder fahnden. Sie war erstaunt, wie es vor Ordnungshütern nur so wimmelte. Merkwürdig, wie vieler es bedurfte, um das Leben eines einzelnen zu beschützen.

Sofort war das Cabrio von Männern in Tarnhemden umgeben. Wenn Joan zwischen ihnen hindurchschaute, konnte sie bemerken, daß die Menge verstummt war. Eine große Ruhe war eingetreten; sie hätte schwören können, daß niemand, sie eingeschlossen, zu atmen wagte.

Der Fahrer des letzten Wagens des Kordons rief etwas in der Sprache der Einheimischen. Joan sah, wie sich die Rükken der Soldaten entspannten, die Wachleute sich leise miteinander unterhielten. Wie sie richtig angenommen hatte, war es lediglich zu einer Fehlzündung gekommen – also keine Gefahr.

Rasch und als wäre nichts geschehen, nahm Omar wieder neben ihr Platz und nahm das Gespräch dort auf, wo es unterbrochen worden war. Mit vor Staunen geöffnetem Mund sah Joan, daß er wieder der Menge zuwinkte, die ihrerseits ihren trägen Singsang aufnahm.

»Donnerstags kommen die Leute von meilenweit hierher, um ihre Waren zu verkaufen. Ein farbenfrohes Bild.« Omar deutete nach vorne. »Ah, mein Zuhause.«

Joan kniff die Augen zusammen, versuchte, den Palast zu erkennen. Sie hatte erwartet, irgend etwas mit weißgestrichenen Gittern, stuckverzierten Türmen und prächtigen Gärten zu sehen. Statt dessen gewahrte sie ein schlichtes, fast unscheinbares Gebäude, das von zwei langen Mauern umgeben war und von einem Turm gekrönt. Obgleich das

Gebäude neueren Datums zu sein schien, wirkte der Turm renovierungsbedürftig. Vielleicht waren die Bauarbeiten hier nicht abgeschlossen, überlegte sie. Wie ein Batzen Lehm sah er aus, unbearbeitet und in Erwartung der Handwerker. Als sie ihr Ziel erreicht hatten und die in ihrem Rohzustand belassene Toreinfahrt passierten, fragte sich Joan, ob nicht vielleicht die Kinder des Dorfes diese Wohnstätte gebaut haben mochten. Mit Sicherheit hatte Omar keinen organisierten Bautrupp eingesetzt.

»Ich kann mir vorstellen, was ein Schriftsteller Ihres Ranges gewohnt ist, aber wir werden versuchen, es Ihnen gemütlich zu machen.« Omar betonte ganz besonders das Wort ›gemütlich‹.

Vor dem Haupteingang, einer schlichten dünnen Holztür mit gußeiserner Klinke, hielt das Mercedes-Kabrio. Omar half Joan aus dem Wagen, und als er ihr die Hand reichte, war Joan, als drücke er sie so, wie er das im Hotel getan hatte. Die Soldaten bauten sich in Hab-Acht-Stellung auf. Lässig erwies er ihnen den militärischen Gruß und ließ weiterhin seine Hand auf ihrer Schulter liegen. Sie traten durch die Tür.

Joan hatte fast den Eindruck, diese Hand würde ein Loch in sie brennen. Auch in seinem Blick lag etwas ganz Eigenartiges, etwas, das mehr als Verlangen war, wie sie zunächst angenommen hatte. Er begehrte sie nicht nur sexuell, sondern auch als Besitz.

In dem Augenblick, da Joan durch die Tür ging, war ihr, als betrete sie eine andere Welt. Hatte sie da draußen Bekanntschaft mit Verwahrlosung, Hunger und Armut gemacht, erwarteten sie hier ein in funkelndem Gold mit Rosa ausgelegter Marmorboden, mit wunderschönen Fresken ausgestattete Wände und kostbare alte Möbel. Gesimse, Friese und Säulen italienischer Herkunft umgaben die Türstöcke, die von der großen Halle weiterführten. An jeder Ecke wurde Joan an die Vergangenheit erinnert, an die Tage, als Afrika von den Franzosen regiert wurde, von den Italienern und den Briten. An einer großflächigen Längsseite entdeckte sie einen Gobelin, der aus der Narga-Selassie-Kirche, einer äthiopischen Kirche am Tanasee verschwunden war, dazu österreichische Rokokospiegel sowie Vitrinen aus Mahagoni mit feinsten venezianischen Glasarbeiten. Drei Messingleuchter gleichen Stils mit Tausenden von tränenförmigen Prismen hingen von der Decke der Haupthalle, in der weiterhin Marmorstatuen aus dem dreizehnten und vierzehnten Jahrhundert aufgestellt waren, jede von ihnen zur Mitte ausgerichtet – so als wollten sie ihre Reverenz dem gegenüber erweisen, der in diesem Raum regierte.

Wenn Joan geradeaus sah, fiel der Blick auf schwarze Marmorstufen, die zu einem Podest hochführten, wo ein riesiges Ölgemälde, Omars Porträt, von zwei Reihen Scheinwerfern angestrahlt wurde. Die luxuriöse Ausstattung überraschte sie, genauso wie sie der Mann erschreckte.

Sie sah Omar an. Seine schwarzen Augen glühten erwartungsvoll. Er wollte sie beeindrucken und wirkte auf sie noch eigenartiger. Sie verstand nicht, warum er ihre Meinung, die Meinung einer Romanautorin, so hoch bewertete. Aber als sie ihm tiefer in die Augen schaute, wurde ihr klar, daß sie sich nicht getäuscht hatte – ihre Reaktion war ihm wichtig; sie konnte nichts anderes tun, als seinem Wunsch zu entsprechen.

»In der Bibliothek hängt ein echter Degas. Wenn Sie sich frischgemacht haben, müssen Sie ihn sich ansehen. Wissen Sie über die Impressionisten Bescheid?«

»Die Impressionisten ... Ja, sie sind wunderbar.« Wenn er nur eines ihrer Bücher gelesen hätte, hätte er gewußt, daß sie die Impressionisten liebte. Omar versuchte sie eindeutig zu ködern, aber sie wußte nicht warum.

»Unter anderem ist es mein Ehrgeiz, die größte Impressionistensammlung außerhalb Europas zu besitzen.«

Joan zog die Augenbrauen hoch. Sie überlegte, ob er sie wohl kaufen oder wie den Gobelin einfach stehlen mochte.

»Wo ist der heilige Garten?« fragte sie.

»Der heilige Garten? In meiner Phantasie.«

Joan bemerkte den hitzigen Ausdruck in seinen Augen. Sie war wirklich naiv gewesen, darauf hereinzufallen.

Er trat auf sie zu, nahm wieder ihre Hand und führte sie zu der kunstvoll gedrechselten Treppe. Sie erinnerte sie an die

Treppe aus dem Hotel Ritz. Eigentlich sollte sie sich schleunigst überzeugen, ob die nicht auch gestohlen war.

Gerade als sie ihren Fuß auf die erste Stufe setzte, erscholl durch die Halle ein Schrei, der ihr Blut stocken ließ. Er kam aus dem Inneren des Palastes.

»Was war das?« Joan fühlte ihre Nerven kribbeln.

Eine Sekunde lang schwieg Omar. Er legte seinen Kopf schief und wartete auf einen weiteren Schrei.

»Ich weiß nicht«, sagte er schließlich.

Joan starrte ihn an. Hoffentlich sagte er ihr jetzt nicht, genauso wie ihr Vater das tat, wenn sie mitten in der Nacht aufgewacht war, weil sie seltsame Laute gehört hatte, es sei der Wind.

»Kommen Sie«, sagte Omar und stieg die Treppe hinauf. »Gefällt Ihnen der Teppichbelag? Er ist neu.«

Sie schritten durch eine mit Damast tapezierte, frisch gestrichene Halle. Vor der dritten Tür rechts blieb er stehen.

»Ich hoffe, es gefällt Ihnen.« Omar öffnete die Tür.

Gerechter Himmel! dachte sie, als sie diesen Prunk sah – wie ein Zimmer im Plaza Hotel für tausend Dollar pro Nacht. Das übergroße Himmelbett war bestimmt mit einigen hundert Yards Baumwollstoff – nein, Seide – bespannt. Der Bettüberwurf, die rüschenbesetzten Kissen, der geraffte Baldachin, die Vorhänge – alles in weißer Seide. Nicht einmal das Plaza konnte mit so etwas aufwarten. Und das da, das konnte doch kein echter Chippendale-Sessel sein! Aber dem war so. Und die Nachtkästchen, die wegrückbaren Stufen, um leichter ins Bett zu kommen, der Frisiertisch – alles Honduras-Mahagoni, etwa aus dem späten 18. Jahrhundert und vermutlich von den Bahamas. Sie hatte genügend Ausgaben der Zeitschrift ANTIQUE WORLD gelesen, um das zu wissen. Von einem solchen Zimmer hatte sie ihr Leben lang geträumt. Sie sah Omar an. Woher hatte er das gewußt?

Am anderen Ende des Zimmers stand ein Queen-Anne-Bibliothekstisch, auf dem die elektrische IBM-Schreibmaschine winzig klein wirkte. Von ihrem Schreibtisch aus konnte sie durch das Fenster auf eine prächtig bepflanzte Grünanlage hinuntersehen. Blühende rosa Geranien, Azaleen, Jasmin und weiße Kamelien quollen aus Töpfen, Trögen und Blumenbeeten. Was konnte man mehr verlangen?

»Ja, das ist... Okay, schön.«

Omar ging zum Schreibtisch hinüber.

»Hier werden Sie Ihr Meisterwerk schreiben.«

»Ich... Ich habe ein paar Fragen.«

»Die Schriftstellerin ist bereits an der Arbeit. Gut. Erkunden Sie Ihre neue Welt. Sie haben zu allem Zutritt, können sich alles anschauen, mit jedem sprechen. Ich freue mich, daß Sie hier sind, Joan. Gemeinsam werden wir Geschichte machen.«

Omar wandte sich um und verließ das Zimmer. Sie war allein.

Joan sah sich in dem so kostbar ausstaffierten Raum um. Die eleganteste Zelle, die sich eine Frau wünschen konnte. Genau das empfand sie. Seine letzten Worte hatten ihr einen Riesenschrecken eingejagt. Omar wollte mehr von ihr als nur ihren Körper. Er hatte nach jemand gesucht, der für ihn seine Geschichte aufschrieb, aber nicht die Wahrheit. Jetzt wurde ihr klar, daß sie niemals in der Lage sein würde, die Tatsachen aufzuzeichnen. Eine Fiktion sollte sie aus ihm machen, ihn in einen Helden, einen Gott verwandeln.

Joan rannte zur Tür und riß sie auf. Fünf von Omars uniformierten Leibwächtern standen sofort stramm. Ihre Gewehre glänzten, wirkten irgendwie noch gewaltiger, todbringender. Joan schloß die Tür und betete, sie würde sich das alles nur einbilden.

Sie trat an ihren Schreibtisch und bemerkte zum erstenmal ein Dutzend gerahmter Bilder an der Wand, die alle Omar in den verschiedenen Lebensstadien zeigten. Ein nichtssagendes Baby, fand sie; als kleiner Junge dann erinnerte er sie an den, den sie heute in den Souks gesehen hatte. Schmächtig war er gewesen und mehr oder weniger in Lumpen gehüllt. Das dritte Foto erschreckte sie. Omar mußte damals etwa fünf Jahre alt gewesen sein. Zum erstenmal wurde deutlich, wie hübsch er war, auch wenn damals seine Nase breiter gewesen war, genauso wie auf den nachfolgenden Bildern, die etwa zwischen seinem zehnten und achtzehnten Lebensjahr gemacht worden waren. Eine Schönheitsoperation? fragte sie sich. Aber nicht seine Nase fesselte ihre Aufmerksamkeit, sondern seine Augen, von denen ein Verlangen ausging, eine Entschlußkraft, die selbst auf einem Foto zum Ausdruck kam. Das gleiche Feuer, das sie auf Fotografien von Cornelius Vanderbilt, dem jungen Howard Hughes und J. Paul Getty entdeckt hatte. Aus diesen Bildern ging hervor, daß Omar ein armer Junge gewesen war, der nach Reichtum gierte, nur daß er sich einen höchst gefährlichen Weg ausgesucht hatte, um zu Geld und Macht zu kommen.

Eine süße, einschmeichelnde Melodie, auf einer alten arabischen Flöte gespielt, drang in das Zimmer. Es war eine traurig klingende Weise, und sie zog Joan magisch zum Fenser, von wo aus sie zum Garten hinunterschaute, in der Hoffnung, den Musikanten zu entdecken. Aber außer einem Gärtner, der die vergilbten Blätter von den Geranien abzupfte, war niemand zu sehen. Er richtete sich auf und sah zu ihr hoch. Er lächelte nicht, sondern ging lediglich auf eine entlegene Mauer zu, an der an einem Haken ein Schlauch hing, und fing an, die Pflanzen zu besprengen.

Die Musik erschallte immer noch. Joan beugte sich zum Fenster hinaus, stützte das Gesicht in die Hände. Sie konnte jetzt ausmachen, daß die Musik von dem gegenüberliegenden Turm kam, in dem sie im rückwärtigen Teil ganz oben ein kleines quadratisches Fenster mit senkrechten Stäben sah. Keine Fensterscheibe dämpfte die Musik.

Die traurige Melodie stimmte sie nur noch unglücklicher. Sie schaute auf die IBM, fragte sich, wie sie es anstellen sollte, Omars Geschichte niederzuschreiben. Er war schlauer, als sie angenommen hatte. Er hatte auf ihre Eitelkeit gesetzt, auf ihre Verwundbarkeit, in der Hoffnung, sie so weit zu beeinflussen, daß sie einen weiteren Roman, jedenfalls keine journalistische Berichterstattung, zu Papier brachte. Wenn sie die Wahrheit schrieb, würde sie niemals lebend hier herauskommen. Sie überlegte, was mit ihr geschehen würde, wenn sie tat, was er wollte.

Auch Jack und die ANGELINA gingen ihr nicht aus dem Kopf. Ein Glück, daß er nicht mitgekommen war. Schlimm genug, daß sie selbst in die Falle gegangen war. Niemals hätte sie sich verziehen, wenn sie auch noch Jack in diesen Schlamassel mit hineingezogen hätte.

Sie fragte sich, ob er Monte Carlo verlassen hatte. Wahrscheinlich war er jetzt auf dem Weg nach Griechenland. Sie hätte auf ihn hören und bei ihm bleiben sollen, aber letzten Endes wäre doch alles so gekommen. Jack hatte ihr zu verstehen gegeben, daß ihm nichts an ihr lag. Sicherlich hatte er sich jedesmal, wenn er auftauchte und sie fast ohnmächtig wurde, schief gelacht. Er hatte große Macht über sie ausgeübt – die Macht der Liebe, die sie ihm bereitwillig geschenkt, mit der er aber nichts anzufangen gewußt hatte. Nie hatte er etwas anderes gewollt, als von Hafen zu Hafen zu segeln. Auf eine dauerhafte Bindung, eine gemeinsame Zukunft, war er nicht aus gewesen. Mit einem Heineken-Bier hatte er sich ausführlicher beschäftigt als mit ihr. Joan konnte nicht länger ihre Tränen unterdrücken. Sie hämmerte mit der Faust auf den Fenstersims und wünschte, dieser stechende Schmerz in ihrem Innern würde vorübergehen. Aber sie wußte, daß er sie lange quälen würde.

»Zum Teufel mit dir, Jack Colton!«

Kapitel VIII

Die silberne PANAM 727 setzte zur Landung auf der Piste des Sudan International Airport an. Ein Mitarbeiter des Bodenpersonals winkte den riesigen Vogel in die vorgesehene Parkbucht in der Nähe des einstöckigen Flughafengebäudes ein. Ein Mann in blauer Montur, einem orangefarbenen Käppi und Kopfhörern, lenkte einen kleinen Wagen mit Anhänger, auf dem sich die fahrbare Gangway befand, mit deren Hilfe die Passagiere aussteigen konnten. Die Flugzeugtüren sprangen auf, die Fluggäste drängten heraus. Jack, der hinter Ralph und Tarak ins Freie trat, war der letzte, der das Flugzeug verließ.

Das Flughafengebäude war voll von dunkelhäutigen Afrikanern und Afrikanerinnen in traditioneller Gallabija, und ihr Gepäck stammte aus den Geschäften führender Kofferhersteller. Jack ließ seinen Blick in dem relativ modernen Gebäude herumschweifen. Älter als acht Jahre war es sicherlich nicht. Höchstwahrscheinlich war es in weniger als einer Woche von einer amerikanischen Ölfirma für deren Angestellte und Geschäftsführer erstellt worden. An den Wänden klebten farbenfrohe Hertz- und Avis-Poster. Auch Reklame für Host International und McDonald's fehlte nicht. Jack entdeckte Automaten für Süßigkeiten und Zigaretten und einen Würstchenstand. Eigentlich hatte man eher den Eindruck, in Arizona denn in Afrika zu sein.

Jack ging hinaus, dorthin, wo Taxis, Busse und Limousinen, die auf ihre Fahrgäste warteten, geparkt waren. Kleine Kinder bettelten die Reisenden um Geld oder Süßigkeiten an. Dunkelhäutige Männer, den Fez auf dem Kopf, beobachteten, wie Einheimische und Touristen das Flughafengebäude passierten. Ein sudanesischer Busfahrer mit einem roten Fez hielt eine Tafel mit der Aufschrift ›Mr. Tortelli‹ hoch. Als die Passagiere an ihm vorbeizogen, spiegelte sich in seinem Gesicht Besorgnis wider, was Jack vermuten ließ, Mr. Tortelli habe sein Flugzeug verpaßt.

Jack, Tarak und Ralph kämpften sich durch die lärmende Menge.

Ralph öffnete die obersten Knöpfe seines Hemdes. »Heiß hier. Warum ist es in diesen verdammten Nestern der Dritten Welt immer so heiß?«

In diesem Augenblick stürzte der Busfahrer auf sie zu. »Mr. Tortelli?« wandte er sich an Ralph.

Ralph schob die Tafel beiseite. »Scher dich zum Teufel, du Eierkopf.«

»Wo sind Ihre Brüder?« richtete Jack das Wort an Tarak.

»Sie werden gleich kommen«, versicherte Tarak.

Er blieb regungslos stehen, warf dann den Kopf zurück und stieß den schrillen Schrei der Derwische aus. Aus Sorge, sein Trommelfell könnte platzen, hielt sich Jack die Ohren zu. Taraks Ruf wurde von mehreren Stimmen erwidert.

Mehrere Wüstenderwische in ihren traditionellen Kaftanen eilten auf Tarak zu. Mit strahlenden Gesichtern umarmten sie einander, wirbelten einander herum, so daß ihre farbenfrohen Gewänder Ralphs Gesicht streiften.

»Mensch, Colton«, spöttelte Ralph, »ich stelle fest, daß wir auf dem Weg nach oben sind.«

»Wir fahren zu Omar!« gab Tarak plötzlich mit Nachdruck bekannt. Seiner verletzten Schulter schenkte er keine Beachtung.

Die Derwische entfernten sich eilends.

Ralph sah Jack an. »Dieses Juwel dürfte ein Vermögen wert sein.«

Als Fahrgäste die Busse bestiegen und Taxis mit Gepäck und wohlhabenden Afrikanern anfuhren, stellte Jack fest, daß der sudanesische Busfahrer seinen Mr. Tortelli getroffen hatte. Amerikanische Wagen neuester Bauart, die auf dem überdachten Parkplatz in unmittelbarer Nähe des Flughafengebäudes geparkt waren, setzten sich in Bewegung, während sich amerikanische Geschäftsleute dem Luxus mit Klimaanlage hingaben.

»Kann mir vorstellen, wie diese Vollidioten Auto fahren«, meinte Ralph und fragte sich, wo Tarak ihren Wagen abgestellt hatte.

Die Derwische ließen den letzten Bus hinter sich. Jack sprang beiseite, als der Bus den röchelnden Motor zündete, blubberte und dann mit einem knirschenden Geräusch losfuhr.

Jack konnte beobachten, wie die Derwische über den Parkplatz auf einen Pulk wartender Kamele zugingen. Er legte Ralph den Arm um die Schulter.

»Halt dich gut fest. Der Ritt wird kein Zuckerlecken.«

Heiße Sonne lag über dem Souk, als Joan von Bude zu Bude schlenderte. Ein Stück Seide in Chinablau mit Goldkante fesselte ihre Aufmerksamkeit. Darüber würde sich Elaine freuen, dachte sie. Sie versuchte, mit dem Einheimischen zu handeln, konnte sich jedoch nicht verständlich machen. Also zahlte sie, auch wenn sie am Gesicht des Verkäufers ablesen konnte, daß sie den Stoff hätte billiger haben können. In der nächsten Bude wurden herrliche grüne und graublaue Jadeperlen feilgeboten. Mit Zeichensprache erklärte die Verkäuferin, Joan könne sich mit den Steinen, die ihr gefielen, ihre eigene Kette entwerfen. Dann würde die Verkäuferin die Perlen auffädeln und eine Schließe anbringen. Joan gab sich der Qual der Wahl hin, die für sie schönsten auszusuchen. Als Verschluß wählte sie einen besonders schönen Stein, der sie lebhaft an einen Smaragd erinnerte. Als sie ihn der Verkäuferin in die Hand gab, mußte sie an Jack denken.

Sie wünschte, er wäre jetzt bei ihr. Das hätte ihm Spaß gemacht. Dieser Souk entsprach seinem Geschmack von Exotik. Sie konnte es nicht glauben – da stand sie hier und kaufte Souvenirs, genau das, was er stets getan und sie als so kindisch empfunden hatte, so sentimental, so typisch Jack.

Die Cafés im Souk waren flachwandige, fensterlose Gebäude mit einem Vordereingang und gemalten Hieroglyphen darüber. Früh am Morgen stellte der Besitzer zwei oder drei kleine runde Tische mit Stühlen ins Freie. Hier pflegten dann alte Männer in bunten Kaftans zu sitzen und ihren Kaffee zu schlürfen – ein starkes schwarzes Gebräu, das der Kellner aus einem langschnabligen Kupferkrug aus einer Entfernung von fast vier Fuß in Tassen goß. Ein richtiges Schauspiel, wie Joan fand.

Beim Weitergehen entdeckte sie einen Schlangenbeschwörer, einen Korbflechter, einen Glasätzer und überall wachsame, geheimnisvolle Gesichter. Sie war nicht sicher, ob ihr Mißtrauen ihr gegenüber daher rührte, daß sie Amerikanerin war oder weil man sie zusammen mit Omar gesehen hatte. Wenn sie nicht in der Absicht, etwas zu kaufen, auf einen Händler zuging, wichen die Leute fast alle vor ihr zurück. Einige drehten ihr sogar den Rücken zu und schienen überhaupt nicht mit ihr sprechen zu wollen. Noch nie hatte sie sich so geächtet gefühlt.

Unter all den Menschen waren keine weiteren Amerikaner, ja nicht einmal Kaukasier auszumachen. Joan wußte jedoch, daß ihre Nationalität nichts damit zu tun hatte. Sie drehte sich um. Die Einheimischen hatten Angst vor den fünf Leibwächtern, die ihr folgten.

Sie hatte es nicht geschafft, ohne diese Männer auch nur einen einzigen Schritt zu tun. Sie war mitten in der Nacht aufgestanden, weil sie glaubte, irgendwo in dem Palast wäre eine Küche, wo sie etwas Eßbares finden würde. Als sie zur Tür gegangen war, hatte ihr der erste Wächter zugesagt, er würde ihr das Gewünschte bringen.

Sie erklärte ihm, sie wollte den Eisschrank plündern, aber er begriff nicht. Was er ebenfalls nicht begriff, war, daß sie nicht wußte, worauf sie eigentlich Appetit hatte, nur eben, daß sie hungrig war. Was hätte sie nicht darum gegeben, nichts weiter als vor einem Eisschrank zu stehen und hineinzuschauen. Wo das doch ihr liebster Zeitvertreib war! Schließlich war sie wieder zu Bett gegangen, hungrig und enttäuscht.

Morgens wollte sie im Garten spazierengehen. Auch dahin waren sie ihr gefolgt, genauso wie ins Frühstückszimmer, wo sie allein und schweigend gegessen hatte.

Sie wandte sich um und sah sie an. Warum mußten sie ihr alle hinterherlaufen? Genügte denn nicht einer?

»Hätten Sie etwas dagegen, wenn ich eine Zeitlang ganz allein über den Markt bummeln würde?«

Einer der Wächter deutete an, sie könne weitergehen. Er lächelte freundlich.

»Dankeschön«, sagte Joan ebenfalls lächelnd und erleichtert, die Meute nicht länger auf den Fersen zu haben.

Sie betrat das Zelt des Messinghändlers. Den ganzen Nachmittag lang hatte sie all die schönen Gegenstände mit Stielaugen betrachtet. Nun nahm sie eine ungewöhnlich geformte Öllampe in die Hand. Wie Aladins Lampe, dachte sie, als sie sie gegen das Sonnenlicht hielt. Dann bemerkte sie, daß die Wächter sie mitnichten hatten allein losziehen lassen. Sie setzte die Lampe nieder und schickte sich zum Gehen an.

Die Wächter folgten ihr ebenfalls, als sie um eine Ecke bog und nur wenig von ihr entfernt einen Jungen von etwa zwölf Jahren erblickte, der in neongelben Buchstaben irgend etwas, was Joan nicht lesen konnte – arabische Graffiti gehörten nicht unbedingt zu ihren Stärken – auf die Lehmmauer sprühte.

Sie hörte, wie einer der Wächter dem Jungen etwas zubrüllte. Der Junge drehte sich um, sah die furchterregenden Uniformen, die blitzenden Gewehre. Flugs ließ er seine Spraydose fallen und rannte davon.

Entgegen Joans Erwartungen nahmen die Soldaten nicht die Verfolgung auf, sondern gingen statt dessen in die Hocke, zückten ihre Gewehre, legten an und eröffneten das Feuer auf die mit Graffitis besprühte Wand.

Kugeln und Lehmbrocken flogen durch die Luft. Joan geriet in Panik. Sie versuchte zu schreien, aber ihre Stimme versagte. Sie schloß die Augen, während das Krachen und Pfeifen der automatischen Waffen in ihren Ohren dröhnte. Die Dorfbewohner schrien entsetzt auf, jeder suchte sich in Dekkung zu bringen, verschanzte sich hinter Tischen, Kisten und Ochsenkarren.

Joan befand sich mehr oder weniger im Zentrum der Schießerei und konnte nirgendwohin laufen. Sie war überzeugt, im nächsten Augenblick von einer abprallenden Kugel getroffen zu werden und wartete darauf, daß die Mauer über kurz oder lang explodieren würde.

Sie hielt sich die Ohren zu. »Aufhören!« schrie sie den

Wächtern zu. »Was tut ihr denn da? Aufhören!« Aber sie konnten oder wollten sie nicht hören. Lehmklumpen streiften ihr Gesicht. Joan faßte sich an die Wange. Sie blutete.

Endlich stellten die Wächter das Feuer ein. Rauchschwaden senkten sich über die Szene. Langsam kamen die Dorfbewohner aus ihren Verstecken hervor und begaben sich wieder an die Arbeit, als wäre nichts geschehen. Joan glaubte ihren Augen nicht zu trauen. Das hier war doch ihre Stadt. Wie konnten sie zulassen, daß diese Männer sie so tyrannisierten?

Joan rannte auf den ihr am nächsten postierten Soldaten zu, trat ganz nahe an ihn heran, ohne die leiseste Spur von Einschüchterung.

»Warum haben Sie das da beschossen? Was hat er getan? Was war da draufgeschrieben?«

Das Gesicht des Soldaten war undurchdringlich. Der Mann antwortete nicht und entfernte sich.

Joan faßte eine alte Frau, die Mangos verkaufte, bei den Schultern. »Warum haben sie die Wand beschossen? Was stand draufgeschrieben?«

Aber die alte Frau schüttelte lediglich den Kopf, tat, als verstehe sie Joan nicht, und stahl sich davon. Joan war jedoch der Ausdruck in ihren Augen nicht entgangen. Auch wenn sie nicht Sudanesisch verstand, wußte sie, wenn jemand Angst hatte.

Sie wollte noch immer nicht aufgeben. Sie wandte sich an einen anderen Dorfbewohner, einen jungen Mann von etwa dreißig Jahren, der aussah, als hätte er Familie und trüge Verantwortung dafür.

»Was hat er geschrieben?« fragte Joan. »Was hat er geschrieben?«

Der Mann schüttelte ihren Arm ab und entfernte sich. Wut und Beschämung lag in seinem Blick. Joan spürte, daß sie von ihm eine Erklärung erhoffen konnte, vielleicht später, wenn die Soldaten nicht mehr hier wären.

Aus der Menge hinter ihr ertönte eine Stimme.

»Gib den Juwel zurück.«

Joan drehte sich rasch um, gerade noch rechtzeitig, um zu

sehen, wie der Kopf eines alten Mannes wieder in der Menge untertauchte. Dann war er ganz verschwunden.

»Den Juwel zurückgeben? Welchen Juwel?« fragte sie in die Menge. Auf einmal wurde ihr bewußt, daß die Sprachbarriere gar nicht so groß war, wie sie angenommen hatte.

Die Wächter traten auf Joan zu und packten sie an den Ellenbogen, hoben sie hoch und entfernten sich mit ihr.

»He! Was tun Sie denn da? Lassen Sie mich los! Lassen Sie mich los! Ich bin hier zu Besuch!«

Einer der Soldaten ging voraus und drängte mit seinem Gewehr die Dorfbewohner zur Seite, damit die anderen Soldaten Joan fortschleppen konnten. Je mehr sie sich zu wehren suchte, desto fester packten sie zu, so daß sie meinte, ihre Gelenke würden zerbrechen. Sie strampelte und befahl ihnen, sie herunterzulassen, aber die Soldaten ließen nicht lokker.

Omar betrachtete sich in dem beleuchteten Spiegel, beobachtete, wie der Schminkmeister vorsichtig eine dunkle Puderschicht unterhalb seiner hohen Backenknochen auftrug und anschließend mit einem dickeren Kamelhaarpinsel ein bronzefarbenes Make-up auf dem ganzen Gesicht verteilte. Peinlich genau prüfte Omar die Wirkung. Seine Haut glühte, wirkte aber natürlich. Es war äußerst wichtig, daß das Make-up nicht auffiel. Seine Leute würden weder begreifen noch damit einverstanden sein, daß sich ein Mann schminkte. Aber er war weiser als sie. Er lächelte seinem Spiegelbild zu. Außerdem fand er, sah er so vorteilhafter aus.

Der Schminkmeister rupfte ein paar vereinzelte Augenbrauen oberhalb Omars Nasenwurzel heraus, betonte dann mit Khol dessen große Augen, wobei er Unkorrektheiten, die ihm unterliefen, mit Hilfe von Wattestäbchen entfernte. Omars dicke schwarze Wimpern waren schließlich nicht leicht zu ummalen.

Omar öffnete die Augen. »Keinen Eyeliner mehr. Ich bin doch nicht Valentino.«

Der Schminkmeister verbeugte sich und nahm Omar den großen Plastikumhang ab, den er zum Schutz über dessen reich verzierte und kostspielige Uniform gebreitet hatte. Solch eine Uniform gab es sonst nirgendwo auf der Welt. Omar hatte eigens Yves St. Laurent beauftragt, sie für ihn zu entwerfen. Das Material, aus dem Hosen und Jacke bestand, war ein Mischgewebe aus Baumwolle mit Seide in dunklem Königsblau, einem ungewöhnlichen Blau, dem Blau der dunklen Nächte in der Sahara kurz nach Sonnenuntergang. Jeder Knopf war aus solidem Gold gefertigt, mit einem blauen Saphir in der Mitte. Um die Taille trug er eine Schärpe in leuchtendem Orange; die Schultern waren mit goldenen Epauletten bestückt. Obwohl er niemals einen Militärdienst abgeleistet hatte, glaubte Omar, in seinen jüngeren Jahren genügend Straßenschlachten geschlagen zu haben, um zu Recht die Ordensspangen und Auszeichnungen an seiner Brust zu tragen. Eigentlich überraschte es ihn, daß bis zum heutigen Tag noch keiner gefragt hatte, woher er sie hatte oder was sie bedeuteten. Hätte es jemand gewagt, hätte er ihn ›entfernt‹.

Der Schminkmeister rückte das Handtuch um Omars Hals zurecht und prüfte sein Werk. Er sagte »ts-ts«, wandte sich um und tauchte einen dünnen Pinsel in einen Napf mit braunem Lidschatten, den er in kleinen Tupfern auftrug und somit Omars durchdringende Augen noch wirkungsvoller machte. Omar prüfte die Wirkung und war zufrieden. Aber war das nicht zu viel für die Kameras?

In diesem Augenblick wurde an die Tür geklopft. Als sich Omar umdrehte, sah er Joan.

Sie trug einen großzügig geschnittenen weißen Baumwolloverall, der mit einer himbeerfarbenen Schärpe gegürtet war. Ihre Taille war schmaler, als er angenommen hatte; es gefiel ihm, wie der Stoff locker ihre Hüften und den Po umspielte. Das blonde Haar, das sie offen trug, floß ihren Rücken hinunter. Auch wenn ihm die Art und Weise, wie die Frauen der westlichen Welt sich kleideten, zusagte, sah er eine Gefahr darin, wenn sich sein Land diesem Trend öffnen würde. Für ihn war es wichtig, daß Männer und Frauen so blieben, wie sie waren – sein Hab und Gut.

Joan wirkte erregt, als sie mit langen, sicheren Schritten auf ihn zuging. In ihren Augen blitzte Entschlossenheit. Omar ahnte, daß etwas nicht in Ordnung war.

»Joan, kommen Sie herein, setzen Sie sich. Ich werde gerade für meine tägliche Fernsehsendung zurechtgemacht. Mein Volk ist begierig darauf, zu erfahren, was ich tue, was ich denke. Finden Sie, daß meine Augen zu dunkel wirken?«

»Nein«, sagte sie und schaute ihn an. Sie hatte bisher gar nicht gewußt, daß er ein Make-up trug. »Sieht gut aus.«

»Gut, gut. Amüsieren Sie sich gut?« fragte er höflich. Er sah sie an; in seinen Augen stand die Sorge um ihr Wohlbefinden, um die Erfüllung ihrer Wünsche.

Joan fand, er töne eher wie ein Hotelmanager als wie Omar, der Auserwählte. Sie hoffte, er würde nicht merken, wie wütend sie war, welche Angst in ihren Augen stand. Sie hatte in ihrem Leben schon eine Menge Fehler gemacht, aber so naiv war sie noch nie gewesen. Weil sie Omars Charme erlegen war, hatte sie sich in eine höchst gefährliche Lage gebracht. Wie auf einem Instrument hatte er mit ihr gespielt, hatte ihre Zweifel an ihrer Schriftstellerei ausgenutzt, um sie hierher zu locken. Dabei sah ihr so etwas gar nicht ähnlich. Joan war kein Mensch von raschen Entschlüssen. Alle ihre Freunde wußten, daß es tagelang dauerte, bis sie sich durchgerungen hatte, welchen Film sie an einem Wochenende sehen wollte – Omars Vorschlag dagegen hatte sie innerhalb kürzester Frist angenommen.

Der Zwischenfall heute nachmittag bestätigte ihre Gefühle von gestern abend. Sie hatte sich Hals über Kopf auf etwas Idiotisches eingelassen. Shana Alexander konnte vielleicht mit solch einer Situation fertig werden, aber Joan war sich jetzt völlig klar darüber, wie blauäugig sie doch gewesen war.

»O ja, alles ist – ist einfach großartig. Eigentlich macht es das, was ich sagen möchte, um so schwieriger. Mir ist ganz plötzlich eingefallen, daß ich Donnerstag abend in New York sein muß. Sie wissen ja, eine solche Reise, die entsprechenden Anschlüsse und alles... Ich habe wahrscheinlich meine Termine durcheinandergebracht, aber am dreiundzwanzigsten muß ich vertragsgemäß auf einer Buchmesse anwesend sein. Dieses Ereignis findet nur einmal im Jahr statt, meine Auflagen hängen davon ab, und so gern ich an Ihrer Proklamation teilnehmen würde, glaube ich, sollte ich doch lieber abreisen.«

Sie hoffte, überzeugend und keinesfalls zaghaft zu klingen. Jedenfalls hatte sie versucht, lässig zu bleiben.

»Sie können nicht von hier weg«, sagte er ausdruckslos.

»Ich muß. Aber wenn Sie mir alle Informationen schicken, setze ich mich gern hin und schreibe das Buch.« Sie war der Meinung, sein Ego müsse besänftigt werden, da er sie doch gerade gefragt hatte, ob sein Eyeliner zu dick aufgetragen sei.

»Ich bin wirklich traurig.«

»Und ich erst«, lachte sie. Ihr Lächeln verflog. Er glaubte ihr nicht.

»Sie müssen bleiben.«

»Wenn Mailer und Bellow und Updike erscheinen müssen, dann ich erst recht.« Sie versuchte alles, fühlte aber, daß es hier um Leben und Tod ging.

Omar erhob sich und nahm Joans Hand. Jetzt war er der charmante Omar, kühl, lächelnd, betörend.

»Joan, ich bin kein Mann wie alle anderen, die Sie kennen. Der Himmel hat mich erwählt, der Erlöser zu sein. Noch zwei Nächte, und Sie werden es erleben.«

»Ich kann nicht. Ich würde ja gern, aber ...«

Plötzlich verengten sich seine Augen, wirkten fast rot. Joan war zu weit gegangen.

»Ich glaube, wenn Sie hier einmal herumfragen, werden Sie feststellen, daß ich noch nie ein Nein als Antwort akzeptiert habe.«

Joan war sprachlos. War dies die ›Abmachung, die sie nicht ausschlagen konnte‹? Mein Gott, was hatte er denn eigentlich mit ihr vor?

Omar nahm sich das Handtuch ab und warf es – ein wenig zu heftig, wie Joan fand – auf den Stuhl. Als er sprach, klang seine Stimme gepreßt. Sein Zorn richtete sich eindeutig gegen Joan.

»Wenn Sie mich jetzt entschuldigen würden – mein Volk.«

Er wandte sich um und ging auf die Tür zu.

»Was ist der Juwel?« platzte Joan heraus. Sie war überrascht, daß sie das laut ausgesprochen hatte. Aber sie mußte es wissen. Er war sowieso schon wütend auf sie; also kam es darauf jetzt auch nicht mehr an.

Er blieb stehen und sah sie von der Seite her an. Tödlicher Ernst lag in seinen Augen, kein Lächeln lag auf seinen Lippen.

»Der Juwel. Ja, ich ahnte, Sie würden danach fragen. Der Juwel ist eine Legende. Ich dagegen bin Wirklichkeit.«

In Mexiko war es üblich, daß um die Tageszeit, wenn die Nachmittagssonne ihre sengenden Strahlen auf den Marktplatz schickte, die Dorfbevölkerung und Verkäufer eine Siesta hielten. In Omars Dorf, wenn das Treiben in den Souks völlig aufhörte, war es die Zeit für ›DENVER‹. In einem Bazar nach dem anderen wurden Fernseher amerikanischer und japanischer Herkunft eingeschaltet, und in synchronisierter Fassung bekämpften sich Alexis Carrington und Krystal. An einheimischen Früchten, Schokoladeriegeln und gewürzten Chips herumkauend, ließen sich Omars Untertanen von dem Geschehen auf dem Bildschirm hinreißen. Die Frauen deuteten auf das Silberlamékleid, das Nolan Miller für Krystal entworfen hatte, begeisterten sich für die breite, wattierte Schulterpartie. Eine jüngere Dorfbewohnerin zupfte ihren Schleier zurecht, versuchte, es sich bequemer zu machen. Die neben ihr sitzende ältere Frau ließ sich über die Freiheit aus, die die amerikanischen Frauen bei der Wahl ihrer Kleider hatten.

Gerade als Alexis zu einer handgreiflichen Auseinandersetzung mit Krystal überging, wurde der Bildschirm schwarz. Anstatt die Fortsetzung des Kampfes zwischen Krystal und Alexis – eine Szene, auf die die Dorfbewohner seit zwei Wochen warteten – erblickten sie nun Omars lächelndes Gesicht.

Aus allen Bazars, aus jedem Zelt und jeder Bude des Souks erklang lautes Aufstöhnen, Knurren und verärgertes Schreien. Omars Untertanen gierten also doch nicht so nach seinem Wort, wie er selbst glaubte.

Meere von Sand wölbten sich zu Kegeln und Wellen; sie bildeten hinreißende goldene Formationen in der Sahara. Die untergehende Sonne, die so groß war, daß es schien, sie würde die Erde verschlingen, ließ die Wüste, einem Chamäleon gleich in feurigem Rot, Orange und Rostfarbe erglühen. Durch schwankende Hitzeschwaden, die sich von den Dünen erhoben, zog eine Kamelkarawane, die aus mehr als einem Dutzend Reitern bestand; ihre Kleidung und ihre Reisegewohnheiten legten Zeugnis von einer angestammten Zivilisation ab.

Plötzlich blieb das Leitkamel stehen. Die goldenen Quasten und Zügel wischten ihm über das unbeweglich ernste Gesicht. Der Reiter warf den Kopf zurück und stieß den durchdringenden Schrei der Derwische aus. Die Stille der Sahara um sie herum wurde erschüttert, aber niemand in der Karawane außer den beiden Reitern auf dem letzten – dem kleinsten – Kamel reagierte.

Jack drückte die Knie an das Kamel, in der Hoffnung, es würde aufschließen, aber nichts schien zu helfen. Sporen hätte er gebraucht, überlegte er. Stundenlang und mit lediglich einer Pause in einer Oase gegen Mittag ritten sie jetzt schon durch die Wüste. Über Oasen hatte sich Jack noch nie groß den Kopf zerbrochen. Selbst in Kolumbien war er niemals zu weit von einem Dorf, in dem er ein Bier bekommen konnte, entfernt gewesen. Als sie schließlich die kleine und von Palmen umstandene Grasinsel erreicht hatten, war ihm, als hätte er das Paradies betreten. Nie hatte Wasser so köstlich geschmeckt. Fast zwei Stunden hatten sie gerastet. Die Mittagshitze wäre zu arg, hatte Tarak gesagt. Jack befühlte seine Nase. Obwohl er einen Hut trug, war sie völlig verbrannt. Unwillkürlich mußte er an Joans Nasenschutz denken. Und an Joan selbst.

Wieder trieb er mit seinen Knien das Kamel an. Er dachte an die Nächte, als sie sich unter dem Sternenhimmel geliebt hatten, an ihre Art, über die Kinkerlitzchen zu lachen, die er in jedem Fischerdorf auf ihrer Reise erstanden hatte. Er stellte sie sich wieder in Paris vor, wie sie Modellkleider probiert hatte und sie beide in einem winzigen Café am linken

Seine-Ufer Croissants gegessen hatten. Er erinnerte sich daran, wie sie ihm am Morgen beim Rasieren zugeschaut und wie sie seine Fußsohlen gekitzelt hatte. Am meisten dachte er daran, wie er sie in seinen Armen gehalten hatte, wie ihr Herz an seiner Brust pochte und ihm deutlich machte, daß sie lebte und ganz nahe bei ihm war. Auf jeder Etappe seiner Reise konnte er ihre Stimme hören, wie sie ihm sagte, daß sie ihn liebte. Vielleicht konnte er sich von ihrem Bild befreien; ihre Stimme aber würde ihn immer und überall verfolgen.

Lange nach Sonnenuntergang erst erreichten sie das Lager der Derwische – ein großes Lager mit mehr als einem halben Dutzend Zelten in allen Farben, das mitten in der Wüste aufgeschlagen war. Das größte Zelt war mit roten, goldenen und schwarzen Quasten verziert, die von einer flachgespannten Plane hinunterhingen. Jack vermutete, daß dieses Zelt Tarak und seinem Bruder, den beiden Anführern des Stammes, gehörte. Von gewaltigen Feuerstätten leckten lange Flammenzungen zum dunklen Himmel empor. Knisternde Funken sprühten durch die Luft und umtanzten das Lager wie Glühwürmchen.

Als sie von den Kamelen abstiegen, sah Jack, daß die Frauen und Kinder, die auf sie zuliefen, alle in farbenprächtige Gewänder, buntbedruckte Schleier und Tuniken gehüllt waren. Die Frauen waren über und über mit Schmuck behängt; selbst an ihren Schleiern und Kopftüchern baumelten Medaillons.

Er vernahm den Klang von Flöten, Tamburins, Trommeln und Holzblasinstrumenten. Von überallher tauchten Tänzer auf, Jongleure und Säbeltänzer. Junge Männer in Pluderhosen, nacktem Oberkörper und ohne Kopfbedeckung begannen einen Jahrhunderte alten rituellen Tanz, bei dem sie lange, blitzende Schwerter durch die Luft wirbelten. Alle, selbst die Kinder, tanzten mit.

Als Tarak abgesessen hatte und das Lager betrat, bemerkte Jack, daß sich alle vor ihm verneigten und ihm zuwinkten. Dann stieg einer der Brüder vom Kamel ab und wurde von einer bildschönen Frau und einem kleinen Jungen begrüßt. Der Bruder wühlte in seinem Gepäck, brachte einen Maxi-Stereorecorder mit Umspielvorrichtung zum Vorschein, worauf der Junge entzückt aufschrie und seinen Freunden ein Zeichen machte. Ein halbes Dutzend Kinder kamen jetzt angerannt. Sie umarmten den Vater, nahmen dann auf einen Wink von ihm hin den Stereorecorder und rannten wieder davon. Der Bruder blickte auf die wunderschöne Frau hinunter, schlug ihr den zarten Schleier zurück und küßte sie innig.

Jack mußte den Kopf abwenden.

In diesem Augenblick tauchte Tarak bei Jack und Ralph auf.

»Kommen Sie. Wir haben zu essen, wir haben zu trinken.«

»Haben Sie eine Toilette?« fragte Ralph.

Tarak ignorierte ihn und wandte sich an seine Leute. »Das hier sind unsere Freunde aus Amerika. Sie werden uns helfen, den Juwel zurückzuholen.«

Als Tarak gesprochen hatte, erhob sich ein Sturm der Begeisterung. Alle rannten zu dem Kamel hinüber und halfen Jack und Ralph beim Absteigen.

Einige verschleierte Mädchen nahmen Jack bei der Hand.

»Na schön. Mühsame Reise, aber jetzt hätte ich gern ein Millerbier«, scherzte er und rieb sich die Sitzfläche. Er hoffte, daß sie eine lange Rast machen würden.

Die Mädchen reckten ihre Arme, um auch Ralph vom Kamel herunter zu helfen, aber er wehrte ab.

»Haut bloß ab. Nicht anfassen. Das letzte, was ich brauchen kann, sind noch mehr Berührungen.«

Ralph wollte sich zu den Leuten gesellen, stellte aber bei jedem Schritt fest, daß sein Hintern nicht nur wund, sondern völlig durchgescheuert war. Eine ganze Woche Schonung und Salbenverbände würde er brauchen, um sich zu kurieren. Dabei hatte Ralph keine Woche Zeit – nicht, wenn er den Stein wollte. In diesem Augenblick schnaubte das Kamel in Richtung Ralph. Ralph schaute sich um, sah, daß ihn keiner beobachtete, ging dann zurück und trat dem Kamel gegen die Schienbeine.

»Das ist für dich, Mr. Ed.«

Noch ehe er sich umdrehen und weggehen konnte, spuckte ihm das Kamel mitten ins Gesicht. Fluchend zog Ralph sein Taschentuch heraus und wischte sich ab. Hoffentlich machte der Edelstein alles wett, was ihm widerfuhr.

Das Lager war erfüllt mit Musik; die rituelle Melodie des Stammes mischte sich mit den Rhythmen der heißen Laute, die aus Chaka Kahns Trompete stammten.

Die Kinder sprangen auf und führten jetzt Breaktänze nach Art der Nomaden auf. Mehrere von Taraks Brüdern griffen nach ihren bunten Bällen und Stäben und begannen im Takt zu jonglieren.

Jack und Ralph, die unter Taraks Schutz standen, wurden aufgefordert, ihn in sein Zelt zu begleiten, dessen Wände mit langen farbenfrohen Seidenbahnen und goldenen Ketten geschmückt waren. Da es nachts kühl wurde, hatte Tarak Jack zu einer gestreiften wollenen Tunika überredet. Um einen tragbaren Tisch herum, der aus Messing gefertigt zu sein schien, saßen die älteren Anführer des Stammes, an deren Namen sich Jack, obgleich sie einander vorgestellt worden waren, nicht mehr erinnern konnte.

Tarak klatschte in die Hände, und sofort erschienen bildhübsche Mädchen in glänzenden Pluderhosen mit riesigen Messingtabletts voller Speisen – mit Pekan und Käse gefüllten Datteln, Obst, Melonen, Beeren, Nüssen sowie scharfgewürztem Fleisch, von dem Jack nicht sagen konnte, ob es vom Schwein oder Lamm stammte. Einige Fleischstücke waren gebraten, andere, wie er meinte, in Mehl gewälzt und dann in heißem Fett gebacken; merkwürdig aussehende Wurststückchen gab es, Ziegenkäse und Wein im Überfluß.

Und dann schwirrten auf einmal Messer, Fleischspieße, Früchte und Fleischstücke durch die Luft. Einen Augenblick lang wußte Jack nicht, ob er in Gefahr war oder ob man sich hier um das Essen balgte. Dann aber sah er, daß diese Leute die Speisen nicht weiterreichten, sondern sie sich gegenseitig zuwarfen. Er schloß sich dem Spielchen an, griff nach Früchten, Fleischstücken und Gemüse und stellte sich sein eigenes Shish Kebab zusammen. Den Fleischspieß legte er auf den Hibachi und wartete dann, bis ein Mädchen seinen goldenen Trinkbecher mit Wein gefüllt hatte.

Tarak plauderte mit den Frauen und Männern. Tänzerinnen kamen in das Zelt, spielten auf ihren Tamburins und Flöten. Mit großen Augen beobachtete Jack, wie Gegenstände hin und her flogen und die Tänzerinnen einen Schleier nach dem anderen abstreiften.

Halb betrunken beugte sich Tarak zu Jack.

»Wir tanzen, wir singen, wir feiern unsere Einheit mit dem Himmel. Das ist der Derwischpfad.«

Ralph stieß Jack an. »Würdest du dir einmal diese Kerle ansehen? Vor denen ist heute nacht keiner sicher.«

Tarak nahm einen großen Schluck Wein und schien doch auf einmal völlig nüchtern zu sein. »In der Wüste gibt es verschiedene Stämme mit unterschiedlichen Lebensweisen, und trotzdem kamen wir alle miteinander aus, ehe Omars Leute unseren Juwel raubten. Jetzt herrscht nur noch Argwohn und Ungerechtigkeit.«

Jack nickte nur, Tarak fuhr fort:

»Meine Brüder und ich werden Sie zur äußeren Begrenzung des Dorfes bringen. Weiter können wir nicht gehen. Wir gelten als Feinde und würden, wenn man uns entdeckt, erschossen werden. Helfen Sie uns, den Juwel zu finden, und wir werden Ihnen alles geben, was wir besitzen.«

»Hast du das gehört, Colton?« flüsterte Ralph. »Tolles Geschäft. Wir verschaffen ihnen den Klunker, und die speisen uns mit einem Dutzend Steakmesser ab.«

»Nimm dich lieber zusammen. Wenn dich diese Burschen mit dem Juwel erwischen, schlitzen sie dir den Bauch auf und bescheren dir anschließend sechs weitere Todesarten.«

Ralph, dem bei diesen Worten reichlich mulmig wurde, winkte ab. Bildete sich Colton ein, irgend jemand mit diesem Quatsch Angst einjagen zu können? In Kolumbien hatte er mit Zolo Situationen erlebt, die sehr viel verzwickter waren als die Auseinandersetzung mit einem Haufen arabischer Ignoranten. Wenn er darüber nachdachte, war er froh, daß Colton Muffensausen hatte. Das bedeutete doch, daß seine Chancen stiegen, den Stein und Coltons Zwanzigtausend zu kassieren.

Ralph angelte sich eine Zigarette. »Laß mich nur machen«, sagte er zu Jack.

Er fischte nach seinem Feuerzeug, aber seine Taschen waren leer. Verdammt! Hatte er es in der Oase zurückgelassen? Noch einmal wühlte er seine Taschen durch.

Der neben ihm sitzende Derwisch wandte sich Ralph zu und blies an die Zigarette. Eine riesige Flamme fuhr aus seinem Mund und setzte das Nikotinstäbchen in Brand.

Drei, vier, fünf perfekte Rauchringe schwebten über Jacks Kopf in die Nachtluft. Gierig zog er an seiner Zigarette, formte einen weiteren Ring. Er blickte in den Mond. Er wußte, daß sie sich in der Nähe des Äquators befanden und deshalb der Mond wie ein weiterer Planet wirkte, der senkrecht auf ihn hinunterstrahlte. Er hatte schon über den Mond in der Wüste sprechen hören, die Geschichten über seine Größe jedoch als Übertreibung gewertet.

Jack sah zum Lager hinüber, in dem sich jeder unter die gestreiften Überdachungen zur Ruhe begab. Die Feuer brannten hinunter zu aufflackernden Aschehäufchen. Bis auf das leise Schnauben der Kamele durchbrach kein Laut die Stille.

Zu einem Helden hatte sich Jack nie geeignet. Und jetzt erwarteten diese Leute von ihm, daß er ihr Juwel zurückholte. Er schüttelte den Kopf. Wie hatte es so weit kommen können?

In Kolumbien war er gewinnsüchtig gewesen, stets dem Schatz auf der Spur – bis er sich in Joan verliebt hatte. Jetzt war er wieder hinter einem Schatz her, wußte jedoch, daß er den Stein nicht behalten würde. Diesmal war kein Geld für ihn drin. Was er über die Derwische zu Ralph gesagt hatte, meinte er wirklich so. Sie würden ihn in Stücke reißen. Jack wollte nicht, daß Ralph etwas zustieß. Was war das doch für ein komischer Kerl, dieser Ralph! Jack empfand sich als sein Beschützer.

Er wunderte sich, was seit kurzem in ihn gefahren war.

Vor zwei Tagen noch hätte er sogar die Idee, mit Joan über die Verantwortung in einer Ehe zu sprechen, weit von sich gewiesen. Und jetzt, hier, versuchte er, Ralph gegenüber den großen Bruder zu spielen, einer Horde Nomaden, die er kaum kannte, zu ihrem Glück zu verhelfen und noch dazu das Unternehmen zu wagen, seine Joan zu retten.

Jack zog aus seiner Brieftasche einen Schnappschuß von Joan, das einzige, was ihm nach der Explosion der ANGELINA verblieben war. Das Mondlicht fiel auf das Foto, hob Joans Gesicht deutlich hervor. Verrückt war er gewesen, sie gehen zu lassen. Er hätte sie zur Rede stellen sollen – in Anwesenheit von Omar, Gloria und all diesen Buchsnobs. Suchte sie denn nur das Abenteuer, so wie damals in Kolumbien? War es das, wonach sie sich so sehr gesehnt hatte? Er hätte sie fragen sollen, warum sie ihm einen Korb gab.

Er wollte nicht den Helden für die Derwische oder für Joan spielen. Er wollte nichts weiter, als ein normaler Mann sein. Vielleicht war dies das Problem gewesen. Joan hatte nicht einfach nur einen Mann gewollt. Nicht nur Jack.

Aber jetzt war es ihm gleichgültig, was sie wollte. Er wollte sie, und er machte sich auf, sie zurückzuholen. Aus dem, was Tarak ihm bisher erzählt hatte, ging hervor, daß es ein gefährliches Unternehmen war. Jack wußte, daß es ihm nicht schwerfallen würde, sich Zutritt zum Palast zu verschaffen. Wieder herauszukommen, das würde dagegen schwierig sein.

Jack hoffte, daß es Joan gut ging – daß ihr Omar nichts angetan hatte. Mein Gott! Jacks Hand krampfte sich um den Schnappschuß. Wenn er ihr etwas getan, ihr auch nur ein Haar gekrümmt hatte...

Wieder blickte Jack zum Himmel empor. Das einzige, was er jetzt tun konnte, war beten.

Kapitel IX

Joan schaute in den silbern schimmernden Mond und fand, daß sein Leuchten mit nichts zu vergleichen war. Dabei war es doch derselbe Mond, den sie von Kindheit an betrachtet hatte; aber seit sie Jack begegnet war, wirkte der Mond irgendwie anders. Im Augenblick empfand sie ihn als das Traurigste, das sie je erblickt hatte. Alles hätte sie gegeben, wenn sie jetzt Jacks Arm um sich gespürt und seine Stimme gehört hätte. Aber das war ein Ding der Unmöglichkeit. Jack wollte sie nicht. Wenigstens hatte er ihr den Schmerz erspart, offen auszusprechen, daß er sie nicht mehr liebte. Sie wußte, daß diese Worte sie ihr ganzes Leben lang verfolgt hätten.

Sie fragte sich, wie viele Nächte vergehen würden, bis die Erinnerung an ihn verblaßt wäre. Sie konnte einfach nicht im Bett schlafen. Jedesmal, wenn sie sich umdrehte, streckte sie die Arme aus, glaubte, Jack läge neben ihr. Aber er war nicht da. Vergangene Nacht hatte sie im Sessel geschlafen. Heute nacht würde sie es wohl wieder so machen müssen. Und morgen nacht und alle weiteren Nächte auch – bis sie Omars Buch geschrieben hätte. Großer Gott! Das Buch...

Um das kam sie nicht herum. Sie würde das Beste aus der Situation machen müssen. Denn eine Möglichkeit, hier herauszukommen, sah sie nicht. Er hatte eine weitere Wache an ihrer Tür postiert – als ob fünf dieser brutalen Kerle nicht genug wären.

Joan stützte sich auf das Fensterbrett und blickte ein letztes Mal in den Mond, als sie den Motor eines Lastwagens auf dem Platz jenseits des kleinen Hofes aufheulen hörte. Joan rannte zu ihrem Nachttisch und knipste die Lampe aus. Sie wollte verhindern, daß jemand bemerkte, daß sie noch wach war. Sie kehrte zum Fenster zurück und schaute hinunter auf den Platz.

Ein großer Jeep mit Vierradantrieb tauchte auf dem Platz auf und bremste scharf ab. Sofort erloschen die Scheinwerfer, ebenso alle Lichter um den Platz herum. Im Schein des Mondes konnte Joan jedoch die Umrisse zweier Männer ausmachen, die aus dem Jeep stiegen. Als sie sich umdrehten, konnte sie ihre Gesichter klar erkennen. Es waren zwei Kaukasier, beide um die fünfundvierzig Jahre, wie sie schätzte. Sie trugen Overalls und Baseballmützen, und Joan fand, daß sie sich von all den anderen, die sie gesehen hatte, seit sie sich in Omars Palast befand, deutlich unterschieden.

Unten öffnete sich eine Tür, und zwei von den Wächtern traten heraus, vermutlich, um den anderen Männern zu helfen. Sie gingen um den Jeep herum und fingen an, ihn zu entladen. Joan sah eine riesige Spule von der Größe eines Küchentischs, die mit dünnem Draht umwickelt war. Eine weitere Spule wurde entladen und darüber hinaus Kisten und Kartons.

Einer der Männer in Overalls ließ die Spule, die er schleppte, nur knapp neben den Fuß seines Kumpels fallen.

»Verdammt, J. T., paß doch auf!« brüllte er.

Amerikaner! Vor Freude hätte Joan fast in die Hände geklatscht. Sie sah zu, wie sie die Spulen aufnahmen und weiterarbeiteten.

In diesem Augenblick spürte Joan, daß sie eine schwere Entscheidung zu treffen hatte. Entweder konnte sie schmollend in ihrem Zimmer hocken bleiben und über Jack nachdenken und sich weigern, Omars Buch zu schreiben – oder mit der Geschichte anfangen, die zu schreiben sie hierhergekommen war. Omar hatte gewünscht, daß sie über den ›Auserwählten‹ schrieb. Es war offenkundig, daß es hier etwas zu schreiben gab, wenn auch nicht über Omars Geisteskräfte.

Omar war ein Betrüger; sie vermutete sogar, daß er mehr war. Heute bei der Schminksitzung hatte sie gespürt, daß er sie umbringen würde, wenn sie sich nicht fügte. Einen Beweis hatte sie jedoch nicht. Ein Journalist, ein wirklicher Journalist, würde diesen Beweis erbringen. Dann würde sie eine Möglichkeit finden, den Palast zu verlassen und der Welt die Augen über Omar öffnen.

Joan hatte sich eingeredet, sie sei keine Journalistin. Aber versucht, eine zu sein, hatte sie noch nicht. Jetzt war die Gelegenheit da. Wenn ihre Vermutungen richtig waren, hatte sie der Welt mehr zu berichten als nur eine Geschichte. Vielleicht war sie sogar in der Lage, Dinge zu verändern.

Joan ging auf die Tür zu und schaute hinaus. Alle sechs Wächter bauten sich in Hab-Acht-Stellung auf. Rasch schloß sie wieder die Tür. Sie mußte etwas ausfindig machen, aber sie hatte ja bereits erlebt, wie sie reagierten, wenn sie sich selbständig machen wollte.

Sie mußte sich etwas anderes ausdenken. Sie griff nach ihrer Nikon, hängte sie sich um den Hals, kletterte vom Fenster aus auf den Mauervorsprung und drückte sich eng an die Wand. Plötzlich wirkte der Abstand zum Boden viel größer als vom Zimmer aus. Vorsichtig tastete sie sich den Mauervorsprung entlang zur Treppe, setzte einen Fuß vor den anderen. Sie kam an einem anderen Fenster vorbei, aus dem Stimmen drangen – die Stimmen Omars und Hassans. Sie lachten.

Sie schaute in das Zimmer hinein.

Es war ein großer Raum, doppelt so groß wie ihr Zimmer. Die Wände waren tapeziert mit Fotos, die Omar zeigten; in einer Ecke stand auf einem marmornen Sockel, von einem Scheinwerfer bestrahlt, eine Bronzebüste Omars. Das hier war kein Zimmer, sondern eher ein Altarraum.

Die Einrichtung bildeten reich verzierte chinesische Möbel, tiefschwarz lackierte Truhen, Tische und Lehnstühle, sowie ein monströses Bett von zehn Fuß Höhe, ebenfalls in orientalischem Stil gefertigt. An der Joan gegenüberliegenden Wand hing eine große Landkarte vom Sudan und dem Niltal, in der verschiedene Stellen entlang des Nils durch aufgesteckte Fähnchen markiert waren.

Omar saß in einem Ledersessel an seinem Schreibtisch und beschäftigte sich mit drei Fotostapeln, die vor ihm lagen, die Joan jedoch noch nicht erkennen konnte. Hassan schaute Omar über die Schulter.

»Gut getroffen«, sagte Omar und wühlte die Fotos durch, »gut getroffen.« Er zog ein anderes Foto aus dem Stapel. »Ah, mein Lieblingsbild! Wenn du mir nicht gesagt hättest, daß das einmal Rashid ben Amar war, hätte ich es nicht gewußt.«

Hassan stimmte in sein Gelächter ein.

Omar nahm das Foto, das ihm so gut gefiel, und ging hinüber zu einem schwarzen Brett an der linken Wand. Joan mußte sich ein wenig vorbeugen, um zu verfolgen, was jetzt geschah, und als sie dessen gewahr wurde, hielt sie sich erschreckt den Mund zu.

Omar heftete das Foto neben einen anderen Schwarzweiß-Abzug, auf dem ein Mann zu sehen war, der an einem Seil aufgeknüpft worden war. Ein grauenhafter Anblick. Daneben hing ein Bild von einem brennenden Auto und ein weiteres Foto, das einen enthaupteten Jungen zeigte. Omar beging nicht nur politische Morde, er fotografierte sie außerdem. Er war mehr als wahnsinnig, überlegte sie.

»Hassan, unsere Feinde sind erledigt. Es ist an der Zeit für den nächsten Schritt – dem Volk die Seele zu rauben.«

Es klopfte an der Tür. Omar gab Befehl einzutreten, worauf ein Wächter erschien.

»Sind die Amerikaner soweit?« fragte Omar. Der Wächter nickte.

»Ich komme sofort«, antwortete Omar.

Als der Wächter verschwunden war, warf Omar einen letzten Blick auf seine Galerie des Grauens.

»Das hier ist immer noch mein liebstes Bild«, sagte er zu Hassan.

Dann verließen beide Männer den Raum.

Joan wartete eine Weile, um sicherzugehen, daß die Luft rein war. Sie kletterte ins Zimmer und ging hinüber zu der Landkarte. Die Städte mit den Nadeln und Flaggen hatten etwas zu bedeuten. Die Fotos sahen aus der Nähe noch schrecklicher aus. Joan hätte sich am liebsten übergeben, legte aber statt dessen die Linse ihrer Kamera frei und knipste so oft wie möglich die Landkarte und die Galerie mit den Fotos. Sie schaute vorsichtig zur Tür heraus, und als sie keinen Wächter erblickte, ging sie in die Halle hinunter.

Als sie um eine Ecke bog und einen großen Raum betrat, entdeckte sie keine Spur von Omar. Obwohl er, wie sie annahm, hier vorbeigekommen sein mußte. Sie schritt über den Parkettboden, als sie plötzlich von der anderen Seite her Stimmen vernahm. Rasch duckte sich Joan hinter eine Säule und beobachtete, daß etwa ein Dutzend Frauen in prächtigen Haremsgewändern aus Chiffon und Seide den Raum betraten. Sie lachten und kicherten, so daß Joan sicher sein konnte, sie hätten sie nicht entdeckt. Eine besonders hübsche Frau eilte zur Wand an der anderen Seite und zog an einer Schnur, worauf die langen, fließenden Portieren sich teilten und den Blick auf eine Spiegelwand freigaben. Die Frauen begannen sich zu entkleiden. Ihre Gewänder bauschten sich zu farbenfrohen Stoffhaufen zu ihren Füßen, enthüllten Körper, die in engen Gymnastikanzügen und Strumpfhosen steckten, der neuesten Kreation des amerikanischen Aerobic-Marktes. Eine Frau mit fuchsiarotem Oberteil und grauen Strumpfhosen öffnete einen riesigen Holzschrank.

Sie drückte einen Knopf, worauf sich ein überdimensionaler Fernseher herausschob. Sie wählte eine Videokassette, schob sie in den Recorder und stellte den Apparat an.

Jane Fonda, gertenschlank und schön wie der Filmstar, der sie war, beherrschte den übergroßen Bildschirm. Musik und darüber Janes Stimme, die ihre Aerobic-Jünger unterwies, erfüllten den Raum.

Joan wartete ab, bis die Frauen das Aufwärmprogramm absolviert hatten und so beschäftigt waren mit ihrer Gymnastik, daß sie nicht merkten, wie Joan zu der nächsten Säule und immer weiter schlüpfte, bis sie aus dem Raum draußen war.

Ohne von jemand gesehen zu werden, schaffte Joan sogar den Weg über den Hof, über dem eine tödliche Stille lag. Kein Zeichen von Omar oder Hassan. Joan schaute vorsichtig in einen Türeingang, entdeckte aber niemand in dem Freiluftkorridor. Dafür hörte sie jetzt die seltsame Flötenmelodie, die sie bereits in der Nacht zuvor von dem hohen Turm am anderen Ende her vernommen hatte.

Weil sie neugierig war, ging sie auf den Turm zu. Sie glaubte nicht, daß die Musik irgend etwas mit Omar zu tun hatte, aber sie klang so traurig. Dann wiederum glaubte sie, daß das Flötenspiel vielleicht doch eine Menge mit Omar zu tun hatte.

Kaum war sie ein paar Schritte vorwärts gegangen, als sie einen eigenartigen mechanischen Summton hörte, der von irgendwoher unterhalb des Palastes kam. Sie wandte sich um und ging die Wand des Palastes entlang. Das Summen wurde lauter, als sie auf ein Gitter in Bodenhöhe zuging. Ein Kellergeschoß, überlegte sie, und kniete sich hin.

Das monotone Summen war jetzt ziemlich laut. Joan schaute durch das Gitter und erblickte ein höchst merkwürdiges Gebilde, einem Rube-Goldberg-Objekt ähnlich, mit Scheiben, Rädern und Drähten, die daraus hervorquollen. Sie konnte nicht sehen, wo die Drähte hinführten, nur, daß es ihrer Hunderte waren. Rote, blaue, grüne und purpurne Zeichen leuchteten auf und verstummten wieder. Joan sah sich in dem Raum um. Er war dreimal so groß wie das Gymnastikzimmer des Palastes.

Drei amerikanische Techniker waren mit der riesigen Apparatur beschäftigt. Joan erkannte die beiden aus dem Jeep, dazu noch einen dritten, der auf den Namen ›Colt‹ hörte. Er ordnete die Drähte an. Jetzt nahm er seine Baseballmütze ab, setzte sich Kopfhörer auf und fuhr fort, mit den schwarzen und roten Drähten herumzuexperimentieren.

Der Mann, den Joan als J. T. kannte, betätigte ein Funkgerät.

»Wie macht sich das, Mr. Omar? Auszuhalten?«

Joan sah sich um, konnte aber Omar nicht entdecken; lediglich seine Stimme war zu hören.

»Die Maschine ist sehr laut«, beschwerte sich Omar.

»Bei all den Begeisterungsstürmen werden Sie das gar nicht bemerken«, beruhigte Colt ihn.

»Nun, ich denke, das wär's dann«, meinte Roy, der dritte Mann. »Verlassen Sie sich ganz auf uns, Mr. Omar. Wir haben den gleichen Effekt auch schon bei mehreren Spielfilmen eingesetzt. Mancher Star würde gar nicht ohne uns arbeiten.«

Joan suchte angestrengt weiter. Omar mußte hier irgendwo sein. Wenn sie ihn bloß sehen könnte! Vielleicht fände sie dann heraus, was hier vor sich ging. Noch nie hatte sie eine so gewaltige Stereoanlage gesehen. Sie erinnerte sie an eine große zwanzig oder dreißig Jahre alte Computer-Datenbank, nur daß dies hier kein Computer war.

»Weitermachen«, brummte Omar ungeduldig.

Colt machte sich am Funkgerät zu schaffen. »In Ordnung, Roy, jetzt weg damit.«

Roy drehte an seinem Funkgerät herum.

J. T. paßte ganz genau auf. »Langsam, langsam...«

»Sieht gut aus. Sieht gut aus«, sagte Colt erwartungsvoll.

Plötzlich ein lauter Krach. Joan fuhr fast aus der Haut.

»Ah, Scheiße!« Roy preßte die Hand auf die Scheibe und schaltete das Gerät ab.

»Nun ja, Mr. Omar, das ist ein ganz besonderer Effekt. Sie müssen uns die Zeit einräumen, damit klarzukommen. Ich garantiere Ihnen, daß es schon hundertmal geklappt hat.«

Omar tauchte auf; er brüllte.

»Hassan! Ich will sofort zu ihm!«

Rasch hielt Joan die Kamera an das Gitter und knipste etwa sechs Fotos. Keine Zeit, Entfernung oder Belichtung richtig einzustellen. Hoffentlich wurde wenigstens eins etwas. Sie konnte Omars und Hassans stampfende Schritte eine in der Nähe befindliche Treppe heraufkommen hören. Sie stand auf, preßte sich mit dem Rücken in dem Augenblick an die Wand, als Omar und Hassan auf der Treppe, die nach unten führte, auftauchten. Joan hielt die Luft an, als sie an ihr vorüber und über den Hof in Richtung Turm gingen, aus dem die Flötenmusik gedrungen war.

Sie sah, wie sie durch die schmale Tür am untersten Teil der Turmmauer verschwanden. Joan hatte diese Tür vorher nicht bemerkt; jetzt rannte sie darauf zu. Rasch schlüpfte sie in den Turm und schloß die Tür hinter sich.

Dunkel war es, fast zu dunkel. Auf der Suche nach der ersten Treppenstufe stolperte Joan zweimal. Sie war ganz sicher, daß Omar und Hassan sie nicht gehört hatten, denn die beiden unterhielten sich noch immer miteinander. Langsam folgte sie ihnen die enge gewundene Treppe hoch, achtete darauf, daß der Abstand zu den beiden Männern groß genug blieb. Sie wollte wissen, was sie vorhatten – entdeckt wollte sie dabei aber nicht werden.

Als Joan den obersten Treppenabsatz erreicht hatte, sah sie einen kleinen Gang, der zu einer großen hölzernen Tür mit einem winzigen vergitterten Fenster führte. Eine Zelle, irgendein Gefängnis mußte das sein. Sie überlegte, wen Omar in einem solchen Raum gefangenhalten könnte. An wem konnte ihm so gelegen sein? Sie hatte ja bereits erlebt, daß er jeden, in dem er einen Feind vermutete, einfach auslöschte. Sie vernahm Stimmen.

Omar und Hassan haben das Zimmer betreten, überlegte sie und beschloß, sich nicht weiter vorzutasten. Sie wandte sich zur gegenüberliegenden Seite der Treppe, versteckte sich in deren Schatten und lauschte angestrengt, um etwas von der Unterhaltung mitzubekommen.

Omars Stimme klang erregt und verärgert.

»Sag mir, wie es gemacht wird!« befahl er.

Joan vernahm keine Antwort. Das Geräusch eines heftigen Schlags, dann eines zweiten Schlags. Noch immer hörte sie nichts. Sie war überzeugt, daß Hassan seiner Lieblingsbeschäftigung nachging – wehrlose Menschen zu prügeln.

»Es ist ein Wunder. Man kann es nicht weitergeben«, sagte jetzt eine Stimme gepreßt, aber ruhig.

»Mir reißt der Geduldsfaden!« schrie Omar.

Schuhe scharrten, die Tür zu der Zelle öffnete sich. Joan erschrak zu Tode. Sie konnte sich nirgendwo verstecken; sie hatte zu lange gewartet. Ohne entdeckt zu werden, konnte sie jetzt nicht mehr die Treppe hinunterklettern. Das einzige, was ihr übrigblieb, war, wieder im Schatten der Wand unterzutauchen und zu beten, die Männer würden sie nicht bemerken.

Eng an die Mauer gepreßt, beobachtete Joan, wie Omar und Hassan die Zelle verließen, die Tür verschlossen und die Treppe hinunterstiegen. Sie lauschte den Schritten, bis sie überzeugt war, sie seien unten angekommen.

Vorsichtig ging sie auf die Tür zu, stellte sich auf die Zehenspitzen und schaute durch das winzige Fenster. In der

Zelle saß ein dunkelhäutiger Mann, der eine Brille trug. Er war ziemlich hager; seine nackten Arme ragten aus dem verschmutzten groben Hemd, und seine ausgebeulten Hosen waren mit einem Strick um die schmale Taille befestigt. Er mochte um die fünfundvierzig Jahre alt sein; Joan war sich dessen aber nicht sicher. Genauso gut konnte er auch hundert sein. Sein Haar war schütter, kraus, verwahrlost. Mit gekreuzten Beinen saß er da und spielte auf seiner Flöte. Joan mußte an die vielen Schlangenbeschwörer denken, die sie nachmittags im Bazar getroffen hatte. Jedenfalls sah der Mann nicht aus, als könnte er Omar gefährlich werden.

Joan hob die Kamera, um den Mann zu fotografieren. Irgendeine Macht mußte er besitzen, überlegte sie. Vielleicht war er aus einem feindlichen Stamm entführt worden, und Omar wollte ein Lösegeld erpressen. Auf alle Fälle tat er ihr leid. Wer immer er war – er würde Omars nächstes Opfer sein.

Gerade als sie den Auslöser betätigte, legte sich eine riesige braune Hand auf ihre Schulter. Entsetzt fuhr Joan herum und erblickte Hassan. Seine Backenknochen mahlten, ließen die Narbe noch größer erscheinen. Mit drohenden Augen sah er sie an.

Neben Hassan stand Omar.

»Joan, das ist nicht die Geschichte, die zu schreiben ich Sie hierher geholt habe.«

Hassan riß Joan den Fotoapparat vom Hals und schleuderte ihn gegen die Wand.

»Ich werde zurückgehen und kein Wort sagen.« Sie wußte, daß sie sich diesmal nicht herausreden konnte.

Omars böse Augen waren voller Enttäuschung. Wenn sie sich seinen Spielregeln unterworfen hätte, ahnte sie, wäre es ihr vielleicht gelungen, hier herauszukommen.

Plötzlich bemerkte sie, daß sich Omars Gesichtsausdruck veränderte. Er schien zu erschrecken, als er über ihre Schulter hinweg durch das kleine Fenster starrte. Ihre Neugier zwang sie, ebenfalls einen Blick in das Turmzimmer zu werfen.

Ihre Augen wurden kugelrund, als sie in dem leeren Zimmer herumschaute. Der Mann war verschwunden! Joan fing an zu glauben, sie befinde sich zwischen Traum und Wirklichkeit. Nirgendwo eine Spur von dem Mann. Als Omar vor sie trat, die Tür aufschloß und sie langsam aufstieß, zitterte sie. Da sie dicht neben ihm stand, konnte sie seine Wut wie Dampf von seinem Körper aufsteigen fühlen. Er fuhr zu ihr herum, und seine bisherige Zurückhaltung machte hellem Zorn Platz.

»Wo ist der Juwel?« herrschte er sie an.

»Der Juwel? Was für ein...« Omars wütender Blick verwirrte Joan, schüchterte sie ein. Ohne Vorwarnung hob er die Hand und schlug ihr ins Gesicht.

Von der Wucht des Schlags flog Joans Kopf nach hinten. Trotz des Schmerzes war sie drauf und dran, ihm das heimzuzahlen. Sie fühlte, wie ihr die Tränen in die Augen stiegen und auf ihrem Gesicht brannten. Aber sie schrie nicht auf. Sie ballte die Fäuste; das Verlangen, auf ihn loszugehen, war fast übermächtig. Statt dessen schaute sie ihn an und biß sich auf die Lippen, um das Zittern zu verbergen.

»Der Niljuwel. Reizen Sie mich nicht.«

Joan starrte noch immer Omar an. Sie hatte keine Ahnung, wovon er sprach, obwohl sie wußte, daß er ihr Schweigen ganz anders deuten würde. Aber es war ihr gleichgültig, was Omar dachte; sie suchte nach einer Gelegenheit, ihm contra zu geben. Ohne seinen Leibwächter neben sich, überlegte sie, wäre Omar keineswegs so selbstsicher.

Als hätte er ihre Gedanken gelesen, trat Omar beiseite, so daß Joan in Hassans finsteres Gesicht blickte.

Joan spannte sich in Erwartung der jetzt mit Sicherheit fälligen Schläge. Hassan hob die Fäuste. Joan schloß die Augen.

»Tu ihr nicht weh, Omar«, sagte eine Stimme mit eindeutig englischem Akzent.

Joan öffnete die Augen, und als sie sich umdrehte, sah sie den Gefangenen hinter der Tür, die Omar geöffnet hatte, hervorkommen. Er lächelte Joan an, aber seine Augen blickten herausfordernd. In seiner Stimme schwangen Autorität und Durchsetzungskraft. Joan war verwirrt, weil sie spürte, daß sie auch vor ihm Angst hatte. Sie sah Omar an, der gegen seine Wut – oder Furcht? – ankämpfte.

Joan schaute den alten Mann prüfend an. »Sie haben den Juwel?«

Omar lachte nervös auf. »Miß Wilder – er ist der Juwel.«

Der alte Mann verneigte sich anmutig und schlug sich dabei mit der Hand an die Stirn – eine zeremonielle Verbeugung, die sie während der kurzen Zeit, die sie in diesem Land war, bereits oft beobachtet hatte. Je mehr Zeit verstrich, desto weniger begriff Joan. War ein Mann ein Juwel? Wer immer er war, er konnte je nach Lust und Laune verschwinden und wieder auftauchen. Joan schüttelte den Kopf. Wahrscheinlich träumte sie. Da sah sie, daß Hassan ein Messer zückte und es ihr vor das Gesicht hielt.

Omar lächelte sadistisch. »Denken Sie etwa, ich sei ein Narr?«

Joan hielt den Atem an. Sie war umgeben von Wahnsinnigen und Zauberern.

»Bitte!« Sie sah Omar an, dann auf das Messer. »Verstehen Sie mich nicht falsch, aber ich bin wirklich der Meinung, Sie brauchen die Hilfe eines Spezialisten. Ich kenne ein paar hervorragende Therapeuten in New York...« Joan hatte keine Ahnung, wie sie aus dieser Situation herauskommen sollte; sie wußte nur, daß sie, solange sie ihre eigene Stimme hören konnte, noch lebte.

»Zu schade«, sagte Omar mit finsterem Blick, »ich hatte mich darauf gefreut, mit Ihnen zusammen an diesem Projekt zu arbeiten.«

»Tun Sie es nicht. Meine Bücher haben eine Auflage von mehr als fünf Millionen Exemplaren. Wenn Sie mich umbringen, werden Sie nicht ungeschoren bleiben. Es gibt Leute, die Sie zur Rechenschaft ziehen werden.«

»Was für Leute? Ihr Jack vielleicht?«

Joan schluckte. Von allen, die sie kannte, überlegte sie, würde Jack kommen. Irgendwie würde er es erfahren.

»Jack wird mir zu Hilfe kommen.« Sie lächelte selbstbewußt.

»Ich hätte es Ihnen sagen sollen. Jack ist tot.«

Joan fühlte jeden Nerv in ihrem Körper zerreißen. Sie wollte schreien, brüllen, kreischen und auf die Männer losgehen.

»Reden Sie keinen Unsinn. Jack würde niemals sterben, ohne daß ich davon erführe.«

»Wie dem auch sei – ich habe ihn in Monte Carlo erledigt.«

Joan glaubte ihm nicht. Er bluffte – alle Wahnsinnigen blufften, wenn sie auf der Verliererstraße waren. Er war doch auf der Verliererstraße – oder nicht?

»Nein, das könnten Sie nicht...«

Omar nickte. Triumph stand in seinen Augen. Joan konnte es nicht mehr ertragen. All ihre Wut, ihre Angst, ihr Kummer brachen aus ihr hervor. Ohne zu überlegen, fuhr ihre Hand hoch und schlug Omar ins Gesicht.

»Sie Bastard!«

Omar zuckte kaum. Mit knirschenden Zähnen und blutunterlaufenen Augen lächelte er sie an.

»Vielleicht – aber das wird unser kleines Geheimnis bleiben.«

Noch ehe Joan weitersprechen konnte, packte Hassan sie am Arm und stieß sie in die Zelle.

Joan stolperte über einen Ziegelstein auf dem Boden und fiel auf ihr Gesicht. Rasch stand sie auf und wandte sich um, sah gerade noch, wie die Tür geschlossen wurde. Durch das kleine Fenster warf ihr Omar einen letzten Blick zu, dann war er verschwunden.

Bei dem Sturz hatte sich Joan auf die Lippe gebissen; jetzt konnte sie das Blut schmecken. Mit der Hand wischte sie sich den Mund ab. Als sie sich umdrehte, erblickte sie den bebrillten Gefangenen, der mit gekreuzten Beinen vor ihr hockte und sie prüfend ansah. Er sprach kein Wort; sein Gesicht war ausdruckslos. Sein durchdringender Blick bewirkte, daß sich Joan wie eine Amöbe unter einem Mikroskop vorkam.

»Sie sind eine sehr schöne Frau. Ist das Ihre natürliche Haarfarbe?«

»Wie bitte?«

»Ich werde zu rasch persönlich. Entschuldigen Sie.«

»Wer sind Sie?«

»Ein Gefangener«, sagte er stolz. Als er jetzt sprach, huschte ein Lächeln über sein Gesicht, und in seine Augen kam Leben.

»Wie lange sind Sie schon hier?«

»Etwa fünf Jahre. Allmählich wird es langweilig. Meditieren und Läuse zählen kann man nur so lange, bis die Stunden der Untätigkeit lästig werden. Wie heißen Sie?«

»Joan Wilder. Und Sie?«

»Abn al Ras... Aber die meisten kennen mich unter dem Namen ›Juwel‹.«

Kapitel X

Am nächsten Tag stieg die Morgensonne sehr schnell und ließ ihre sengenden Strahlen über Omars Land brennen. Da heute eine Auktion stattfinden sollte, zu der sich viele Schafhirten eingefunden hatten, drängte sich in den Souks eine besonders große Anzahl von Schaulustigen. Die Händler, die sich von den Angehörigen der Schafhirten einen zusätzlichen Umsatz versprachen, hatten ihre Verkaufsstände besonders früh geöffnet. Die Cafés waren überfüllt; um die Buden, in denen Obst, Brot und Käse verkauft wurden, stauten sich die Käufer in zwei Reihen. Über offenen Feuern wurden mit Salbei und Curry gewürzte Lammpasteten gegrillt, deren Duft die Luft erfüllte und sich mit den Ausdünstungen von Schafen, von ungewaschenen Menschen und tierischem Dung mischte.

Als Jack und Ralph durch die weit geöffneten Tore den Ort betraten, mußten sie sich mit Hilfe der Ellenbogen ihren Weg bahnen.

Seit Macys Thanksgiving-Day-Parade im Jahre 1978 hatte Jack nicht mehr so viele Menschen auf einem Haufen versammelt gesehen. Der Gestank war atemberaubend. Seit Jahren hatte er davon geträumt, etwas Exotisches wie diesen Marktflecken zu besuchen. Und jetzt streifte sein Blick nur kurz die farbenprächtigen Zelte, die blitzenden Gegenstände aus Messing, die gewebten Schals, die Körbe, den Schmuck. Immer weiter kämpfte er sich durch die Menschenmassen. Er vernahm das Geschrei eines sudanesischen Auktionators, der versuchte, die Einheimischen dazu zu bringen, eine Schafherde zu ersteigern, hörte Dorfbewohner, Nomaden und Verkäufer über Preise feilschen, fing an, hier und dort einige Worte der sudanesischen Sprache zu verstehen. Als er am Verkaufsstand des Töpfers vorbeikam, hörte er zu seinem Erstaunen den Ladeninhaber auf englisch fluchen. Jack und Ralph zogen weiter. Jack hatte keine Zeit zu verlieren; er konnte seine Gedanken weder an den farbenfrohen Bazar verschwenden noch an die Souvenirs, die er vielleicht gern erstanden hätte. Seine Gedanken kreisten einzig und allein um Joan.

Ralph war schon an vielen merkwürdigen Orten gewesen, aber der hier war der gräßlichste und der mit dem penetrantesten Gestank. Von seiner Höhe aus – nicht ganz fünf Fuß über dem Boden – erschien ihm Kolumbien als das Paradies. Er wäre beinahe in einen Haufen Kameldung getreten. Wo versteckte sich in diesem Land die Müllabfuhr? Kein Wunder, daß die Leute von Krankheiten und Seuchen heimgesucht wurden. Geschah ihnen recht.

Ralph schaute sich um und dann zu Jack. »Hübsches Fleckchen. Vermutlich kannst du dir hier für fünf oder sechs Dollar ein luxuriöses Haus mit zwei Schlafzimmern bauen. Aber nun zur Sache. Du holst deine Freundin raus, ich kümmere mich um Omar, er führt uns zu dem Juwel, und wir teilen uns die Beute.«

»Du bist völlig unabhängig. Ich bin nur an Joan interessiert und an dem, was mir zusteht«, sagte Jack. Der einzige Grund, weshalb er Ralph mitgenommen hatte, war der, daß er das Geld, das er eingesetzt hatte, zurückhaben wollte. Ralph konnte ruhig die nächsten zwanzig Jahre damit zubringen, dem Juwel des Nils, dem Stern von Indien oder jedem anderen Stein, den er begehrte, nachzujagen. Auch wenn das einzige Problem, das Jack sah, darin bestand, daß Ralph wahrscheinlich den Stein nicht bekam und er seine zwanzig Riesen abschreiben mußte.

»Ja, natürlich«, antwortete Ralph. »Genauso, wie ich dir traue.«

»Wie ich dir auch traue.«

»Von einem Schleimer wie dir ist das ein Kompliment.«

Jack ging weiter. Wenn dieses Gedränge anhielt, würden sie den ganzen Tag brauchen, um den Palast zu erreichen.

Traurig schaute Joan zum Fenster hinaus, wischte sich eine weitere Träne ab. Die ganze Nacht lang hatte sie geweint, und wahrscheinlich würden auch den ganzen Tag über die

Tränen nicht versiegen. Es schien ihr unfaßbar; aber da sie andererseits wußte, wozu Omar fähig war, konnte es durchaus sein, daß Jack tot war. Sie hatte immer geglaubt, sie würde es irgendwie spüren, irgendwie würde ihr eine innere Stimme sagen, daß er wirklich tot war. Aber das war einfach nur eine romantische Vorstellung gewesen, ein Element, das sie in ihren Büchern verwendet hatte. Die Wirklichkeit bestand darin, daß Omar ein bösartiger Mörder und zu allem fähig war. An seinen Worten bestand kein Zweifel – besonders nachdem sie diese grausame Schautafel in seinem Büro gesehen hatte.

Sie kreuzte die Arme über die Brust und lehnte sich an die Wand. Eigentlich sollte sie um sich selbst weinen, bestand ihrer Meinung nach doch kein Zweifel, daß Omar so verfahren würde, wie er angedroht hatte. Es schien sinnlos, um Jack zu trauern, wo sie ihm doch bald nachfolgen würde.

Sie blickte hinüber zu ihrem Zellengenossen. Genauso wie in den vergangenen fünf Tagen spielte Juwel auf seiner Flöte. Über ihrer beider Schicksal schien er sich überhaupt keine Gedanken zu machen; er wartete offenbar nur darauf, daß es sich erfüllte.

Sie haßte es, so machtlos zu sein. Aber noch mehr haßte sie Omar dafür, Jack umgebracht zu haben. Omar hatte sie ihrer Chance beraubt, zu Jack zurückzukehren, ihm zu sagen, daß sie dumm und kindisch gewesen war. Wie hatte sie, wenn sie mit Jack zusammen war, auch nur eine Minute an ihre Schriftstellerei denken können? Sie hätte mehr Zeit dazu verwenden sollen, auf ihn einzugehen. Eine ganze Menge hätte sie machen sollen.

Sie hämmerte mit der Faust gegen die Wand. Mein Gott! Sie würde Omar ebenfalls nicht ungeschoren davonkommen lassen. Wenn sie sowieso schon auf seiner Abschußliste stand, konnte sie ihm genausogut alle möglichen Steine in den Weg legen. Sie würde ihm zeigen, daß er nicht so einfach ihren Jack ermorden und zur Tagesordnung übergehen konnte. Vielleicht würde sie nicht weit kommen, aber sie würde seine Versuche, sie zu finden, so schwierig wie möglich machen.

Joan ging zum Ende der Zelle, packte einen kleinen Schemel und schleuderte ihn gegen die Wand. Dann nahm sie eines der abgebrochenen Stuhlbeine und besah es sich genau. Ja, damit würde es gehen, überlegte sie. Sie ging hinüber zum Fenster und fing an, die Ziegel in der Mauer zu bearbeiten.

Ihr Zellengenosse, neugierig geworden durch Joans hektische Betriebsamkeit, setzte die Flöte ab.

»Was machen Sie denn da?« fragte er schließlich.

»In ANGELINAS GRAUSAMEM GEHEIMNIS lasse ich meine Heldin einen lockeren Ziegel in der Mauer des alten Tombstonegefängnisses entdecken und durch dieses Loch entfliehen. Sobald sie den Ziegelstein freigelegt hat, benutzt sie ihre Nagelfeile, um den Mörtel um die anderen Steine herum zu lockern – bis das Loch groß genug ist und sie hindurchschlüpfen kann.«

Juwel neigte den Kopf erst auf die eine, dann auf die andere Seite und versuchte abzuwägen, ob ihr Plan erfolgversprechend sei.

»Wie lange hat das gedauert? Zwanzig Jahre?«

»Zwei Seiten.« Joan klopfte weiter. Vor Anstrengung biß sie sich auf die Lippen. Ja, sie konnte sehen, daß sich der Mörtel lockerte. »Aber es ist mir egal, ob es hundert Jahre dauert. Ich werde hier herauskommen, und ich werde diesen Mann mit meinen bloßen Händen umbringen.«

Je mehr Joan an Rache dachte, desto eifriger machte sie sich an die Arbeit. Sie sah sich bereits als Superfrau, die mit der Kraft von zehn Männern Omar erdrosselte. Sie hörte ihn schon, wie er um Gnade winselte, sah, wie ihm die Augen aus dem Kopf traten und er dann endlich starb. Sie hämmerte noch entschlossener.

Juwel dachte über ihre Worte nach. »Ich habe einen Plan.«

Joan hielt mit ihrer Klopferei inne und sah ihn an.

»Vielleicht klappt es nicht, aber wir könnten es versuchen. Ich brauche Ihre Hilfe.«

»Natürlich.« Joan wußte, daß Juwel schon eine ganze Weile länger als sie hier eingesperrt war. Womöglich wußte er über irgend etwas Bescheid. Vielleicht befand sich irgendwo eine Falltür...

»Gut. Stehen Sie auf, legen Sie Ihre Hand an die Mauer und halten Sie Ihre Finger so.«

Juwel zeigte Joan, wie sie es machen sollte. Die beiden Kuppen der Zeigefinger wiesen etwa in Nasenhöhe zueinander. Joan mußte an einen dieser Tests denken, den Polizisten bei Betrunkenen durchführen, aber sie tat, wie ihr geheißen.

Mit einer blitzschnellen Bewegung brachte Juwel offenbar aus dem Nichts heraus eine Rolle Toilettenpapier zum Vorschein und hängte sie an Joans Finger.

Joan sah das Toilettenpapier an, dann Juwel.

Er lachte dröhnend, mußte sich sogar die Seiten halten.

»Ich habe immer einen Platz gesucht, das aufzuhängen«, sagte er schließlich. »Wenn ich jetzt noch einen Bleistift hätte, könnte ich ›Hilfe‹ schreiben.«

Joan war alles andere als begeistert. Sie warf ihm das Toilettenpapier hin.

»Tut mir leid. Ich sollte keine Witze auf Ihre Kosten machen. Aber nach fünf Jahren tut man alles mögliche, um ein bißchen Spaß zu haben.«

Joan erwiderte nichts. Sie nahm wieder das Stuhlbein auf und ging an ihre Arbeit zurück, an der zumindest ein kleiner Fortschritt zu erkennen war.

Juwel setzte sich erneut mit gekreuzten Beinen hin und nahm seine Flöte wieder auf, um nach zwei Tönen innezuhalten.

»Hat die Heldin in Ihrem Buch jemals daran gedacht, einfach an den Gitterstäben zu rütteln?«

Er stand auf und trat ans Fenster, bewegte den äußersten Stab – und hielt ihn in der Hand.

Joan war überwältigt. Ihr war klar, daß sie ihn hätte eingehender befragen sollen. »Ich glaub's nicht. Und Sie sind schon fünf Jahre hier?«

»Vielleicht war ich bis jetzt noch nicht bereit, diese Umgebung zu verlassen.«

Ein verschmitztes Lächeln lag auf seinem Gesicht, als er mit der Hand in die Luft fuhr und eine Rose zum Vorschein brachte, die er Joan überreichte. Joan nahm die Rose entgegen, ließ aber Juwel nicht aus den Augen. Sie roch an der Blume, der ein köstlicher Duft entströmte und die die schönsten pfirsichfarbenen Blütenblätter aufwies, die sie je gesehen hatte. Eine echte Blume! Wer mochte dieser Abn al Ras sein? Welcher Mann hockte sich fünf Jahre lang in eine Gefängniszelle und wußte, daß er sie verlassen konnte, wann immer er wollte? Was sie am meisten verwirrte, war, daß er sich all diese Jahre über Omars Erniedrigungen ausgesetzt hatte. Dafür mußte es einen Grund geben. Eines jedenfalls stand für Joan fest – er war viel mehr als nur ein Zauberer.

Juwel lächelte Joan an und wies zum Fenster. »Sollen wir?«

Joan nickte, und gemeinsam machten sie sich daran, die Gitterstäbe herauszureißen.

Jack hatte gut daran getan, Tarak zu fragen, wo sich Omars Palast befand; er hätte nie geglaubt, daß in diesem schmucklosen Gebäude einer der wohlhabendsten und gefährlichsten Männer des Nahen Ostens residierte. Da gab es nichts, was irgendwie auffällig gewesen wäre; die Eingangstüren jedenfalls sahen aus, als könnte Ralph sie mühelos eindrücken.

Jack klopfte an die Tür. Nichts geschah. Er klopfte erneut und versuchte dann, die Tür gewaltsam zu öffnen. Schließlich öffnete sich der kleine Schlitz, der in Augenhöhe angebracht war. Auf der anderen Seite der Tür erschien ein Paar der wütendsten gelben Augen, die Jack je gesehen hatte.

»Wie geht's? Mein Name ist Colton. Ich bin ein Freund von Joan Wilder. Warum sagen Sie ihr nicht Bescheid, daß ich hier bin und sie sprechen möchte?«

Jack behielt sein nonchalantes Grinsen bei, aber der Wächter rührte sich nicht. Aus immer schmaler werdenden Augen starrte er Jack an. Dann senkte sich sein Blick auf Ralph.

»Ich bin ihr Bruder«, sagte Ralph.

Der Türschlitz wurde geschlossen. Jack und Ralph warteten. Sie konnten Flüstern und Scharren von Füßen hören, aber niemand kam an die Tür zurück. Ralphs Magen rumorte. Er veränderte die Stellung seiner Füße und sah dann zu Jack hoch.

»Nur immer langsam und schön mit der Ruhe. Vielleicht lädt uns Omar erst zum Essen ein.«

Jack seufzte widerwillig. Was für ein Wahnsinn, Ralph mitzunehmen! Seit sie losgezogen waren, hatte dieser Kerl nichts anderes getan als sich ständig beschwert. Wenn es nicht die falsche Zigarettenmarke war, dann war es das Essen. Er verabscheute den Wein, er wollte eine Toilette. Seine Füße schmerzten ihm vom Laufen, und wegen des Kamelritts brannte ihm der Hintern. Unvorstellbar, daß es Ralph sechs Monate im Gefängnis ausgehalten hatte. Das mußte ein Märchen sein, wie Jack fand.

Nach einer Wartezeit von etwa zehn Minuten kam der Wächter an die Tür zurück, öffnete das kleine Guckloch und glotzte sie an.

»Wie ich höre, möchte sie Sie nicht sehen. Guten Tag.« Mit diesen Worten schloß der Wächter den kleinen Sehschlitz.

Für den Bruchteil einer Sekunde starrte Jack auf das geschlossene Guckloch.

»Heda, warten Sie! Was meinen Sie damit?«

Jack warf sich gegen die Tür und begann sie mit seinen Fäusten zu bearbeiten. So einfach würden sie ihn nicht loskriegen. Er hämmerte so lange, bis er glaubte, die Haut an seinen Fingern würde platzen.

»Schöne Bescherung. Du kennst doch das Sprichwort ›Wenn sie mal einen Heiligen gehabt haben, brauchen sie keinen zweiten‹.«

Jack sah Ralph an. Seine sarkastischen Bemerkungen waren völlig überflüssig. Um so überzeugter war er jetzt, daß Joan in Schwierigkeiten war. Nicht Joan verweigerte ihm den Zutritt zum Palast, sondern Omar.

»Na schön, dann müssen wir uns eben auf andere Weise Zugang verschaffen.«

»O ja, ich habe eine Idee. Wir gehen um das Haus herum, zum Hintereingang, verkleiden uns als Katzen und bitten um ein Schälchen Milch.«

»Schnauze, Kleiner«, fuhr ihn Jack an. Seine Nerven drohten mit ihm durchzugehen.

Ralph spielte den Beleidigten. »Oho!«

Jacks Wut und Enttäuschung war nicht mehr zu unterdrücken. »Ohne mich wärest du gar nicht bis hierher gekommen«, erinnerte er Ralph.

»Ja, und dafür sollte ich dich auf der Stelle kaltmachen.« Ralph konnte sich nicht verkneifen, seinem Herzen Luft zu machen. Er hatte Leute, die ihn ständig herumstießen, satt. Am Anfang war es Ira gewesen, sein Vetter, der sich jetzt Gott weiß wo befand. Aber wenn Ralph dieses Juwel an sich brächte, wäre ein Treffen mit Ira die nächste Familienzusammenkunft, die Ralph planen würde. Immerhin hätte er doch, ginge es nicht um den Versuch, diesen Stein aufzuspüren, mit Leichtigkeit Jack erschießen und somit seine Rache erfüllen können. Daß sie jetzt auf Gedeih und Verderb miteinander auskommen mußten, schmeckte Ralph genausowenig wie Jack. Jack mußte eben lernen, genauso wie Ira, daß niemand Ralph nach Lust und Laune herumdirigieren konnte.

Jack ging um den Palast herum, schaute in Fenster und Toreingänge. Aber die Türen waren verschlossen und verriegelt, die meisten Fenster mit Läden abgedichtet.

»Hinter einem dieser Fenster muß sie sich aufhalten.« Als er zu der Längsseite des Palastes kam, entdeckte er noch weitere Fenster. Wahrscheinlich standen sie offen, um für ein wenig Durchzug zu sorgen.

Ralph überblickte den Hof und einige der benachbarten Gebäude. Als er den hohen Turm am Ende der Palastmauer sah, schrie er Jack zu: »Da ist sie!« Er deutete zum Turm hin.

Joan kletterte aus dem Turmfenster auf einen morschen Sims an der Mauer. Sie schaute nach unten. Selbst wenn sie hundert Stockwerke unter sich gehabt hätte, hätte sie nicht verängstigter sein können. Sie warf den Kopf zurück und preßte sich mit dem Rücken dicht an den Turm. Dann tastete sie in dem Mörtel zwischen den Ziegeln nach Halt und setzte vorsichtig auf dem Sims Schritt vor Schritt, arbeitete sich in linker Richtung vorwärts, weg vom Hof und, wie sie hoffte, aus Omars Blickfeld, sollte er aus einem Palastfenster schauen. Unter ihr verlief eine enge Straße, auf deren gegenüberliegenden Seite zahlreiche Gebäude standen, keines davon so hoch wie der Turm, sondern höchstens fünf Stockwerke. Von mehreren Häusern des Dorfes hatten die Dorfbewohnerinnen Wäscheleinen gespannt, die mit Haken am Turm und dann am höchsten Gebäude befestigt waren.

Jack beobachtete, wie sich Joan und ein spindeldürrer Mann langsam um den Turm herumtasteten. Als sich ein Ziegel lockerte und hinunterfiel, hätte Joan beinahe den Halt verloren.

»He, Joan Wilder, ist das deine gewohnte Art, dich vor mir zu verkriechen?«

Joan blieb stehen; beim Klang seiner Stimme straffte sich ihr Rücken. War das nicht? Nein, aber es war doch...

»Jack! Du lebst!« schrie sie überglücklich und blickte hinunter auf den Hof. Sie konnte seine blauen Augen bis hier herauf spüren. Sie wußte, sie hätte ihrem Instinkt mehr trauen sollen. Sie hätte gespürt, wenn er wirklich tot gewesen wäre. Das war überhaupt keine romantische Einbildung – es war das Band der Liebe zwischen ihnen, das ihn hierher gebracht hatte.

Anstatt einer Antwort lächelte er ihr zu. »Keineswegs dank deinem komischen Guru.« Dann wurde er sich plötzlich bewußt, daß sie sich außerhalb des Fensters befand. Und wer war dieser Bursche neben ihr?

»Was zum Teufel machst du denn da oben?«

»Nicht so laut. Ich fliehe«, erwiderte sie leichthin.

»Vor wem?«

»Omar.«

»Habe ich dich nicht gewarnt?«

Er lächelte. Das war seine Joan. Omar mußte geglaubt haben, er hätte sie ganz in seinem Gewahrsam. Jack hätte ihn eines Besseren belehren können. Nichts konnte Joan aufhalten. Als er sah, wie sie da oben stand und jeden Zoll prüfte, bevor sie ihren Fuß darauf setzte und sich furchtlos vorarbeitete, mußte er daran denken, wie sie die Schlucht in Kolumbien überwunden hatte. Sie hatte eine Liane gepackt und sich hinübergeschwungen. Damals hatte ihm das unheimlich imponiert – und jetzt zog sie wieder so eine Schau ab.

»Jack!« Joan schrie auf. Mein Gott! Diesmal balancierte sie ein paar hundert Fuß in der Luft und versuchte, nicht aus dem Gleichgewicht zu geraten und auf diese Weise den Klauen eines Bösewichts zu entkommen – während er, Jack, auf die Bestätigung aus war, er sei der bessere Menschenkenner. Männer!

Ralph, der dem Wortwechsel zwischen Jack und Joan lauschte, kicherte. Als die Neckereien aufhörten, prustete er heraus.

Jack schaute auf ihn hinunter; sein Mund kräuselte sich angewidert. »Worüber lachst du denn?«

»Ihr seid beide Verlierer.«

Jack wandte seine Aufmerksamkeit wieder ganz Joan zu. »Halt dich fest, ich hole dich herunter.«

»Das möchte ich sehen«, lachte Ralph.

Er schüttelte den Kopf. Diese beiden Naivlinge hatten einander verdient. Erstaunlich, daß sie es geschafft hatten, den Stein in Kolumbien zu ergattern. Ein Glück für ihn, daß ihre geistigen Fähigkeiten seit der Zeit in Südamerika irgendwie in Mitleidenschaft gezogen worden waren. Ralph war sich eigentlich sicher, daß alle Anzeichen dafür sprachen, daß er Colton und sein Mädchen ohne Mühe austricksen und sich nach Tahiti zurückziehen konnte – irgendwohin, wo es ruhig war und weitab vom Schuß.

In diesem Augenblick vernahm Joan einen durchdringenden Schrei, der von der Mauer des Palastes kam, von einem der Wächter, die vor ihrem Zimmer gestanden hatten. Sein Ruf galt als Warnung für die anderen Wächter, daß ein Fluchtversuch im Gang war. Joan spürte, wie ihr Herz klopfte. Sie versuchte, sich zu beeilen, aber bei jedem Schritt lösten sich noch mehr verwitterte Ziegel. Und der Mörtel wurde immer bröckeliger. Sie wußte nicht, wie lange sie sich noch hier oben halten konnte. Sie und der Mann namens Juwel bedeuteten offensichtlich eine zu starke Belastung des alten Turmgesimses.

Wieder blickte Joan hinüber zu der Mauer des Palastes. Mehrere Wächter in Tarnanzügen rannten die Treppen hoch auf ihre Posten entlang der Festungsmauer. Die Gewehre glitzerten in der Sonne; Joan konnte hören, wie die Hähne der Waffen gespannt wurden. Sie hörte Rufen und das Geräusch stampfender Schritte – noch mehr Wächter eilten zu der Mauer.

Ein weiterer Warnruf erschall, gefolgt von weiterem Geschrei.

Jack wandte sich an Ralph.

»Zieh die Pistole und gib mir Deckung.«

»Was? Sollen wir etwa den Palast stürmen? He, Partner, das ist einzig und allein dein Bier.«

Er ließ die Pistole fallen und ging über den Hof. Gleich um die Ecke hatte er vorher ein kleines Café entdeckt, ein hübsches Plätzchen, an dem er es aushalten konnte, bis Colton seine Rolle als John Barrymore zu Ende gespielt hatte. Ralph war nicht bereit, sich mehr Gefahr auszusetzen als nötig. Er wollte den Stein, aber tollkühn war er nicht.

Jack sah, wie sich Ralph entfernte. Dieses miese Stück Dreck! Er hätte wissen müssen, daß Ralph zu denen gehörte, die sich um nichts scherten als um ihre eigenen Belange, und selbst das war fraglich. Jack schalt sich, daß er geglaubt hatte, Ralph beschützen zu müssen. Er beugte sich vor und hob den Revolver auf, schob ihn in den Gürtel. Dann schaute er hoch zu Joan. Da lag der Hund begraben, dachte er; immer zu sentimental.

In diesem Moment stürmte eine Anzahl von Omars Männern in voller Kampfausrüstung auf den Platz, ausgerüstet mit den modernsten automatischen Repetiergewehren, Patronengürteln und Messern; und zusätzlich hing jedem von ihnen ein Revolver um die Hüfte.

Jack vermutete, daß alles, das Material ihrer Uniformen und die Schirme an den Mützen eingeschlossen, das Markenzeichen MADE IN USA trug. Eine verrückte Welt, dachte er, und noch verrückter durch politische Machenschaften.

Ein Höllenlärm erhob sich, als die Soldaten jetzt den Hof absuchten, um den Feind in der Menge der Dorfbewohner, die jetzt zum Schutz in Deckung gingen, ausfindig zu machen. Ohne ihren Kommandanten schienen die Soldaten hilflos zu sein, aber schon vernahm Jack, als er auf den Platz lief, eine laute Stimme, die den Soldaten Anweisungen gab.

Jack rannte auf einen heubeladenen Ochsenkarren zu,

schaute ein letztes Mal zu den aufrückenden Soldaten und sprang auf das Dach eines eingeschossigen Gebäudes. Da er den Abstand zwischen dem Karren und der äußeren Begrenzung des Dachs falsch bemessen hatte, wäre dieses Unternehmen fast gescheitert. So aber bekam er gerade noch den Dachrand zu fassen, an dem er eine Weile hin und her pendelte – eine leichte Beute für Omars gut trainierte Scharfschützen.

Der erste Schuß prallte dicht neben Jacks Gesicht von der Mauer ab. Er wandte den Kopf und versuchte, sich darauf zu konzentrieren, nach oben zu kommen. Daß er vergangene Nacht nicht geschlafen hatte, rächte sich jetzt. Sein Körper war wie Blei, und seine Arme versagten den Dienst, so sehr er sich auch anstrengte. Jack konnte noch mehr Soldaten schreien hören, den Ruf ›Amerikaner‹ ausstoßen – und dann hörte er weitere Schüsse, die abgefeuert wurden. »Los, mach schon, Jack«, redete er sich gut zu. Wenn er tollkühne Mätzchen auf Skiern zuwege brachte, dann konnte er, verdammt noch mal, auch mit diesem Dach fertigwerden.

Dicht neben Jacks Hand schlug eine Kugel in die Dachkante ein, und unwillkürlich ließ Jack los. Seine andere Hand verlor den Halt. Rasch angelte er wieder nach dem Dach.

Mit einem tiefen Atemzug stemmte sich Jack hoch und auf das Dach. Er hatte sich gerade auf seinen Bauch gerollt, als ihn ein halbes Dutzend Soldaten aufs Korn nahmen. Ihre Geschosse durchlöcherten die gesamte Wand und die Dachkante und ließen eine Gesteinsschicht von mindestens einem Fuß Höhe abbröckeln.

Der Hof da unterhalb bot ein chaotisches Bild. Verkäufer, Kinder und Tiere jagten völlig kopflos durcheinander. Verschreckt durch die Schießerei, brachen ganze Schafherden aus, rammten einen Verkaufsstand nach dem anderen, zerstörten Zelte, mit Lebensmitteln beladene Wagen und Karren, von denen Obst und Gemüse verkauft wurden. Töpferwaren zerschellten auf dem Boden, Lampen aus Messing fielen von den Regalen. Zwei vor einen großen Karren gespannte Ochsen gingen durch, taten es den anderen Tieren gleich. Vor Angst brüllend, drängten sich die Ochsen, so schnell sie konnten, durch die Menge, zertraten dabei Hühner und Taubenkäfige und alles, was sich ihnen in den Weg stellte.

Kinder schrien nach ihren Müttern. Als die Schafe über seinen Verkaufsstand herfielen, versuchte der Besitzer, ein Seidenhändler, seine kostbaren Stoffballen in Sicherheit zu bringen. Die Stützen der Markisen wurden eingedrückt; die gestreifte Leinwand flatterte zu Boden. Zwei Schafe fanden nicht mehr den Weg aus dem Verkaufsstand hinaus. In ihrer Panik gingen sie mehrmals auf den Mann los. Seine Schreie mischten sich mit denen auf der Straße.

Hoch oben auf einer besonders mächtigen Sanddüne erwarteten Tarak und seine Brüder Jacks Signal aus dem Dorf. Tarak hatte den Morgen damit verbracht, sein Fernglas scharf einzustellen. Aber obwohl sein Standpunkt der beste war, den das Land zu bieten hatte, konnte er nichts entdecken.

Fünf Jahre hatte Tarak auf diesen Tag gewartet. Jetzt war seine Geduld am Ende. Omar hatte ihren kostbaren Juwel lange genug besessen. Die islamischen Stämme konnten nicht länger in Zwietracht leben. Tarak war sich nicht sicher, ob ihnen der Amerikaner tatsächlich helfen konnte; immerhin bestand auch die Möglichkeit, daß Colton die Situation nur noch verschlimmerte. Aber in seiner Verzweiflung wollte Tarak nichts unversucht lassen.

Er beobachtete, wie Nomaden und Dorfbewohner die Stadt betraten, um im Bazar ihren Geschäften nachzugehen. Er wünschte, diese Leute könnten in einer anderen Stadt Handel treiben. Er war wütend, daß Omar so viel Kontrolle ausüben konnte. Für die Bauern und Hirten war es ein schlechtes Jahr gewesen. Die Dürre hatte großes Elend über sie gebracht, und Tarak konnte nur hoffen, daß die Volksstämme, wenn sie dereinst unter dem Juwel vereinigt wären, zusammenhielten, Nahrung und Wasser miteinander teilten und ihnen somit ein besseres Leben beschert würde. Er war überzeugt, daß der Juwel nicht nur das Heil für die Seele der Menschen bedeutete, sondern auch für ihren Körper.

Wieder zog Tarak sein Fernglas heraus und blickte hinunter auf die Stadt. Plötzlich hallte die Sahara von Gewehrschüssen wider. Tarak konnte das Gebrüll von verärgerten Stimmen vernehmen. Er griff nach seinem Gewehr und hob es über den Kopf, während er gleichzeitig den Schrei der Derwische ausstieß.

Als Antwort sprangen Taraks Brüder und Gefolgsmänner auf und stimmten in den Ruf ein. Der Tag der Befreiung war angebrochen. Sie rannten zu ihren Pferden und Kamelen. Einer der Brüder eilte zu einem Stapel Gewehre und fing an, sie unter den Männern zu verteilen. Die Gewehre über dem Kopf schwenkend und aus vollen Lungen brüllend, galoppierten die Derwische die Sanddüne hinunter. Leuchtendbunte Tuniken und Halstücher flatterten im Wind, als die Araberpferde mit Tarak an der Spitze der ummauerten Stadt entgegenpreschten.

Sie eilten ihrem Schicksal entgegen.

Kapitel XI

Ralph, der sich innerhalb des Hofes befand, schaffte es nicht, das Café zu erreichen, in dem er auf Jack warten wollte. Er stand noch immer wie angewurzelt da, während Jack längst über die Mauer verschwunden war, und starrte auf die Unmenge von Schafen, die in den Hof hineindrängten. Es waren ihrer so viele, daß man den Eindruck haben mußte, eine weiße Decke breite sich aus. Zum erstenmal bemerkte Ralph, daß wildgewordene Schafe rote, wütende Augen haben.

Ralph öffnete den Mund, wollte um Hilfe rufen, aber nichts geschah. Immer mehr Schafe stürmten den Hof. Ralph wandte sich um, versuchte wegzulaufen – vergebens. In Sekundenschnelle wurde er von den außer Rand und Band geratenen Tieren zu Boden gerissen und niedergetrampelt.

Der schmale Untergrund, auf dem Joan balancierte, war so brüchig geworden, daß ihr nichts anderes übrigblieb, als auf die Wäscheleine auszuweichen. Als sie die Schreie, das Schießen und das Getrappel der Schafe hörte, sah sie hinunter. Jack war nirgends zu entdecken. Sie glaubte, er hätte Zuflucht in einem Ochsenkarren gefunden, aber jetzt waren sowohl der Karren als auch Jack verschwunden.

Langsam angelte sie nach der Wäscheleine, hangelte sich vorbei an Wäschestücken, die im Winde wehten. Ein weißes Baumwollgebilde – ihrer Meinung nach Unterwäsche – schlug ihr ins Gesicht, streifte schmerzvoll ihre Augen. Eine Weile lang konnte sie nichts sehen. Sie bewegte die rechte Hand, versuchte, nicht in die Tiefe zu schauen.

Sie hörte verstärktes Schießen. Jack mußte also noch am Leben sein, denn sonst hätten die Soldaten das Feuer eingestellt. Auf sie hatte bisher noch niemand zu schießen versucht. Joans Hände brannten; das Seil schnitt ihr in die Finger. Jedesmal, wenn sie eine Hand losließ, befürchtete sie abzustürzen. Ihre Arme waren nicht besonders kräftig; reine Willenskraft zog sie vorwärts.

Immer wieder redete sie sich ein, daß Jack lebte. Wäre er tot, gäbe es auch für sie keine Hoffnung mehr, und sie würde es niemals schaffen.

Vom Dachfirst aus blickte Jack zu Joan hinüber. Er hatte sich zu dem am nächsten liegenden Gebäude vorgearbeitet, aber noch immer war er weit unterhalb von ihr.

»Weiter!« rief er ihr zu.

Joan riß die Augen auf und schaute hinunter. Dort war er und wartete auf sie. Mit seinen Armen deutete er ihr an, sich zu beeilen. Sie legte die rechte Hand über die linke. Bestimmt bluteten sie bereits. Wieder rief Jack; er schien ungeduldig zu sein.

»Versuch's du doch einmal!« schrie sie zurück.

Noch immer fehlten zwanzig Fuß bis oberhalb des Daches, auf dem sich Jack befand. Sie mußte es schaffen. Wieder hangelte sie sich vorwärts. Ihre Arme waren von der Anstrengung steif, aber weitere fünf Fuß waren jetzt bewältigt.

In diesem Augenblick vernahm Joan den wilden Schrei der Derwische – Tarak und seine Männer stürmten schwerterschwingend die Stadt. Einige von ihnen ritten mit den Zügeln zwischen die Zähne geklemmt, in einer Hand ein Schwert, in der anderen ein Gewehr.

Das letzte der Schafe war durch den Bazar gejagt. Benommen und angeschlagen lag Ralph mit dem Gesicht nach unten auf der Erde. Als er bemerkte, daß die Schafe das Weite gesucht hatten, erhob er sich langsam. Er schaute sich seinen zerfetzten Anzug an. Klumpen von Dreck, Sand und Dung hatten sich in dem Stoff festgesetzt. Er schnupperte und mußte sich beinahe übergeben. Aber dann schüttelte er seinen Hut aus und drehte sich um.

Seine Augen wurden rund. Die schreienden und angreifenden Derwische hielten direkt auf ihn zu. Mit den Armen machte er ihnen ein Zeichen, anzuhalten, zumal er sah, daß die Horde alles kurz und klein schlug, was sich in den Weg stellte.

Rasch tauchte Ralph weg, suchte Zuflucht hinter einem Obststand, wobei er die Auslage mit den sorgsam aufgebauten Pyramiden aus Avocados, Mangos und Granatäpfeln demolierte; als er die Augen öffnete, fand er sich neben den verärgerten, schimpfenden und fluchenden Besitzern wieder. Sie warfen sich auf ihn und bearbeiteten ihn mit ihren Fäusten. Ralph war so damit beschäftigt, ihre Hiebe und Püffe abzuwehren, daß er das Donnern der vorbeipreschenden Pferde der Derwische gar nicht hörte.

Die Derwische ließen die Souks hinter sich und preschten auf den Hof des Palastes zu. Von ihrem Beobachtungsposten aus fand Joan, sie wirkten wie eine rettungbringende Kavallerie. Sie wußte nicht, was das für Männer waren, die da über Omars Soldaten herfielen wie ein Schwarm Möwen, der auf das Meer hinunterstößt. Ein Handgemenge entspann sich, wobei sich die Nomaden als die Siegreicheren entpuppten. Joan sah, wie lange Schwerter durch die Luft wirbelten und dann auf die Gegner in den Tarnanzügen hinunterprasselten. Omars Soldaten hoben die Gewehre, kamen aber nicht dazu, abzudrücken, da ihnen Kamelreiter in den Rücken fielen.

Jetzt befand sich Joan unmittelbar über Jack.

»Spring!« rief er ihr zu in der Hoffnung, sie würde ihn durch den Lärm hindurch hören.

»Fängst du mich auf?«

»Ich fange dich auf.«

Joan atmete tief durch und ließ die Wäscheleine los. Sie segelte durch die Luft, überlegte, ob sie ihn hätte fragen sollen, wie sie landen mußte – mit den Beinen zuerst und dann abrollen oder auf dem Po? Sie entschied sich für die zweite Möglichkeit und hoffte nur, er würde sie wirklich auffangen.

Sie landete in seinen ausgestreckten Armen. Die Wucht des Falles riß sie beide erst einmal zu Boden. Jack stöhnte auf, und einen Moment lang glaubte Joan, sie hätte ihm weh getan.

»Siehst du«, sagte er und lächelte ihr zu.

Joan schlang die Arme um ihn. »Mein Gott, du lebst!« Er fühlte sich glücklich, stark. Joan küßte ihn auf die Wangen, den Hals, die Ohren, strich ihm über das Haar und drückte ihn noch einmal. Sie hatte recht gehabt – er war ihretwegen gekommen. Er schien sie also doch noch liebzuhaben – zumindest ein wenig.

Dann fiel ihr ein, daß er nicht allein gekommen war.

»War das der dreckige kleine Kerl aus Cartagena, den ich neben dir gesehen habe?«

»Das ist eine lange Geschichte. Komm weiter«, sagte er, erhob sich und zog sie hoch.

»Nein, ohne meinen Freund kann ich nicht gehen.«

»Welchen Freund?«

»Dort.« Joan deutete auf die Wäscheleine, von der sie sich gerade hatte fallen lassen.

Sie japste nach Luft, als sie sah, wie Juwel, einem Hochseilartisten gleich, über die Wäscheleine balancierte. Er hatte keine Stange, um sein Gleichgewicht zu halten, und dennoch kam er so mühelos vorwärts, als schlendere er durch die Main Street. Nach fünf weiteren leichtfüßigen Schritten war er am anderen Ende der Wäscheleine angekommen, wo er stehenblieb und mit einem breiten Grinsen auf Jack und Joan hinunterschaute. Aus dem Nichts heraus zauberte er einen Schirm herbei und öffnete ihn rasch. Er sprang von der Wäscheleine ab und segelte gemächlich auf den Dachfirst hinunter.

Völlig entgeistert starrte Jack den dünnen dunkelhäutigen Mann an.

»Wer sind Sie? Woher haben Sie das?«

Mit einem schelmischen Lächeln, das Joan bereits kannte, fuhr Juwel mit der Hand durch die Luft. »Das habe ich irgendwo her.« Er verbeugte sich vor Jack und brachte einen Blumenstrauß zum Vorschein.

Joan zwinkerte dem Juwel, ihrem persönlichen Zauberer, zu. Aber dann vernahm sie erneutes Schießen. Für eine Show war jetzt sicherlich nicht der richtige Zeitpunkt.

»Kommen Sie, ich weiß, wo die Lastwagen sind.«

Mit Juwel und Jack im Schlepptau rannten sie über das Dach und sprangen auf ein anderes.

In dem Augenblick, als Jack und Joan sich zum Absprung

bereitmachten, trat Omar aus dem Palast. Er blickte zu den kämpfenden Soldaten und Derwischen. So etwas wäre niemals passiert, wenn der Juwel noch immer hinter Schloß und Riegel säße! Omar kannte Tarak nur zu gut, wußte, daß Tarak niemals die Stadttore stürmen würde, ohne überzeugt zu sein, Juwel mitnehmen zu können. Omar hielt sich schützend die Hand vor die Augen und sah hinüber zum Turm. Die Gitterstäbe vor dem Fenster waren herausgebrochen! Rasch suchte er die benachbarten Häuser ab. Da! Auf einem der Dächer entdeckte er Jack, Joan und Juwel.

»Der Juwel! Er hat den Juwel!« schrie Omar seinen Wächtern zu.

Tarak, der Omars Aufschrei gehört hatte, blickte auf, folgte der Richtung, in die Omar schaute. Es stimmte.

»Der Juwel!« rief Tarak ehrfürchtig.

Jack und Joan rannten durch die schmalen Gassen und Durchgänge der Souks auf die hinteren Stadttore zu, erreichten das Kasernengelände, das, da die Soldaten in den Souks mit Taraks Leuten kämpften, völlig unbewacht war.

»Dort!« Joan wies hinüber zu den Reihen von Militärfahrzeugen und Lastwagen.

Jack verzögerte seinen Schritt beim Anblick dieses Wagenparks. Alles, was man sich vorstellen konnte, war dort geparkt. Sein erster Gedanke war, sich einen der Turbo-Jeeps unter den Nagel zu reißen, dann aber fand er, daß ein Kleinlaster ihren Zwecken besser dienlich sei. Er rannte hinter Joan zu den Wagen. Plötzlich blieb er stehen.

Dort, am Ende des Rollfelds, stand eine F-16, die gerade von drei Ingenieuren gewartet wurde. Da das Triebwerk gezündet war, war er sicher, daß die Maschine startklar gemacht wurde.

»Zum Teufel mit Lastern! Wie wär's damit, Baby?«

Joan fiel die Kinnlade herunter. »Du kannst doch gar nicht fliegen.«

»Woher willst du das wissen?« gab Jack zurück.

»Du kannst fliegen?«

»Na ja.«

»Was heißt das?«

Jack war empört. Das war typisch Joan. Immer mußte sie den Dingen auf den Grund gehen. Also gut, diesmal würde er ihr Bescheid stoßen.

»In Mexiko habe ich bei ein paar Einsätzen gegen Schmuggler Tiefflüge absolviert. Der nächste Schritt wären Jets gewesen.« Das würde ihr das Maul stopfen, überlegte er.

In diesem Augenblick wies der Erste Ingenieur seine Assistenten an, ihm weiteres Werkzeug zu holen. Die beiden waren gerade im Hangar verschwunden, als der Erste Ingenieur Jack, Joan und Juwel auf die F-16 zukommen sah. Er kletterte von der Tragfläche des Flugzeugs, wischte sich mit dem Ärmel die Stirn ab. Dann rief er ihnen zu, sie sollten verschwinden, und als die Ankömmlinge seiner Anordnung nicht Folge leisteten, ging er wütend auf Jack zu.

Jack lächelte, und wie eine angreifende Kobra schnellte sein Arm nach vorn und verpaßte dem Ingenieur einen saftigen Kinnhaken. Wie ein Mehlsack fiel er zusammen.

»Tut mir leid«, meinte Jack.

Dann kletterte er in das Cockpit, während Joan dem Juwel die Tragfläche hinaufhalf.

Jack starrte auf die Instrumententafel. Joan, die sich auf dem Sitz des Co-Piloten anschnallte, erschrak kurz, weil Jack offenbar gar nicht bewußt war, was er da vorhatte.

Jack rieb sich die Fingerkuppen. »Okay – kein Problem.«

Er ließ die F-16 an, betätigte Schalter, drehte an Scheiben herum. Er würde Joan schon zeigen, was er konnte. Er drückte einen rotblinkenden Knopf. Mit einem gewaltigen Dröhnen ließen die Auspuffgase den Hangar hinter ihnen sozusagen in Schall und Rauch aufgehen.

Joan stieß einen Siegesschrei aus.

»Auf geht's, Schätzchen!« rief Jack und lenkte die Maschine auf die Startbahn.

Joans Augen waren auf die Startbahn gerichtet. Bis jetzt war alles in Ordnung. In einem perfekten Halbkreis wendete Jack jetzt. Sie schaute zu ihm hinüber, und beruhigend winkte er ihr zu. Ja, dachte sie, er konnte diese Maschine fliegen. Jack würde sie in Sicherheit bringen.

Kapitel XII

Motoren heulten und Räder quietschten, als Omars Soldaten in Jeeps, gepanzerte Lastwagen und Raupenfahrzeuge kletterten und zum Ende der Startbahn, auf das Jack zuhielt, rasten. Wild mit den Armen fuchtelnd, deutete der Leutnant seinen Männern an, eine Straßensperre zu bilden. Die dicht hintereinander durch den Sand fahrenden Wagen bremsten einer nach dem anderen ab, bildeten eine Front aus Stahl, aus der die Männer, die in ihren Jeeps und offenen Lastwagen standen, ihre Gewehre mit Ziel auf die F-16 anlegten.

Der dunkelhäutige Leutnant hatte den Arm gehoben, um seinen Männern, die mit halbautomatischen Mini-14-Gewehren ausgerüstet waren und mit ihrem Kaliber 223 noch in einer Entfernung von 3600 Fuß eine Stahlplatte von beachtlicher Dicke durchlöchern konnten, das Zeichen zum Feuern zu geben. Im Gegensatz zu der M 16, die Omars persönliche Leibwache benutzte – sie war lediglich dafür gedacht, die Opfer zu verstümmeln –, war die Mini-14 zum Töten bestimmt. Und diese neuen Gewehre mochte der Leutnant am meisten.

Die F-16 hatte nicht mehr genug Startraum und würde die Motoren drosseln müssen. Schon sah der Leutnant das leuchtend rot-goldene Band, mit dem Omar ihn dekorieren würde, weil er die Amerikaner gefaßt hatte. Er drückte seine eigene Mini-14 an die Schulter. Die Amerikaner – das war es, was er begehrte.

Jack betätigte weiterhin irgendwelche Hebel, bremste das Flugzeug erst rechts, dann links. Es ruckte und zuckte, kam aber nicht vorwärts. Obwohl Jack versuchte, die Motoren zu drosseln, dröhnten sie weiterhin ohrenbetäubend.

Joan klammerte sich auf ihrem Sitz fest, um zu verhindern, durch die Windschutzscheibe geschleudert zu werden. Sie hätte wissen sollen, daß sie Jack nicht trauen konnte. Das hier war keine Einsitzer-Cessna, sondern eine F-16. Aus der

NEWSWEEK wußte sie um diese als Flugzeug verkleideten Raketen, deren Schubkraft derartig gewaltig war, daß die Maschine so schnell stieg, daß es einem das Blut aus dem Hirn in den Körper drückte und der Pilot – oder die Passagiere wie sie – ohnmächtig wurden. Sie sah hinüber zu Jack, der lässig mit Knöpfen und Hebeln herumspielte. Für sie stand fest, daß er diesen Artikel nicht gelesen hatte.

»Scheiße! Wenn ich bis zur Straße komme, kann ich abheben.«

»Heb nicht ab!« schrie Joan und dachte dabei wieder an die Schubkraft.

»Möchtest du fahren?«

Wütend stieß Jack mit dem Fuß gegen die Bremse. Die F-16 wurde herumgerissen und vollführte fast eine ganze Drehung. Als Jack die Bremse losließ, war die F-16 in Richtung Kasernengelände umgeschwenkt. Zwischen Jack und dem Wagenpark standen drei Anordnungen von Armeezelten. Verzweifelt stieg Jack auf die Bremsen, versuchte, das Flugzeug wieder auf die Startbahn zu dirigieren – vergebens.

Jacks vorzügliche Beherrschung der Fliegerei war Grund dafür, daß sie sich plötzlich mitten unter den Zelten befanden. Das Flugzeug drehte sich noch immer, obwohl Jack sicher war, daß er die Motoren abgestellt hatte. Auch brannte weiterhin das kleine grüne Lämpchen, das eigentlich hätte erloschen sein müssen. Die Flügel der F-16 bohrten sich in die Leinwand und zerfetzten ein Zelt nach dem anderen. Die Zelte, die bei Jacks Manövern leer ausgingen, wurden von dem Feuerstoß der Auspuffturbine in Brand gesetzt.

Joan schrie auf, als sie die Zelte neben und hinter sich brennen sah – riesige Streichhölzer, die zum blauen Himmel emporloderten. In Sekundenschnelle waren die Zelte zu rauchender Asche zusammengefallen.

Jack, dem es nicht gelang, das Flugzeug zur Startbahn zu manövrieren, sah vor sich die Souks liegen. Die Eingangstore waren weit geöffnet. Wie um die Entfernung zu taxieren, hob Jack die Hand, schaute zur linken Tragfläche, dann zur rechten.

»Wird eng werden«, sagte er zu Joan.

Joan schaute ihn an und suchte zu verstehen, wovon er sprach. Er aber ließ die Motoren wieder an und ging von der Bremse. Diesmal brach das Flugzeug nicht seitlich aus, sondern raste wie ein Pfeil direkt auf die Souks zu. Joan schlug die Hände vors Gesicht und ließ sie dann langsam sinken. Er wollte doch nicht etwa versuchen, durch die Souks zu fahren?

Mit heulenden Turbinen lenkte Jack die F-16 durch die Tore. Erst als er schon mit der Nase des Flugzeugs den Eingang hinter sich hatte, wurde ihm klar, daß er sich in der Breite verschätzt hatte – die linke Tragfläche wurde völlig demoliert. Aus dem Seitenfenster konnte er verbogenen Stahl, heraushängende Drähte und herumfliegende Funken erkennen. Er mußte lächeln – denn immerhin war auch die Hälfte der Mauer eingerissen worden.

Bis zum Umfallen kämpften die Derwische gegen Omars Männer. Tarak schwang sein Schwert, um seinen Gegner, der versuchte, ihn mit dem Gewehrkolben abzuwehren, schachmatt zu setzen; mit einem schnellen Hieb schlug er ihm den Arm ab. Im selben Augenblick sprang ein anderer Soldat von einem höher gelegenen Vorsprung auf Taraks Rücken. Tarak schleuderte den Mann über die Schulter und bohrte ihm das Schwert in den Leib; dann zog er sich rasch zurück und schaute über den Hof. Omars Männer drangen scharenweise aus dem Inneren des Palastes ins Freie. Tarak konnte das Schwirren der Schwerter hören, die die Derwische durch die Luft schwangen und dann auf den Feind prasseln ließen. Mochten auch Omars Männer über die neuesten Waffen – Gewehre und Granaten – verfügen: Taraks Männer waren Krieger. Derwische ließen niemals zu, daß der Gegner die Chance erhielt, sein Gewehr zu schultern, geschweige denn, es auch abzufeuern. Wo sie doch den Unsichtbaren zur Seite hatten. Omar, das wußte Tarak, war ein falscher Prophet; er würde niemals gewinnen.

Entgeistert sah sich Omar auf dem Hof um. Auch wenn seine Männer die Derwische in Schach hielten, war er bei seiner Suche nach Jack und Joan noch keinen Schritt weitergekommen. Er eilte zu den Toren des Palastes, genau in dem Augenblick, als eine weitere Gruppe seiner Männer durch die Halle polterte. Er machte ihnen ein Zeichen.

»Schaut in den Häusern nach! Kämmt die Straßen durch!« befahl er und wies zum anderen Ende des Hofes. Plötzlich blieb er wie angewurzelt stehen, die Kinnlade fiel ihm herunter.

Mit der Nase in Richtung Hauptplatz stand da eine F-16 – Omars F-16 – mit einer völlig demolierten linken Tragfläche. Plötzlich begann das Flugzeug durch die Souks zu donnern und legte noch an Geschwindigkeit zu. Auch wenn es an Spannbreite eingebüßt hatte, konnte es noch immer nicht die engen Straßen passieren, ohne so manches in Trümmer zu legen.

Vordächer von Gebäuden wurden abgerissen, Gemüsestände und Stellagen mit Töpferware umgeworfen – die F-16 rasierte alles ab, was ihr in den Weg kam. Entzückt jauchzte Jack auf, als er mitten in Omars vor Schreck versteinertes Gesicht sah.

Joan sprang von ihrem Sitz auf und umarmte den Juwel. Jeder Gedanke des Mißtrauens gegenüber Jack war verflogen. Er brauchte die F-16 gar nicht zu fliegen; was er am Boden vollbrachte, war fantastisch genug. Sie hoffte, den Ausdruck von Omars Gesicht nie zu vergessen. Jetzt war er in ihrer Hand. Wie er wohl empfinden mochte, zerschmettert zu sein wie so viele, die er zerschmettert hatte?

Die F-16 erzwang sich weiter ihren Weg, durchschnitt Wäscheleinen, schlitzte kleine Karren und Leinwand auf, zermalmte Körbe. Schreiend liefen die Menschen davon; überall wimmelte es von Schafen. Ein Höllenspektakel, fand Joan. Wieder schaute sie zu Omar hin.

Zwar vernahm Tarak den ohrenbetäubenden Lärm hinter sich, aber da er gerade mit einem Bullen von Kerl um sein Leben kämpfte, mußte er sich voll und ganz auf seinen Gegner konzentrieren. Erst als der Feind bewußtlos am Boden lag, drehte er sich um und sah die F-16 an sich vorbeidonnern. Er schaute ins Cockpit, entdeckte Jack mit seiner amerikanischen Freundin und als dritten dann –

»Der Juwel! Ich sehe den Juwel! Folgt ihnen, er schafft den Juwel fort!«

Ralph war taub für alles, was um ihn herum vor sich ging, denn noch immer bearbeitete ihn der Inhaber des Obststandes mit seinen mächtigen Fäusten. Aber plötzlich drang Taraks Stimme an sein Ohr. Ralph, jetzt selbstbewußter in seiner Gegenwehr, schlug zweimal kräftig zurück und kam schließlich auf die Beine.

»Der Juwel!«

Ralph sah auf; die F-16 raste gerade an ihm vorbei. Da sein Auge langsam anschwoll, schien er alles nur durch einen Nebel wahrzunehmen. Eins aber sah er ganz deutlich – am Steuerknüppel saß Jack!

»Colton! Du hast mich wieder einmal hereingelegt!«

In diesem Augenblick tauchte in den Souks ein halbes Dutzend Panzerwagen und Jeeps auf und raste hinter der F-16 her.

Tarak stieß den Schrei der Derwische aus und gab seinen Männern ein Zeichen. Die Derwische rannten zu ihren Kamelen und Pferden. Tarak schwang sich auf seinen schwarzen Hengst und stemmte das Gewehr über den Kopf. Sein Pferd wieherte auf und galoppierte dann in Richtung Flugzeug davon.

Ralph schüttelte den Obstverkäufer ab und rannte auf die Straße, wo er versuchte, mehrere Derwische zum Halten zu bringen, indem er sich an die Zügel ihrer Kamele hängte, allerdings vergebens. »He, Freunde, wartet auf mich!«

Die Derwische schenkten Ralph keine Beachtung, sondern konzentrierten sich nur auf die Verfolgung.

Jack hatte eine perfekte Schleife gezogen und hielt jetzt wieder auf die Tore des Ortes zu, während Omars Männer im Jeep hinter ihm herrasten und mit ihren Gewehren das Flugzeug beschossen. Jack sah, wie die Soldaten die Eingangstore verschlossen. Verdammt! Er hatte nicht genug Mauer abrasiert, und die Tore waren aus eisenbewehrtem Holz. Er wußte, daß die Entfernung zu kurz war, um das Flugzeug so zu beschleunigen, daß er damit die Mauer durchbrechen konnte. Wenn er versuchte, die Tore zu rammen, würde das den sicheren Tod für ihn bedeuten und auch für Joan und ihren Freund.

Joan war völlig entgeistert. »Schwenk das Flugzeug! Abschwenken!«

»Und wohin?« schrie Jack. Sie saßen in einer schmalen Straße fest. Joan schrie auf und bedeckte die Augen. Diesmal würden sie umkommen. Sie wußte es.

Der Juwel lächelte. Gelangweilt, als befände er sich auf einer Sightseeing-Tour, schaute er aus dem Fenster.

»Ich sitze heute zum erstenmal in einem Flugzeug.«

Jack drehte sich um und starrte ihn an. Wer war dieser Kerl? Irgend etwas mußte Jack unternehmen. Er überprüfte noch einmal das Armaturenbrett und entdeckte einen großen roten Knopf.

»Ich hab' es!« rief er.

Damit zündete er eines der Geschosse, die an den Tragflächen installiert waren. In weniger als einer Sekunde waren die Tore verschwunden, und nur eine Sekunde benötigte die F-16, um die in Flammen gehüllte Öffnung zu passieren und in die Sicherheit der Wüste zu entkommen.

Als das Flugzeug aufheulend das Dorf verließ, gab Omar seinen Männern ein Zeichen, die Verfolgung aufzunehmen. Er sah zu, wie sie in die Wüste hinausrasten. Rasch verständigte sich Omar mit Hassan, und beide rannten in den Palast zurück.

Schreiend folgten die Derwische Omars Armee durch das Dorftor.

Als letzter passierte Ralph auf einem lahmen Esel die schwelenden Eingangstore. Er hustete und kämpfte gegen die Rauchschwaden, den Staub und alles an, was übriggeblieben war; dann bohrte er seine Schenkel in die Flanken des Esels und verfluchte Jack Colton wohl zum hundertstenmal während der letzten Stunde.

Wie eine todbringende Tarantel kroch Omars schwarzer Hubschrauber am Himmel entlang. Hassan richtete die Flügelschraube nach Osten, während Omar durch sein scharfes

Fernglas die lange Staubspur im Sand unter sich absuchte. Obgleich die F-16 rasch vorwärtskam, waren ihm seine Männer dicht auf den Fersen. Der Amerikaner hätte eben wissen müssen, daß er, wenn er es mit einem so Mächtigen wie ihm, Omar, aufnahm, den kürzeren ziehen würde. Hoffentlich drehten seine Leute nicht durch und erschossen Jack und Joan. Omar wollte sie lebend. Mit Joan hatte er Großes vor. Sie wäre eine schöne Ergänzung zu seinem heimlichen Harem – nicht dem, in dem seine rechtmäßigen Ehefrauen lebten –, dem weißen Harem, für den er soviel Geld aufwandte. Er gab Hassan einen Wink, worauf dieser den Hubschrauber beschleunigte und auf die F-16 zuraste.

Jack dirigierte die F-16 den Wüstenpfad entlang. Er war stolz darauf, wie gut er mit diesem Flugzeug zurechtkam. Wenn er nur herausbekäme, wie er es anstellen mußte, um vom Boden abzuheben! Aber wenn er darüber nachdachte, war es vielleicht besser, wenn er unten blieb.

Ein klappriger alter Bus schaukelte just denselben Wüstenpfad in südlicher Richtung entlang, dem Dorf zu. Wie üblich waren alle Plätze mit einheimischen Fahrgästen besetzt, auch mit Kindern und Tieren. Ein lärmendes, übelriechendes Gefährt, dieser Bus, was jedoch den Chauffeur nicht weiter störte, brachte er ihm doch ein schönes Stück Geld ein.

Die Hitze war lähmender geworden – es ging auf zwölf Uhr zu. Der Busfahrer wischte sich mit einem bunten Tuch den Hals. Dann blickte er in die Ferne. Schwaden heißer Luft stiegen aus dem Sand empor, fügten sich zu einer seltsam aussehenden Fata Morgana. Der Fahrer rieb sich den Schweiß aus den Augen. Das war doch Einbildung, was er da sah? Eine Rakete, die direkt auf ihn zukam?

Auf einmal wurde ihm klar, daß das Dröhnen in seinen Ohren von der F-16 verursacht wurde. Er kannte die Wüste gut genug, um zu wissen, daß eine Fata Morgana kein Geräusch verursachte. Kurz ehe der Bus und das Flugzeug aufeinanderprallten, zog er deshalb sein Fahrzeug nach rechts und aus der Spur der F-16.

Die Fahrgäste jubelten und klopften ihm auf den Rücken. Verwirrt blickte der Fahrer auf die Kolonne der Panzerfahrzeuge, die das Flugzeug verfolgten. So etwas war noch nie für seine Fahrtroute vorgesehen gewesen.

Als die F-16 seitlich am Bus vorbeizog, stieß Joan einen Seufzer der Erleichterung aus. Aus dem Nichts war dieser Klapperkasten aufgetaucht. Waren sie wirklich so schnell?

Sie fuhren weiter. Ein Wind erhob sich, zeichnete kleine Wirbel in den Sand. Dann wurden die Wirbel größer und intensiver, wühlten Trichter auf, deren Sand gegen das Flugzeug peitschte. Die F-16 klapperte und wackelte, als der Wind sie jetzt von allen Seiten ergriff. Joan schnallte ihren Sitzgurt fester und fing an zu beten.

Unkontrolliert taumelte das Flugzeug durch das steinige Gelände, brach auf dem Sand aus, holperte über aufgeworfene Sanddünen. Joan war es, als würden ihr die Zähne aus dem Kiefer geschüttelt. Und weiter rumpelte die F-16, über ausgetrocknete, aufgebrochene Flußbetten und Wadis hinweg, und Joan befürchtete, sie würden ihre so kostbare Geschwindigkeit einbüßen.

Den Jeeps und Wüstenfahrzeugen kam das schwierige Manövrieren der F-16 sehr zustatten. Sie gaben Vollgas, rasten den Pfad entlang und über Felsbrocken hinweg, bis sie dicht aufgeschlossen hatten. Per Funk wies der Leutnant die Fahrzeuge hinter sich an, das Flugzeug zu überholen. Er selbst prüfte seine Mini-14; sie war voll geladen.

Jack sah links neben sich einen von Omars Jeeps auftauchen. Demnach hatte er doch mehr an Geschwindigkeit verloren als angenommen. Sofort schaltete er auf volle Kraft. Die Turbinen heulten auf, das Flugzeug schoß in die Dünen, schuf, wie Jack glaubte, einen genügend großen Abstand zwischen ihnen und den Soldaten. Hier in den Dünen würde er viel schneller vorankommen.

Die Schubkraft der Turbinen preßte Joan tief in den Sitz. Erst nach einiger Zeit stellte sie fest, daß sie doch nicht so erschrocken war, wie ihr Herz vorgab, es zu sein. Mit unglaublicher Geschwindigkeit rasten sie jetzt über die Wüste dahin.

»Wohin geht die Reise?«

Spöttisch sah Jack sie von der Seite her an. »Soll das etwa

ein Witz sein? Wo ich doch nicht einmal weiß, was ich eigentlich mache!«

»Jack«, sagte Juwel ruhig.

»Ja?« fragte Jack kurzangebunden.

»Joan hat mir erzählt, daß Sie gut über tropische Vögel Bescheid wissen. Vielleicht können wir uns zusammensetzen und darüber sprechen. Ich bin noch nie in den Tropen gewesen, und ich würde mir gern Ihre Geschichten anhören.«

Entgeistert über den völlig unerwarteten Versuch dieses Mannes, ein bißchen Humor ins Spiel zu bringen, drehte sich Jack nach hinten um und starrte Joans Freund an.

»Wer ist dieser Kerl?«

Plötzlich schrie Joan auf. Sie deutete nach vorn.

»Jack!«

Die Nase des Flugzeugs begann sich zu heben und wieder zu senken.

»Was machst du denn da?« fragte Joan.

»Nichts!« gab Jack zurück, überprüfte aber rasch noch einmal die Instrumententafel. Nein, er hatte nicht versehentlich einen falschen Knopf betätigt. Vielleicht eine Nachwirkung der Turbinen, überlegte er.

»Warum macht es denn das?« wollte sie wissen.

In diesem Augenblick deutete der Juwel nach vorn.

»Habo'ob.«

»Was?« fragte Jack.

»Sandsturm. Pech«, sagte Juwel in dem gleichgültigen Ton, der Jack langsam wahnsinnig machte.

Joans Blick folgte der Richtung, in die Juwel zeigte. Hinter der größten Sanddüne am Horizont ballte sich eine riesige bräunliche Wolke zusammen, die den Himmel verdunkelte. Selbst durch den Turbinenlärm hindurch konnte sie ihr verhängnisvolles Dröhnen hören. Sekunden später schon hatte die Wolke den Himmel eingehüllt, die Erde, alles um sie herum. Die Sonne war verschwunden; Dämmerung war aufgezogen.

»Gütiger Himmel!« schrie Jack, als der Sandsturm einsetzte.

»Eine prima Gelegenheit, ihn hochzuziehen«, meinte Juwel.

Joan blickte ihn fragend an. Irgend etwas schien an Meditation dran zu sein – den Juwel schien nichts zu erschüttern. Er wirkte genauso gelassen wie in der Zelle des Turms.

Plötzlich war ihr, als befinde sie sich auf einer Achterbahn. Sie schossen vorwärts, bremsten ab, tippten auf dem Boden auf, schwankten. Und dann hob die F-16 vom Boden ab.

»Wir fliegen!« rief sie und mußte sofort an die Schubkraft denken. Jack wußte überhaupt nicht, wie er dieses Flugzeug zu steuern hatte. Wie sollte er wissen, wann er die Geschwindigkeit zurücknehmen mußte, damit sie nicht das Bewußtsein verloren? Jetzt würde sie nichts mehr retten können. Wenn es der Sandsturm nicht geschafft hatte, sie schachmatt zu setzen, würden sie eben infolge der Schubkraft sterben.

Omars schwarzer Hubschrauber flog seiner Bodentruppe voraus. Hassan betätigte den Steuerknüppel, um die Maschine auf nördlicheren Kurs zu bringen. Plötzlich ließ Omar das Fernglas sinken, seine Augen wurden rund, als er den Sandsturm heraufziehen sah.

»Umdrehen! Dreh um!«

»Zu spät!« schrie Hassan und kämpfte mit dem Steuerknüppel. Jetzt regierte der Sturm.

Der Hubschrauber begann trotz aller Versuche Hassans, die Maschine zu landen, heftig zu schlingern. Auch wenn er angeschnallt war, flog Hassan bei dem Bemühen, die Kontrolle über die Maschine zu gewinnen, in seinem Sitz hin und her. Schließlich überließ er sich dem Wind, der den Hubschrauber direkt in den Sandsturm trieb.

Die Jeeps und Wüstenfahrzeuge unter Omars Befehl rasten in gleicher Richtung weiter. Der Leutnant starrte auf den heraufziehenden Sandsturm. Ein Blick auf den Tachometer – sie fuhren mit mehr als 90 Meilen. Selbst wenn sie umkehrten, um dem Sturm zu entkommen, würde er sie einholen. Ihr Schicksal war besiegelt.

Als der Sandsturm die F-16, den Hubschrauber und die Jeeps erfaßte, war es wie weiland mit Jonas, der von einem Wal verschluckt wurde.

Kapitel XIII

Ein strahlend blauer Himmel wölbte sich über der Sahara; von einem Sandsturm war keine Spur zu sehen. Kein Lüftchen regte sich; winzige Insekten und Reptilien huschten nahrungsuchend über die weite Fläche. Zwei gelblichbraune Skorpione krabbelten langsam über verbogene schwarze Metallteile, tasteten nach Eßbarem. Als sie eine kleine Spinne entdeckten, kreisten sie die Beute ein und durchbohrten sie dann mit ihrem todbringenden Stachel, um sie anschließend gemeinsam zu verzehren. Die Skorpione kletterten über das Metall zurück in den Sand, weg von den beiden Männern, die neben dem Wrack standen.

Omar, dessen Kleidung voller Flecken und auch sonst recht unansehnlich war, reckte die Arme gen Himmel.

»Mein Hubschrauber, mein schönes Flugzeug – beide an einem einzigen Morgen zerstört! Es genügt nicht, daß ich sie umbringe; ich will ihre Verwandten kennenlernen, ihre Freunde, alle, die irgend etwas mit ihnen zu tun haben.«

Hassan wandte sich ab. Seine stählernen Augen suchten die Wüste ab.

»Wir werden sie finden.«

Drei Dünen weiter hatte sich die F-16 mit der Nase in den Sand gegraben; nur noch das Heck ragte in die Luft. Wie ein großer metallischer Vogel Strauß wirkte sie. Im Inneren des Flugzeugs suchte Jack fieberhaft nach Bereitschaftstasche und Werkzeug. Im Cockpit, das sich tief in die Erde gebohrt hatte, war es reichlich ungemütlich. Um die Fenster herum nichts als Sand. Ein Wunder, daß sie noch am Leben waren. Aber an Bord befand sich nur wenig, was ihnen weiterhelfen konnte.

»Dieser Pilot reiste mit leichtem Gepäck. Wasser, eine Pistole und ein Gebetsteppich.« Jack zuckte die Schultern. In einem so öden Landstrich wie diesem fragte man sich, welches der drei Dinge am wichtigsten war. Eine Entscheidung wäre noch immer ein Risiko.

Joan saß unter der Tragfläche der F-16 und genoß den Schatten. Sie fühlte sich völlig erschöpft, jeder Knochen schien als Folge der anstrengenden Fahrt, die sie hinter sich gebracht hatte, zu ächzen. Und jetzt saßen sie also mitten in der Wüste, ohne jeglichen fahrbaren Untersatz. Wohin sie blickte – nichts als Sand. Die goldene Sonne strahlte auf sie nieder; ihre goldenen Strahlen wurden vom goldenen Sand reflektiert. Mein Gott! Niemals mehr wollte sie diese Farbe sehen! Was gäbe sie für einen ganzen Monat Regen in New York, mit wunderschön grauverhangenem Himmel. Sie fuhr sich mit der Hand durch das Haar. Eine verschwitzte und verfilzte Masse. Kein Kamm, keine Bürste in Reichweite, und zu allem Übel – überlegte sie, als sie zur Sonne hochblinzelte – hatte sie keinen Schutz für die Nase.

Neben Joan saß, ruhig und äußerst heiter, der Juwel. Joan wünschte, sie könnte ebenfalls zu dieser Gleichgültigkeit finden. Statt dessen war ihr Magen noch immer verkrampft wie zu Beginn, als sie ihre Flucht bewerkstelligt hatte, dann während Jacks rettendem Eingreifen und dem anschließenden ›Flug‹. Sie sehnte sich nach Beruhigungspillen, und das noch mehr als nach ihrem Nasenschutz.

Als Joan erneut über die gigantischen Sanddünen blickte, war es ihr, als bedeutete dies hier Ewigkeit. So, als blicke sie dem Tod ins Gesicht – einem langsamen Tod, der einherging mit verdörrter Haut; schließlich würden die Geier über sie herfallen und ihre Gebeine abnagen. Sie schauerte.

»Wohin gehen wir als nächstes?«

Der Juwel wies zur spätnachmittäglichen Sonne.

»Sie gehen in diese Richtung. Nach Westen. Sie wird Sie an den Nil führen, in einem, vielleicht eineinhalb Tagen. Die Hamars haben eine Zisterne auf dem Weg. Grüßen Sie sie von mir.«

Joan schaute nach Westen. Eineinhalb Tage? Würde sie das unter dieser Saharasonne noch aushalten? Welche Strecke könnte sie schaffen, ehe sie ein Sonnenstich außer Gefecht setzte? Würde ihre so zarte helle Haut mit Pusteln übersät werden, dann aufplatzen und bluten? Was, wenn ihr die Hamars nicht gestatteten, aus der Zisterne zu trinken? Es klang gefährlich. Sogar gefährlicher als die Schubkraft.

Sie sah den Juwel an, spürte, daß sie sich zu diesem komischen Kerl hingezogen fühlte. Sie empfand einen Stich im Herzen, wußte sie doch, daß sich jetzt ihre Wege trennten. Fast wie ein Glücksbringer kam er ihr vor. Sie wollte nicht, daß er wegging. Er war ihr Freund.

»Wo gehen Sie denn hin?«

Der Juwel deutete in die entgegengesetzte Richtung.

»Über diese Berge. In die Stadt Khadir. In einem Tag will dort Omar seine Proklamation feiern. Jetzt, da Sie so freundlich waren, mich zu befreien, kann ich das verhindern.«

»Ganz allein?«

»Sie könnten mitkommen, aber ich möchte Sie nicht drängen. Leben Sie wohl, Joan.«

Joan glaubte weinen zu müssen; statt dessen lächelte sie den Juwel an. Er ergriff ihre Hand, und ohne daß er sprach, verstand sie, was er sagen wollte. Freunde, die große Prüfungen und Gefahren gemeinsam bestanden haben, sind immer aufs engste verbunden, hatte ihre Mutter gesagt. Genauso empfand Joan dem Juwel gegenüber. Vom ersten Augenblick an, als sie ihn in der Turmzelle sitzen gesehen hatte, war ihr klar gewesen, daß er kein gewöhnlicher Mensch war. Er war ein Heiliger mit einer großen Mission. Gemeinsam waren sie dem Tod entronnen, hatten sich Omar widersetzt. Noch vor zwei Tagen hätte sie das für unmöglich gehalten. Sie wollte nicht, daß der Juwel sie verließ und zurückging. Vielleicht würde sie ihn nie wiedersehen.

Der Juwel erhob sich, öffnete seinen Schirm, und mit einem zwinkernden Lächeln machte er sich auf den Weg durch die Wüste. Die Sahara, die Mörderwüste, überlegte Joan.

»Er verfügt über eine Armee. Sie können ihn nicht mit einem Schirm aufhalten«, rief sie dem Juwel hinterher, aber er schien sie nicht zu hören, ging, ohne sich umzuschauen, weiter.

Aus dem Cockpit tauchte Jack auf, streckte den Kopf zur Tür hinaus.

»Also dann. Machen wir uns auf den Weg.«

Er sprang von der Tragfläche herunter und trat zu Joan.

»Eins muß ich dir ja sagen, Mädchen, du suchst dir immer die Richtigen raus. Toller Hecht, dieser Omar. Hab' ich dir eigentlich erzählt, daß er mein Schiff in die Luft gejagt hat?«

Joan blickte dem Juwel nach. Wie winzig und schmächtig er im Gegensatz zu den mächtigen Sanddünen wirkte! Er mußte verrückt sein. Bestimmt gab es etwas, das sie für ihn tun konnte – aber was vermochten ein heiliger Mann und eine Frau gegen Omars Kräfte auszurichten? Joan sah Jack an. Er konnte dem Juwel auch nicht mehr als sie helfen. Und was quasselte er da eigentlich? Irgend etwas von der ANGELINA –, daß Omar das Schiff in die Luft gejagt hätte. Wieder suchten ihre Augen den Juwel. Würde Omar ihn auch umbringen?

»Nein«, sagte sie schließlich. »Tut mir leid.«

»Nun, ich werde diesen Nichtsnutz in seinem eigenen Nest ausheben. Die Leute, die uns hergebracht haben, berichteten von einem Juwel, das Omar gestohlen hat. Irgendein kostbarer Stein.«

Jack lächelte Joan entschlossen an. Jetzt, da sie vor Omar in Sicherheit und wieder bei ihm – wo sie auch hingehörte – war, wollte Jack nichts weiter als Rache. Omar hatte die ANGELINA zerstört, seinen Traum. Wenn es eine Möglichkeit gab, Omar das heimzuzahlen, dann wollte es Jack tun. Wenn er diesen Niljuwel finden würde, könnte er alles, was zwischen ihm und Joan schiefgelaufen war, wieder einrenken. Vielleicht würde sie ihn sogar wieder lieben.

Joan glaubte ihren Ohren nicht zu trauen. Haarscharf waren sie heute morgen gleich zweimal dem Tod entgangen, vor ihnen lag eine gefährliche Wüstenstrecke – und Jack machte sich Gedanken um gestohlene Juwelen. Er würde sich doch niemals ändern. Immer würde er ein Glücksjäger bleiben. Er begehrte sie nur, wenn ein Schatz in Reichweite lag.

»Wirklich?« fragte sie und versuchte erst gar nicht, den Sarkasmus in ihrer Stimme zu unterdrücken.

»Genau. Und ich werde zurückgehen und herausfinden, wo er steckt. Dann nehm' ich ihn, kauf mir die ANGELINA II und schippere gen Griechenland. Wenn du willst, kannst du mitkommen. Aber ich warne dich – das könnte ein lustiges Leben bedeuten.«

Auch wenn er versuchte, ganz unbeschwert zu wirken, klangen seine Worte doch herzlos. Er wünschte, er könnte das irgendwie ausbügeln, aber es war ihm schon immer schwergefallen, Joan gegenüber ganz offen zu sein.

Er fragte sich, warum er es nicht fertigbrachte, ihr zu sagen, daß er sie liebte. Oder sie geradeheraus zu fragen, warum sie ihn nicht wollte. Verständlich, daß sie jetzt, da er kein Geld und kein Schiff mehr besaß, ein wenig schwankte. Besitz, gesellschaftlicher Rang und all das – so etwas war für Frauen wichtig. Er wollte ihr das Beste geben, weil sie die Beste war, das einzige, was für ihn zählte.

Joan mußte fast nach Luft schnappen. Jack tat, als erweise er ihr eine Gunst, wenn er sie aufforderte, mit ihm nach Griechenland zu fahren. Und wie lange würde das dauern? Bis er sich entschloß, einem weiteren Schatz nachzujagen? Aus der Art und Weise, wie er das gesagt hatte, ging doch eindeutig hervor, daß sie nur Nebensache war. Sie war wütend über sich selbst, ein so trauriges Gesicht zu zeigen. Sie wollte nicht, daß er sah, wie sehr sie verletzt war. Sie wollte ihn in dem Glauben lassen, sie sei stark, zäh – wie er.

»Nein, vielen Dank«, sagte sie, nahm dann ihren ganzen Mut zusammen und deutete auf den Juwel. »Ich gehe mit ihm.«

»Wohin geht er denn?«

Joan stand auf und klopfte sich den Sand von den Kleidern, warf Jack einen harten, kühlen Blick zu. Warum wirkte er nur immer so verletzlich, wenn er etwas von ihr wollte? Immer wenn er sie mit diesen seelenvollen blauen Augen angeschaut hatte, erreichte er, was er wollte. Zu oft schon war sie darauf hereingefallen. Er war ein großer Schauspieler, fand sie. Und sie kannte sich gut genug, um zu wissen, daß ihr Jack immer wieder das Herz brechen würde. Wie ein weiches Stück Ton war sie in seiner Hand. Sie hätte schwören können, daß er sie nur zurückhaben wollte, weil sein Lieblingsspielzeug abhanden gekommen war. Was für eine Närrin war sie gewesen! Sie wollte von ihm weg, ehe sie in Tränen ausbrach.

»In die heilige Stadt, um Omar aufzuhalten.«

»Moment mal! Du bist ja verrückt. Was hat Omar mit dir angestellt?«

Plötzlich drehte Jack durch. Was war bloß in Joan gefahren, daß sie ganz einfach alle Vorsicht außer acht ließ? Wie konnte sie sich gegen Omar und all seine Gewehre, Soldaten und Kriegsgerät wehren? Haßte sie ihn so sehr, daß sie lieber den Tod riskierte, als bei ihm zu bleiben? So weit konnten sie sich doch nicht voneinander entfernt haben. Er müßte schon etwas Schreckliches getan haben, daß sie ihn haßte. Vielleicht war alles auf diese Hitze zurückzuführen. Denn so etwas sah Joan doch ganz und gar nicht ähnlich. Sah sie denn nicht ein, daß es für sie besser war, bei ihm zu bleiben? Keine Gefahr würde ihnen drohen. Er würde sie beschützen, für sie sorgen. Auch wenn das im Augenblick nicht ganz der Wahrheit entsprach. Er hatte nichts als die Kleider an seinem Leib – und ein Herz voller Liebe.

Joan ließ sich nicht umstimmen. Sie machte sich auf, den Juwel einzuholen. »Danke, daß du gekommen bist. Du hast uns sehr geholfen«, sagte sie im Weggehen. »Ich hoffe, du findest deinen Juwel, denn das ist ja alles, worauf du aus bist.«

Bereits nach den ersten Schritten spürte Joan, wie sich ihre Schuhe mit Sand füllten. Aber das war ihr egal. Sie mußte sich von Jack befreien. Sie wollte jemand finden, der noch an etwas anderes dachte als Geld. Jemand, der hin und wieder auch an sie dachte.

Jack blickte ihr nach. Als sie mit Omar abgefahren war, sagte er sich, hatte sie niemals vorher eine Chance gehabt. Omar sah so gut aus, war reich, charmant, mächtig – jede Frau, selbst Joan wäre nicht normal, wenn sie sich nicht für ihn begeistert hätte. Jack hingegen war ein ganz normaler Bursche – etwas Besonderes war an diesem Jack T. Colton einfach nicht dran. Aber jetzt war das etwas anderes. Wenn ein Zweifel bestanden hatte, ob Joan ihn und nur ihn ablehnte, dann hatte sie hiermit diesen Zweifel ausgeräumt.

Das war so deutlich wie die Nase in seinem Gesicht, und er war ein Idiot gewesen, das nicht zu bemerken. Joan war eben auf Abenteuer erpicht. Sie liebte den Nervenkitzel, wollte alle Haarnadelkurven durchfahren, die das Leben ihr bot. Und es machte ihr einen Heidenspaß, ihm zuzusehen, wie er Kopf und Kragen für sie aufs Spiel setzte. Er wußte, daß Hemingway ein solches Leben geführt hatte. Stierkämpfe, Sauforgien, ausschweifende Wochenenden. Schriftsteller. Vielleicht glaubte Joan, sie müßte diesen ganzen Mist am eigenen Leibe ›erfahren‹, um darüber schreiben zu können. Wenn das der Fall war, dann war sie wirklich hirnrissig.

Sie verließ ihn. So sehr er es auch versuchen mochte – er würde niemals verleugnen können, daß er sie liebte. Und daß er sich wünschte, sie würde seine Liebe erwidern.

»Warte doch! Willst du einem kleinen Würstchen hinterherrennen, das du in diesem Gefängnis aufgegabelt hast? Bist du scharf auf ein Abenteuer? Komm mit mir mit!«

Joan ging unbeirrt weiter. Sie konnte hören, wie er ihr nachrief. Tränen strömten ihr über die Wangen. Bevor sie das Kinn erreichten, hatte der Saharawind sie bereits wieder getrocknet. Das war gut so. Sie wollte nicht, daß Jack merkte, wie weh er ihr getan hatte, wieviel er ihr bedeutete. Sie glaubte, sie hätte endlich den Punkt erreicht, daß er sie nicht mehr verletzen konnte, aber wieder hatte er sie getroffen. Dabei verlangte sie doch gar nicht soviel vom Leben. Nur eben, daß man sie um ihrer selbst willen liebte. Wenn sie jetzt umkehrte, würde sie das Unvermeidliche nur hinauszögern. Früher oder später würde sich die Schatzsucherei erschöpfen, würde er sie nicht mehr brauchen.

Jack glaubte, in zwei Hälften zu zerbrechen. »Also gut, in Ordnung! Geh doch! Ich bin ja sowieso nicht deinetwegen gekommen!« brüllte er und wußte doch, daß das gelogen war. »Ich bin hergekommen, um reich zu werden! Hinter dem Juwel bin ich her!« Er ballte die Faust hinter ihr her. Am liebsten hätte er sie gepackt und durchgeschüttelt.

Der Juwel, der Jacks letzte Worte gehört hatte, blieb stehen und wandte sich um.

»Wenn Sie den Juwel wollen, kommen Sie besser mit. Ich weiß, wo er sich befindet.«

Eine Sekunde lang stand Jack mit vor Verblüffung aufgerissenem Mund und wie angewurzelt da. Verdammt! Dieser Kerl brachte es nicht nur fertig, daß Joan ihm folgte, er war auch noch der Schlüssel zu dem Schatz, den er, Jack, wollte. Er wollte es einfach nicht glauben. Aber irgend etwas Wahres mußte dran sein. Vielleicht verließ Joan gar nicht ihn. Vielleicht war sie auch hinter diesem Niljuwel her. Natürlich, das mußte es sein! Sie haßte ihn gar nicht; sie war sicherlich im Augenblick nicht gerade von ihm begeistert, aber das ließe sich ausbügeln. Ja! Es gab noch Hoffnung. Wie viele Berge auf dieser Welt waren nicht einzig und allein kraft Hoffnung bewältigt worden! Jack Colton war nicht der Mann, der sofort die Flinte ins Korn schmiß. Nur – wenn Joan wirklich nichts von ihm wissen wollte, dann würde er es diesmal herausfinden. Dieser Gedanke fraß sich in ihm fest.

»Verdammt!« fluchte er, als er sich die Bereitschaftstasche über die Schulter hing. Ob er wollte oder nicht, er war auf dem besten Wege, mal wieder mit offenen Augen dem Tod ins Messer zu laufen. Wahrscheinlich war er ein Masochist. Ein normaler Mann würde sich einer Frau gegenüber niemals so verhalten. Natürlich kannte er nicht so viele Männer, die sich wirklich verliebt hatten. Darüber müßte er mal nachdenken. Jack folgte Joan und ihrem Freund, blieb mit einemmal stehen und schaute zurück zum Flugzeug, dessen Schwanz in die Luft ragte. Vielleicht würde er keine Gelegenheit haben, mit Omar abzurechnen. Dieses Flugzeug aber, Omars ganzer Stolz, wäre ein prima Ersatz.

»O ja.«

Jack öffnete die Bereitschaftstasche und holte die 45er heraus, visierte genau das Flugzeug an und spannte den Hahn, seine Rache voll auskostend. Er würde Omar lehren, ihm sein Mädchen wegzunehmen – und seine ANGELINA in die Luft zu jagen!

Und aus voller Lunge brüllte er: »He, Omar, deine Mama!«

Er zog durch. Traf mitten ins Schwarze. Die F-16 fing sofort Feuer. Jack beobachtete, wie sich die Flammen im Rumpf des

Flugzeuges ausbreiteten. Dann rannte er Joan hinterher. In dem Augenblick, da er sie eingeholt und zu Boden gerissen hatte, explodierte das Flugzeug.

Wie giftige Reptilien glitten die offenen Wüstenfahrzeuge, die Panzer und Jeeps über die halbmondförmige Sanddüne. Der mit 115-Millimeter-Schnellfeuergewehren ausgerüstete T-62 sowjetischer Herkunft, der den Konvoi anführte, schien infolge seines geringen Gewichts über den Sand zu fliegen.

Omar beobachtete, wie sich seine Armee näherte. Er wünschte, er hätte es fertiggebracht, den amerikanischen M-60 zu kaufen; stünde ihm dieser luftgekühlte Diesel, der jedem anderen Motor in der Wüste überlegen war, mit der erstklassigen 120-Millimeterwaffe aus England zur Verfügung, hätte er Jack aufhalten können. Er war einfach nicht schnell genug gewesen. Er brauchte einen schnelleren Hubschrauber und bessere Waffen. Wenn ihn jemand wie Jack Colton derart in Verlegenheit bringen konnte, dann war er in Schwierigkeiten. Ein wahres Glück, daß er dafür gesorgt hatte, die Fortbildung seines Volkes zu unterbinden. Vielleicht wäre es angebracht, in Zukunft alle amerikanischen Fernsehsendungen abzusetzen. Es war nicht gut, wenn seine Leute über westliche Technologien informiert würden; das würde die Kontrolle über sie erschweren.

Während Omar auf den Konvoi zuging, überlegte er, wie er die amerikanischen Militärs überzeugen konnte, daß er ihr Wohlwollen ›verdiente‹. Seit er die marokkanischen Diebe dafür bezahlt hatte, für ihn einen Mercedes zu stehlen, hatte er nichts so sehr begehrt wie diesen M-60.

Hassan hörte zwar die Fahrzeuge hinter sich, drehte sich aber nicht um. Er war vollauf damit beschäftigt, den Horizont Zoll für Zoll abzusuchen. Irgendwo da draußen mußte sich Colton herumtreiben. Hassan wollte ihn haben – unbedingt. Er nestelte an seiner zerfetzten Tunika herum, die von der tiefen Wunde, die er sich beim Absturz zugezogen hatte, blutverschmiert war. Hassan mochte keine Narben. Eine war genug, und er hatte seinen Gegner damals in vierzehn Teile zerlegt und ganz genau mitgezählt. Hassan berührte die empfindliche Stelle an seinem Kopf. Sein Augenlid begann zu flackern, als ihn der Schmerz durchfuhr. Hassans Augen verengten sich, blieben an einem Punkt des Horizonts hängen. Er streckte seinen schmerzenden Arm aus und deutete in die Ferne.

»Da!« schrie er Omar zu.

Omar blieb stehen, sah sich nach Hassan um, folgte dann dessen Blick. Dort, über der am weitesten entfernten Düne, stieg ein dünner schwarzer Rauchfaden empor. Selbst wenn Colton eine Flagge gehißt hätte – er hätte seine Position nicht besser markieren können. Omar lächelte. Coltons unvermeidlicher Tod würde süß schmecken.

Kapitel XIV

Die Furchen in seinem Gesicht und auch Bart und Kleidung waren über und über mit Sand bedeckt; Tarak wirkte wie eine seltene Spezies aus der Tierwelt der Sahara. Tief sog er an seiner Pfeife, stieß den Rauch aus, um die Pfeife dann an einen seiner Brüder, der neben ihm im Sand saß, weiterzureichen. Von dieser höchsten Düne aus glaubte Tarak die halbe Sahara überblicken zu können. Seine Männer hatten den Sandsturm überstanden, genauso wie weitaus schlimmere. Derwische waren kräftige Menschen, die eine Menge aushielten, überlegte er und schaute seine ebenso wie er von Sand eingehüllten Brüder an. Sie hatten einen Halbkreis gebildet und beobachteten jetzt angestrengt den Horizont, suchten ihn nach irgend etwas ab – nach einem Lichtreflex von den metallischen Tragflächen, nach einer außergewöhnlichen Bewegung – nach etwas, was ihre Hoffnung schürte.

Tarak konnte nicht glauben, daß sein Juwel tot war. Er, seine Brüder und die anderen sudanesischen Stämme sehnten sich verzweifelt nach ihrem geistigen Führer, dem wahren Propheten, um Omars Herrschaft abzuschütteln. Daß sie stark und tapfer waren, genügte nicht; erst mit dem Segen des Juwels, der sie beschützen würde, wären sie nach Taraks Überzeugung die stärkste Armee der Welt.

Plötzlich erhob sich einer der Brüder. Er stieß einen Schrei aus, worauf alle aufsprangen und den schwarzen Rauchfaden am Horizont entdeckten.

»Ein Zeichen! Er lebt!« rief Tarak.

Sie sprangen vor Freude in die Luft, tanzten herum und stießen den Schrei der Derwische aus. Tarak umarmte seine Brüder, pries den Unsichtbaren, stimmte einen Gesang an. Er vollführte den rituellen Tanz der Derwische, während seine Brüder im Takt klatschten. Sie fielen auf die Knie und zelebrierten die Hunderte von Jahren alte ehrfurchtsvolle

Verbeugung. Dann streckten sie sich der Länge nach in den Sand, erwiesen dem Unsichtbaren die höchste Verehrung.

Gleich darauf sprang Tarak auf und befahl seinen Männern, aufzusitzen. Er selbst faßte die Mähne seines mächtigen schwarzen Hengstes und schwang das Gewehr über den Kopf. Ein breites, siegessicheres Lächeln lag auf seinem Gesicht. Er wandte sich um, sah, daß alle seine Männer im Sattel saßen. Sein Blick ging in die Ferne; er erstarrte.

Auf der Sanddüne, direkt hinter der Gruppe der Derwische, tauchte ein kleiner Mann auf. Seine Kleidung war zerrissen und voller Sand. Als er auf den höchsten Punkt der Düne zustapfte, schwankte er nach rechts und nach links, blieb dann stehen; seine Knie gaben nach, und er fiel auf die Erde. Er versuchte zu rufen, aber sein Rachen war genauso voller Sand wie jede Pore und jede Öffnung seines Körpers. Sein Kopf fiel zurück. Tarak vermutete, die Hitze habe den kleinen Mann ohnmächtig werden lassen. Jetzt rollte er die Sanddüne herunter und blieb zu Füßen der Derwische liegen.

Es war Ralph.

Als Omar eintraf, qualmte das Wrack der F-16 noch immer. Die Kettenfahrzeuge und kostspieligeren Geländewagen erhielten den Befehl, zurückzubleiben, während Omar und Hassan die Trümmer in Augenschein nehmen wollten. Sollte es zu einer weiteren Explosion kommen, war Omar nicht darauf erpicht, noch weiteres kostbares Kriegsgerät zu opfern.

Von seiner einst so stolzen F-16 war nicht viel übriggeblieben. Metallteile, der Schwanz und rauchende Asche lagen überall verstreut. Das Cockpit, das noch immer im Sand steckte, war dagegen fast unversehrt.

Omar mußte an all die Jahre denken, an die stillschweigende Duldung, die Überredungskünste, die nötig gewesen waren, um dem amerikanischen Militär dieses Flugzeug abzuluchsen. Er dachte an seine Zusage, mit den Russen keine Geschäfte zu machen, obwohl er drei Monate zuvor die Lieferung russischer Panzer in Auftrag gegeben hatte. Und jetzt hatte ihm ein Amerikaner seinen Preis geraubt und zerstört.

Hassan kletterte aus dem Cockpit, das er nach Leichen abgesucht hatte. Sein Gesicht war ernst; noch immer blickten seine Augen wütend.

»Sie sind weg.«

Omar glaubte seinen Ohren nicht zu trauen. Das war doch nicht möglich! Der Juwel, Colton, Joan – alle entkommen? Omar starrte in die rauchenden Trümmer. Nicht Colton hatte ihr Leben gerettet, sondern der Juwel und seine Allmacht. Fünf Jahre lang hatte Omar den Juwel auf Nummer Sicher im Turm festgehalten und in dieser Zeit seine Armee aufgebaut und sich zum Herrscher eingesetzt. Der Juwel hatte stets gewußt, daß ihm der Tod sicher war. Eine reine Zeitfrage. Bis heute hatte sich ihm keiner widersetzt. Und nun, da er kurz davor stand, der Herrscher über alle Stämme zu werden, wurden seine, Omars, Pläne durchkreuzt, seine Macht bedroht. Der Juwel hatte niemals etwas unternommen, um ihm Einhalt zu gebieten. Konnte es sein, daß Colton und Joan größeren Einfluß ausübten, als er angenommen hatte?

Wenn der Juwel bei dem Flugzeugabsturz ums Leben gekommen wäre, hätte dies sein Weiterkommen verlangsamt, seine Amtseinführung weniger triumphal wirken lassen. Aber er hätte den Tod des Juwels zu seinen Gunsten ausschlachten und dem Volk verkünden können, daß der Wille des Unsichtbaren erfüllt sei und er, Omar, der einzig wahre Anführer sei.

Dadurch, daß Joan und Colton aufgetaucht waren, wurde der Lauf der Geschichte verändert. Omar mußte sie unbedingt ausfindig machen. Wenn er Herrscher sein wollte, durfte keiner der drei am Leben bleiben.

Nur eine Sekunde überlegte Omar. Die Pläne des Juwels waren leicht zu durchschauen.

»Er wird in die Stadt gehen.«

Hassan nickte. »Dann muß er über die Berge. Bis heute nacht erwischen wir ihn.«

»Bring sie zu mir ins Khadir.«

Hassan begab sich zu den Kettenfahrzeugen. In diesem steinigen Gelände zwischen Wüste und Stadt würden sie am schnellsten vorankommen. Er gab den Fahrern Anweisungen und setzte sich dann in das vorderste Fahrzeug. Auf seinen Befehl hin wurde die Munition überprüft, die Soldaten mußten sich vergewissern, daß ihre Gewehre in Ordnung und voll geladen waren. Hassan wollte keine Überraschung erleben. Diesmal nicht. Er gab ein Zeichen; die Motoren heulten auf.

Omar kletterte in den T-62, warf einen letzten Blick auf den rauchenden Flugzeugrumpf. Als ein Mann vom Nil war er, wenn er Angst hatte, genauso abergläubisch wie jeder Analphabet seines Dorfes. Immerhin bestand die Möglichkeit, daß die Zerstörung der F-16 ein Wink des Schicksals war. Vielleicht um seinen Mut zu prüfen, seinen Intellekt. Seine Augen verengten sich zu schmalen Schlitzen. Derartige Zweifel durfte sich Omar nicht gestatten. Wenn er in seiner Überzeugung schwankend wurde, in seiner Stärke, dann war alles verloren.

Mit Nachdruck erteilte er dem Fahrer seine Befehle. Er würde nach Khartum zurückfahren und dort auf Hassan warten – und auf die Gefangenen.

So als wechselten sie von einer Filmszene in eine andere über, ließen Jack, Joan und Juwel die Wüste hinter sich und begaben sich auf einen eindrucksvollen Gebirgspaß.

Wie ein Paradies war es, fand Joan, als sie an einer üppig wuchernden Pflanze mit flachen grünen Blättern vorbeikam, die, wie der Juwel ihr erklärte, ›kat‹ genannt und wegen ihrer leicht stimulierenden Wirkung von den Eingeborenen gekaut wurde. »Ein beliebtes Aufputschmittel bei der Feldarbeit«, hatte er gewitzelt. Joan entdeckte ›markh‹, einen Baum ohne Blätter und Dornen, mit nackten Ästen und dünnen Zweigen. Über hundert verschiedene Grassorten wüchsen hier, sagte Juwel, und dort, wo es Wasser gab, Schilfrohr. Im Weitergehen deutete er zu den Akazien, auf eine Poinciana mit prächtigen orange- und rotfarbenen Blüten, auf Eukalyptusbäume mit aromatischen Blättern. Auch Palmen gab es hier, darunter die Doumpalme, aus deren Blättern die Eingeborenen die traditionellen afrikanischen Fächer herstellten.

Mit sicherem Schritt marschierte der Juwel durch die Gebirgsausläufer, zeigte Joan die Wunder seines Landes. Mehrmals blieb Joan stehen, um eine besonders ausgefallene Pflanze, auf die er gedeutet hatte, zu betrachten – kein Wunder, daß sie Mühe hatte, mit ihm Schritt zu halten. Jack dagegen hing weit zurück.

Er wischte sich den Schweiß von der Stirn. Schau einer an, dachte er. Joan und ihr Freund taten so, als wäre dies hier ein Sonntagsspaziergang im Park. Seit wann war Joan eigentlich ein Botanikfan? Er hievte die Bereitschaftstasche auf seine linke Schulter. Gott sei Dank lag diese verdammte Wüste hinter ihnen. Wenn er jemals wieder Sand sähe, überlegte er, dann wäre alles zu spät.

Jack war froh, daß sie Omar abgeschüttelt hatten. Eine fiese Type, weiter nichts. Vielleicht würde ihm Joan nach ihrer kleinen Eskapade im Turm jetzt zustimmen. Aber er war sich nicht sicher. Manchmal verhielt sie sich wie eine Schwachköpfige. Ob es an ihrem gesunden Optimismus lag oder an ihrer Tollkühnheit, daß sie sich, ohne die Folgen zu bedenken, in Situationen begab, die sie Kopf und Kragen kosten konnten? Wahrscheinlich an beidem. Sie war sich selbst ihr ärgster Feind.

Jack sah, wie sie sich bückte und eine seltsame Blume pflückte. Niemals wandte sie sich um, auch wenn er wußte, daß sie über seine Anwesenheit froh war. Er beobachtete, wie sie beim Gehen mit den Hüften wippte, fragte sich, wie lange er es durchhalten würde, nicht mit ihr zu schlafen. Nicht mehr lange, das war sicher. Ob sie wohl auch einen Gedanken daran verschwendete? Wollte sie ihn denn noch – wenigstens sexuell? Jack seufzte. Am besten nicht daran denken. Er benötigte seine Energie, um zu überleben.

Jetzt blieb er erst einmal stehen. »Wissen Sie eigentlich, wo's lang geht, Mister?«

Der Juwel ging weiter, rief aber über die Schulter: »O ja, über den Berg.«

»Na, dann bin ich ja beruhigt.«

»Jack, schließ auf«, sagte Joan, die sich umgedreht und gesehen hatte, wie weit er zurückhing.

Er schaute sie an. »He, kümmere dich nicht um mich, okay?« Das würde ihr wohl nicht allzu schwerfallen.

Jack stieß mit dem Fuß gegen einen Felsen. Ein Schmerz zuckte durch sein Bein. Über seinen Nacken, den Rücken und die Brust rann der Schweiß. Der kolumbianische Dschungel war eine Zuckerlecke im Vergleich zu diesem Hochofen – das stand für ihn fest.

»›Wir gehen über den Berg‹«, wiederholte er sich Juwels Worte. »Kein Wunder, daß dieses Land so verdammt rückständig ist... in dreitausend Jahren hat niemals jemand eine direkte Antwort gegeben.«

Fast eine Stunde hatten sie gebraucht, um die Ausläufer des Gebirges zu überwinden; jetzt standen sie am Fuß des Berges. Joan schaute hoch, fragte sich, ob es hier oben vielleicht etwas kühler werden würde. Der Overall klebte an ihrer Haut, und den Sand würde sie wohl niemals aus ihrem Mund bekommen. Was gäbe sie nicht für ein Bad! Sie hatte so ungefähr alles getan, um nicht ständig an die Hitze und an die Gefahr, in der sie schwebten, zu denken. Aber jetzt war ihr Kontingent an Fragen über Bäume und Blumen erschöpft. Wahrscheinlich wußte sie inzwischen über jede Gesteins-, Boden- und Sedimentschicht Bescheid, die jemals in Afrika entdeckt worden war.

Sie blickte den Juwel an. Nichts schien ihn zu beeinträchtigen. Weder die Hitze noch die sengende Sonne oder Omar.

Meine Güte! Was für ein Idiot sie gewesen war, hierher zu kommen! Sie hätte auf Jack hören und auf dem Schiff bleiben sollen. Vielleicht liebte er sie nicht, aber zumindest hätte sie das Ende des Jahres erlebt. Während sie jetzt das Gefühl hatte, ihr Schicksal sei besiegelt. Auch wenn sie weitergingen – früher oder später würde Omar ja doch mit seinem Hubschrauber auf sie losgehen oder hinter einer Sanddüne auftauchen und sie erschießen. Und Jack dazu.

Sie zitterte. An so etwas wollte sie gar nicht denken, durfte sie nicht denken. Das einzige, was sie aufrecht hielt, war der Glaube, sie würden es schaffen. Wie, das wußte sie nicht, nur daß sie es schaffen würden. An irgend etwas mußte sie doch glauben, gerade jetzt.

An die Liebe, das stand fest, glaubte sie nicht mehr. Das hatte sie Jack zu verdanken. Jetzt wußte sie, daß es der Verlust dieser Hoffnung war, dieses Traums von Liebe in ihrem Leben, der ihre Schreiberei blockiert hatte. Ja, sogar völlig niedergewalzt hatte. Ob sie wohl jemals wieder schreiben könnte? Wenn sie daran dachte, fühlte sie sich innerlich hohl. Keine Ideen, keine Geschichten, kein Herz mehr. Niemals würde sie wieder die Joan von früher sein. Und schuld an allem war Jack.

Das felsige Gestein hinaufzuklettern, war nicht so einfach, wie es aussah, fand Jack. Nur langsam kamen sie voran; es gab keinen Busch, keinen Vorsprung, an dem man sich festhalten und hochziehen konnte. Eine öde Gesteinswüste, diese dem Wind zugekehrte Seite des Berges, an der kaum Regen fiel.

Wieder hielt Jack inne, um sich die Stirn zu wischen. Auf diese Weise würde er es niemals bis zum Gipfel schaffen. Er war schon jetzt erschöpft, jeder Schritt schien ihm zuviel. Er schaute auf die Uhr. Seit Stunden waren sie unterwegs, und doch hätte er schwören können, daß noch nicht einmal eine Stunde vergangen war. Was war mit seinem Zeitgefühl los? Er war doch immer so stolz darauf gewesen, präzis die Zeit bestimmen zu können. Er ließ die Bereitschaftstasche auf den Boden fallen und holte die Feldflasche heraus, trank einen langen Zug, wischte sich den Mund ab, schaute dann über die weite Wüstenlandschaft unter sich. Meilen lagen zwischen ihm und dem Flugzeugwrack. Kaum zu glauben, daß sie es so weit geschafft hatten, aber dem war so. Jack blickte zum Juwel hoch. Irgend etwas war mit diesem komischen dürren Männlein los, etwas, daß er sich nicht erklären konnte. Als ob er ein Zauberer oder so etwas wäre. Vielleicht hatte Joans kleiner Freund etwas mit Jacks verlorengegangenem Zeitgefühl zu tun? Jack kicherte in sich hinein. Vielleicht war er Aladins Urenkel.

Jack schraubte die Wasserflasche wieder zu und blickte noch einmal über die Wüste. Plötzlich wurde sein Hals länger; um besser zu sehen, legte er die Hand schützend an die Augen. Eine lange Staubwolke bewegte sich auf das Gebirge zu.

»He, seht euch das an!« rief er Joan und ihrem Freund zu.

Joan und der Juwel hielten inne und schauten in die Richtung, in die Jack deutete. Sofort wußte Joan, daß das Omar sein mußte. Sie konnten das Knirschen der Kettenfahrzeuge hören, die den Wüstensand aufwühlten.

»Was hast du bloß mit diesem Kerl angestellt?« fragte Jack. »Warum ist er denn so hinter dir her?«

Eigentlich wollte er gar keine Antwort von Joan. Er riß sich zusammen, hob die Bereitschaftstasche auf und beeilte sich, den Pfad bis zum nächsten sicheren Halt zu meistern.

Joan bohrte die Fersen in den Abhang und stieg weiter. Als sie einen Blick zurückwarf, sah sie, daß die Kettenfahrzeuge näherkamen. Sie kletterte weiter.

Jack schüttelte den Kopf. »Meine Schuld. Als du zum erstenmal davon sprachst, hier herunterzufahren, hätte ich dich an den Mast binden und sofort in See stechen sollen. Dann wärst du vielleicht ein paar Tage lang sauer gewesen; aber ich hätte genügend Bier gehabt, um das zu überstehen.«

Joan war wütend. »Hör auf zu meckern«, fauchte sie. »Du hättest ja nicht mitkommen brauchen.« Warum sagte sie das? Würde sie niemals begreifen, daß sie von Jack kein Entgegenkommen erwarten durfte? Bei jeder Gelegenheit versuchte sie es, und jedesmal gab er ihr Saures. Die Dummen lernten eben nie.

»He, ich bin nur mitgekommen, um meine Interessen zu wahren«, sagte er, fand aber den Zeitpunkt unpassend, ihr zu sagen, daß sie sein einziges Interesse war, das ihm etwas bedeutete. »Und reg dich gefälligst ab. Schließlich habe ich dich gerettet.«

»Wir sind ganz gut zurechtgekommen, vielen Dank, bevor du in der Stadt auftauchtest und herumgebrüllt hast.«

»Entschuldige bitte, daß ich geboren bin!«

»Wissen Sie«, meinte der Juwel, »Lieben ist das gleiche wie Bergsteigen. Es ist sehr schwierig, hinaufzukommen, aber wenn Sie den Gipfel erreicht haben, können Sie den Weg, den Sie gegangen sind, klar erkennen.«

»Was?« fragte Jack.

»In meinem Kopf machte sich das ganz gut, aber jetzt, da ich es ausgesprochen habe, weiß ich auch nicht, was es bedeutet.«

In diesem Augenblick hörten sie es unter sich rasseln. Die Kettenfahrzeuge hatten die Ausläufer des Gebirges fast erreicht.

Jack wandte sich an Joan. »Kann dein kleiner Freund rennen?«

Hassan, der im vordersten Fahrzeug saß, hielt sich während der Fahrt über das bucklige Gelände am Armaturenbrett fest. Jetzt holte er sein Fernglas heraus, um festzustellen, wo sich die Amerikaner befanden, und wies dann den Fahrer an, sich mehr nach links zu halten. Er wollte den schmalen Pfad umgehen, den breiteren Weg einschlagen, auch wenn hier mehr Geröll lag. Aber die Kettenfahrzeuge würden durchkommen. Hassan prüfte seinen Revolver. Wie gern würde er höchstpersönlich Colton umbringen! Aber er wußte, daß Omar etwas dagegen hatte; daß er sie lebend zu Omar zurückbringen mußte. Ein langsamer Tod stand ihnen bevor, voller Foltern und Qualen. Hassan lächelte. Hoffentlich ließ Omar ihn zuschauen.

Jack packte Joan am Arm und zog sie mit sich. Obwohl sie jetzt zügiger vorankamen als vorher, holten die Kettenfahrzeuge mehr und mehr auf. Selbst Joans Freund hastete, so schnell er konnte, vorwärts.

Joan hielt Jacks Hand umklammert. Sie versuchte, ihren Schritt noch mehr zu beschleunigen, den steilen Anstieg schneller zu bewältigen. Aber es war ein vergeblicher Versuch.

Jack tastete nach einem Felsen, um sich hinaufzuziehen, rutschte aus. Die Kettenfahrzeuge saßen ihnen auf den Fersen.

»Warum holt ihr beide uns nicht aus dem Schlamassel?«

»Ich bin sicher, daß es nicht mein Schicksal ist, an einem Berghang zu sterben«, antwortete der Juwel.

»Und was ist mit uns?« fragte Joan.

»Hm, das ist etwas anderes.«

Endlich hatte es Jack geschafft, sich hinaufzuhieven, auf eine Art Überhang, der quer zu dieser Seite des Berges verlief. Er streckte die Hand aus, um erst Joan, dann dem Juwel hinaufzuhelfen.

Es war ein schmaler Überhang, nicht breiter als ein Fuß und sehr steinig. Joan stolperte ständig. Vorsichtig tastete sie sich Schritt vor Schritt vorwärts, ehe sie mit ihrem ganzen Gewicht auftrat. Eine falsche Bewegung, und sie würde abstürzen.

Sie schluckte, als sie hinunterblickte und sah, daß die Kettenfahrzeuge am Fuß des Berges angehalten hatten. Den Rücken an die Bergwand gepreßt, die Hände für einen sichereren Halt in die Felsen gekrallt, hob sie den Kopf. Eigentlich hätte sie sich sicherfühlen können zwischen Jack und dem Juwel, aber dem war nicht so. Sie hätten eben angeseilt sein müssen – wie richtige Bergsteiger. Was für Überlegungen! Im Traum hätte sie nicht daran gedacht, jemals einen Berg zu besteigen! Sie hatte ja nicht einmal gewußt, daß es in Afrika gebirgig war.

Langsam arbeitete sich Joan vorwärts, hinter Jack her. Sie beobachtete, wie er die Schritte setzte, machte es ihm nach. Und gerade, als sie dachte, sie könnten es vielleicht schaffen, setzte um sie herum ein Steinschlag ein. Kleine Steine, ja, aber sie prasselten ihr auf den Kopf, auf die Schultern. Aus Angst, sie könnte am Auge getroffen werden, wagte sie nicht, nach oben zu blicken.

Hassan stand neben dem parkenden Kettenfahrzeug und beobachtete das Trio durch den Feldstecher. Wenn er den Amerikanern nicht den Weg abschnitt und den Juwel zu Omar zurückbrachte, würden sie entkommen, da der Überhang, der quer zum Berg verlief, zu einem weiteren Paß auf der anderen Seite führte. Das war Hassans Chance. Und er wollte sie nutzen.

Er ging zum Heck des Kettenfahrzeugs und öffnete den Kofferraum, aus dem er eine leichte Panzerabwehrwaffe zog, ein Gewehr, zu dessen Ankauf er Omar überredet hatte. Ein deutsches Fabrikat, zuverlässig und handlich – und vor allem tödlich. Hassan setzte den langen Zylinder auf, der wie eine kleine Bazuka aussah, und visierte den Überhang an. Da seine Position jedoch ungünstig war, rannte er ein paar Schritte zurück, um jetzt sein Ziel klar und deutlich vor Augen zu haben. Er legte an; der Winkel war perfekt. Er würde die drei zwar nicht und entgegen Omars Befehl lebend zurückbringen, aber das erforderte eben die Situation. Und er würde entsprechend handeln.

Hassan feuerte und lächelte bei dem Gedanken, mit den drei Leichen zurückzukehren. Eine Belobigung war ihm sicher.

Joan blickte in dem Augenblick hinunter, sah, wie ein Geschoß von Hassans Schulter in Richtung Berg flog – in ihre Richtung. Sie schrie auf. Das Geschoß bohrte sich fünfzig Yards unterhalb von ihnen in den Berg und explodierte.

Sie war noch am Leben.

Plötzlich war ihr, als erbebe der Berg. Das felsige Gestein unter ihren Füßen schwankte, die Wand in ihrem Rücken zitterte. Joan konnte ein furchterregendes Rumpeln unter sich hören, aber nicht feststellen, was geschehen war. Der Lärm verstärkte sich, der Überhang bebte intensiver. Dann sah sie, daß sich ein Bergrutsch ereignet hatte, daß unter ihnen ein Krater klaffte.

Riesige Geröllmassen, Steine und tonnenweise Kies polterten bergabwärts. Überall flogen Felsbrocken herum. Wie lange sie sich wohl auf diesem brüchigen Vorsprung halten konnten, bis auch er abbrach und nach unten stürzte?

Jetzt fiel Joan ein, daß sich Hassan und seine Männer noch immer am Fuß des Berges aufhalten mußten. Als sie hinunterblickte, sah sie, daß die Kettenfahrzeuge von dem herabstürzenden Gestein begraben wurden. Sie konnte die Schreie der Soldaten hören, die in ihren Kettenfahrzeugen Schutz suchten. Einigen Fahrzeugen gelang es noch, aus der Gefahrenzone herauszukommen und der Vernichtung zu entgehen.

Jack stieß einen Freudenschrei aus. Niemals hatte er etwas Schöneres gesehen. Er streckte Hassan sein Hinterteil entgegen und rief: »He, Omar, leck mich am Arsch!«

Hassan, der hinter den Kettenfahrzeugen stand und unversehrt geblieben war, starrte Colton an. Er konnte nicht verstehen, was Colton da rief, aber er hatte eine gute Idee. Mochte Omar am Juwel gelegen sein – er, Hassan, schwor sich, mit Colton abzurechnen. Nach nichts stand ihm der Sinn mehr, als Coltons Kehle zwischen den Händen zu spüren, wenn er ihm langsam das Leben ausquetschte.

Jack sah hinunter in Hassans heimtückisches Gesicht. Man brauchte kein Hellseher zu sein, um zu erkennen, was er überlegte. Trotzdem mußte Jack auflachen. Wieder einmal hatten sie Hassan und Omar reingelegt. Dieses Triumphgefühl, das ihn erfüllte, war herrlich. Er fühlte sich, als gehörte die Welt wieder ihm. Nichts vermochte Jack T. Colton aufzuhalten.

Joan war es unangenehm, daß Jack Hassan so mitten ins Gesicht lachte. Sie spürte, daß dies Unglück bedeutete. Denn Hassan lebte ja noch, konnte sie noch immer einholen. Sie schaute nach vorn und entdeckte, daß der Bergüberhang – ihr Weg in die Sicherheit – verschwunden war, wahrscheinlich abgebrochen durch die Erschütterung oder den Bergsturz.

»Was sollen wir denn jetzt tun?« fragte sie Jack.

»Den Berg raufklettern, Schatz.«

»Welchen Berg?«

Jack wandte sich um und sah, was passiert war. Auf einmal war seine gute Laune verflogen. Sie konnten nirgendwo hin – außer zurück zu Hassan. Und das war genauso selbstmörderisch wie zu versuchen, das, was von dem Überhang verblieben war, zu überklettern.

»Nun«, sagte der Juwel, »ich schätze, wir müssen eben einen anderen Weg nach oben suchen.«

Jack sah Joans Freund an. Über wen der sich wohl lustig machte?

In diesem Augenblick fiel von oben herab ein Seil direkt vor Joans Füße. Sie zwinkerte zweimal und fragte sich, ob Luftspiegelungen auch im Gebirge auftraten.

Der Juwel packte das Seil. »Den zum Beispiel«, sagte er leichthin, als hätte er gewußt, daß es so kommen würde.

Joan schüttelte den Kopf, versuchte, hinter seine Zauberkunststückchen zu kommen. Erst das Toilettenpapier, dann Blumen, dann Schirme, mit denen man fliegen konnte. Warum also nicht auch ein Seil?

Sie blickte zu Jack. Vielleicht durchschaute er das Ganze.

Aber Jack zuckte mit den Schultern.

»Greif zu«, sagte er.

Zögernd streckte Joan die Hand aus und packte das Seil, zog daran – kräftig. Zu ihrem Erstaunen hielt es. Sie war völlig verblüfft. Die Trugbilder des Juwels waren Wirklichkeit.

Da sie wußte, daß dies die einzige Chance war zu entkommen, machte sich Joan daran, das Seil hinaufzuklettern. Hand über Hand hangelte sie sich langsam nach oben. Plötzlich fing das Seil an, sich zu bewegen. Vor Schreck hätte es Joan fast losgelassen. Was für ein Seil war das, das sich eigenmächtig bewegen konnte?

»Halt dich fest!« schrie Jack ihr zu.

Dann hängten sich Jack und der Juwel unterhalb von Joan an das Seil, und langsam wurden sie zu dritt den Hang hinaufgezogen.

Es war die verrückteste Flucht, die Jack jemals erlebt hatte. Joans Freund schien eine ganz besondere Nummer zu sein. Seit Jack diesen Kerl kennengelernt hatte, war zu vieles passiert, was er sich nicht erklären konnte. Vielleicht hatte er doch nicht so ganz unrecht mit seiner Vermutung, dieser Bursche sei ein Verwandter Aladins. Vielleicht war etwas dran an diesen Geschichten von Geistern und Lampen und fliegenden Teppichen. Nicht daß er jemals an Zauberei geglaubt hätte, aber dieses Seil...

»Wer, sagten Sie, sind Sie gleich wieder?« fragte ihn Jack.

»Ich habe nichts gesagt.«

Joan hatte den Gipfel des Berges erreicht und zog sich über den Überhang, gefolgt von Jack und dem Juwel.

Etwas unsicher stand Joan da, blickte in ein Dutzend ebenholzschwarze, von verfilztem, mit Schmiere gefettetem und in Strähnen und Wellen angeordnetem Haar umrahmte Gesichter, von denen einige mit weißer Kreide oder Ton bemalt waren und dadurch noch grotesker wirkten. Aus tiefliegenden Augen starrten sie Joan an, musterten ihre Kleidung, ihren Schmuck, ihr Haar. Sie berührten sie am Arm, sprangen dann noch erschreckter als sie selbst zurück, wagten sich erneut vor, nahmen Jack in Augenschein. Ihre Kleidung war armselig – Lendenschurze undefinierbarer Färbung, blanke Oberkörper, mehrreihige Ketten, an denen Knochen und Zähne baumelten. Zwei der muskelstärkeren Jugendlichen trugen federgeschmückte Speere.

Sie sahen furchterregend aus, verhielten sich jedoch wie Kinder. Joan hielt den Atem an, als einer von ihnen sie an der Hand packte und ihren roten Nagellack untersuchte. Sein flüchtiges Lächeln deutete an, daß ihm das zusagte.

»Das sind Nubier«, sagte der Juwel. »Das Volk, das vom Zeitenlauf vergessen worden ist.«

Kapitel XV

Die Dämmerung breitete eine kühle Decke über die Wüste, als Ralph langsam aus seinem Traum erwachte. Er befand sich in einer Luxus-Suite des Plaza-Hotels, und der Zimmerkellner hatte ihm soeben ein Filet Mignon mit Bratkartoffeln und gemischtem Salat und obendrein einen Sechserpack Bier serviert. Auf dem Bett lag eine blonde Schönheit und sah zu, wie er die Kerzen anzündete. Später am Abend wollten sie sich vom Chauffeur in seiner Limousine in einen Nachtclub fahren lassen.

Ralph lächelte im Schlaf – und war auf einmal hellwach. Er blinzelte. Er hätte wissen müssen, daß das ein Traum war. Noch immer saß er in der Wüste fest, und das Plaza war für Ralph unerreichbar.

In einem Halbkreis um ihn herum saßen die Derwische. Ralph stützte sich auf einen Ellenbogen. Alle starrten ihn mit ausdruckslosen Gesichtern an. Er hatte ein mulmiges Gefühl im Magen, so, als wäre er der Hauptgang. Sie schienen durchaus nicht begeistert zu sein, wie sich die Dinge entwickelten.

Ralph versuchte, ihnen zuzulächeln, aber der Versuch scheiterte kläglich. Es war offensichtlich, daß sie die Nacht hier verbringen wollten, zumal sie die Kamele und Pferde hinter sich angepflockt hatten. Vielleicht sollte er schleunigst versuchen, freundlich zu sein. Wo sie ihn doch anschauten, als wäre er derjenige, der alles Unheil über sie gebracht hätte!

»He, danke. Ich dachte schon, die Geier würden mich fressen. Ich stehe wirklich in eurer Schuld. Wenn ihr nach New York kommt und Taxi fahrt, dann würde ich mich freuen, wenn ihr euch in der Bronx sehen ließet. Meine liebe Mutter versteht sich auf Paprikawurst wie keine zweite.«

Wieder lächelte er. Die Gesichter der Derwische zeigten keine Regung. Sie glaubten ihm wohl nicht. Einer zog sogar sein Messer aus der Scheide und spielte mit der Klinge. Ralph schluckte. Er mußte es geschickter anstellen.

»Was ist eigentlich aus diesem hinterlistigen Colton geworden? Haut einfach mit dem Juwel ab. Wird ihn wohl meistbietend versteigern. Er hat uns geleimt, Jungs, aber wir schnappen ihn uns. Wir machen gemeinsame Sache. Alle zusammen, Brüder. Ich fühle mich richtig wohl bei euch. Als ob ich zu euch gehörte.«

Jetzt lachten sie ihm alle ins Gesicht.

Ralph verstand nicht. Er dachte, er hätte aufrichtig geklungen. Sie hätten ihm zugehört. Aber das war ja die Crux mit diesen verdorrten Wüstenhirnen. Niemals kapierten sie, wenn man was sagte.

»Was ist denn daran so komisch?« fragte er.

»Du glaubst, du kannst einer von uns sein?«

»Ist das ein Club mit beschränkter Mitgliederzahl hier?« höhnte Ralph. »Muß man Aufnahmegebühr bezahlen? Eine Prüfung ablegen? Gut, dann prüft mich. Mir kommt's nur darauf an, euch euren Juwel zurückzuholen.«

Ralph lächelte den Brüdern zu, und sie erwiderten sein Lächeln. Endlich hatte er sie auf seiner Seite. Noch dazu so einfach. Wie happig würde die Aufnahmegebühr ausfallen?

Eingebettet zwischen drei Bergen und auf allen vier Seiten vor Invasionen geschützt, hatten die Nubier vor mehr als tausend Jahren ihre Siedlung gegründet. Das Gebirge lieferte ihnen sauberes Trinkwasser und Gras für ihre Ochsen und Schafe; durch die Weitergabe generationenalter Erfahrung verstanden sie, dem Boden ein Maximum an Früchten und Getreide abzugewinnen. Mit Hilfe von Brunnen, die sie in der Wüste aushoben, bewässerten sie ihre Felder, legten am Rande der Sahara terrassenförmig Salzpfannen an, zur Ergänzung des Viehfutters. Die Salzpfannen füllten sich mit dem Wasser der Salinen, und wenn das Wasser verdampfte, blieb eine dicke Schicht Salz zurück, die zu Klumpen gepreßt wurde und mitgenommen werden konnte, wo immer die Nubier hinzogen.

Die Hütten der Nubier waren geräumig und für große Familien konzipiert. Wenn ein Nubier zum erstenmal heiratete – diese Ehe wurde von den Eltern arrangiert –, konnte er sich anschließend für drei weitere Lebensgefährtinnen entscheiden, wobei der ersten Frau stets die höchste Rangstellung eingeräumt blieb, genauso wie sie auch die schönste Hütte aus Lehm und Schilf bewohnte, die zusammen mit den kleineren Hütten der Nebenfrauen in einem Halbkreis gruppiert war und als ›Familie‹ des jeweiligen Mannes galt.

Als Joan, Jack und der Juwel über den Bergkamm zum Gipfel geführt wurden, versammelten sich die Dorfbewohner, um die Fremden zu begrüßen. Joan war hingerissen von ihrer Kleidung. Die Frauen trugen reich bestickte Blusen und gestreifte Wickelröcke und auf dem Kopf einen Aufbau, der aus vielen Tüchern bestand, die alle um den Kopf gewickelt und geschlungen und mit Perlenschnüren verziert waren. Von den Ohren hingen jeweils acht schwere Goldringe herab. Schlank und hochgewachsen waren diese Nubier; Joan beeindruckte es sehr, daß die bestaussehenden Männer und Frauen als erste nähertreten durften, während die anderen hinten in der Menge verharrten.

Der Juwel erklärte, daß die Nubier eine festumrissene Vorstellung von Schönheit hätten, daß sie Stunden damit zubrächten, sich zu schmücken, festliche Kleider, Schmuck und Kopfbedeckung zu fertigen. Und daß die Männer noch größeres Gewicht auf Schönheit legten als die Frauen.

Als Joan näher an das Lager herankam, bemerkte sie, daß alle Nubier ihnen ein Lächeln des Willkommens entboten. Ihre Angst, sie würden als Störenfriede angesehen werden, war also umsonst gewesen.

Die Nubier drängten sich um die Ankömmlinge; ihre mit leuchtenden Farben bemalten Gesichter strahlten begeistert, als sie Joan berührten, deren helle Haut sie zu faszinieren schien. Fast alle – Männer wie Frauen – streichelten ihre Arme, schauten ihr aus nächster Nähe ins Gesicht. Joan fühlte sich geschmeichelt – und nahm sich vor, niemals wieder Sonnenöl zu kaufen.

Während die Bevölkerung Joans Gürtel inspizierte, ihre Schuhe, den Fotoapparat und die Ohrclips, unterhielt sich der Juwel mit anderen Nubiern in deren Sprache. Joan nahm jetzt einen ihrer Ohrringe ab, reichte ihn einem jungen Mädchen, das beglückt aufschrie und ihn an einem der acht Löcher seines Ohres befestigte.

Inzwischen hatte der Juwel sein Gespräch mit dem gutaussehenden Mann, der den meisten Schmuck und den größten Kopfputz aus weißen Federn trug und der Anführer zu sein schien, beendet.

»Erstaunlich«, wandte sich Joan an Juwel. »Wo haben Sie diese Sprache gelernt?«

»Wenn man im Sudan lebt, muß man viele Sprachen beherrschen. Viel erstaunlicher ist, daß ich Englisch spreche.«

Vor Erleichterung, außer Gefahr zu sein, grinste Jack übers ganze Gesicht. Er war umgeben von vier etwa gleichaltrigen, aber wesentlich größeren Männern, die alle durcheinanderredeten und, wie Jack vermutete, ganz genau wissen wollten, wie sie es geschafft hatten, hierher zu kommen. Neugierig bestaunten sie die Bereitschaftstasche, die ihnen Jack jetzt zur besseren Inaugenscheinnahme reichte. Er versuchte, ihnen alles zu erklären, aber die Sprachschwierigkeiten waren schwer zu überbrücken. Schließlich verlegte er sich darauf, sich mit Zeichensprache und Gesten verständlich zu machen. Das half.

»Drücken Sie ihnen unseren Dank aus«, sagte Jack zu dem Juwel. »Ihr großen, unheimlich netten Leute! Ich liebe euch, ihr Nubier!«

Als Reaktion auf Jacks Überschwenglichkeit streckte einer der Stammesangehörigen den Arm aus, um Jack in traditioneller Weise die Hand zu schütteln. Jack klatschte seine Handfläche auf die des Mannes und vergaß einen Augenblick lang, daß das hier nicht New York war.

»Mein Mann!«

Der Eingeborene schaute völlig verblüfft auf seine Hand. Jack lächelte und sah, wie auch auf dem Gesicht des jungen Mannes wieder ein Lächeln aufzog.

Einige Frauen tuschelten miteinander, dann wandten sie sich an Joan und sprachen weiter.

»Was sagen sie?« fragte Joan den Juwel.

»Sie wollen wissen, ob Sie beide verheiratet sind.«

Joan spürte einen Stich. Warum konnten sie nicht etwas Einfacheres fragen, wo sie ihren Overall gekauft hätte, zum Beispiel? Und doch war es eine einfache Frage. In diesem Augenblick erkannte Joan ihr ganzes Dilemma. Es lag gar nicht an ihrer Schriftstellerei. Hatte niemals daran gelegen. Sie brauchte weder Herausforderungen noch Ziele. Das, was sie als Unvollständigkeit empfand, lag daran, daß sie in ihrem Herzen mit Jack verheiratet war. Sie hatte versucht, ihre Beziehung als modern und chic anzusehen, aber so mit der Mode ging Joan nun auch wieder nicht. Niemals würde sie Jack verlassen können. Sie liebte ihn doch. Bis zum letzten Atemzug gehörte sie ihm. Was sie verstimmte, war die schlichte Tatsache, daß ihre Verbindung nicht legal war.

Solange sie weitermachten wie bisher, war sie für Jack nichts weiter als ein Gebrauchsgegenstand. Und Joan wollte mehr. Sie wollte ein ›für immer‹. Keine unmögliche Forderung, überlegte sie. Nicht, wenn er sie liebte. Und dessen war sie sich nicht sicher.

Jack hatte gesagt, er sei wegen des Juwels hier und um Rache zu nehmen, hatte er gesagt, der Grund sei nicht sie. Sie wollte ihm einfach nicht glauben. Zu oft schon hatte sie diesen flehenden Blick in seinen Augen gesehen, diese Verletzlichkeit, die es ihr möglich machte, in seiner Seele zu forschen. Er glaubte wohl, er sei gerissen, daß er ihr nicht nachgab und sie auf Distanz hielt.

Jetzt wußte Joan, warum sie so scharf darauf gewesen war, ein Buch über Omar zu schreiben. Sie wollte, daß Jack Farbe bekannte. Sie wollte, daß er sie trotz ihres Widerspruchs auf der ANGELINA entführte. Sie wollte, daß er seinen Anspruch auf sie geltend machte, ihr seinen Namen gab. Sie wollte ihm gehören, wollte, daß er ihr ganz gehörte. Sie wollte Jack nicht verlieren, eines Morgens aufwachen und feststellen, daß er fortgesegelt war – ohne sie.

Joan blickte die Nubierin, die die Frage gestellt hatte und jetzt auf Antwort wartete, an, wandte sich dann traurig von ihr ab. Sie hatte nicht, was sie wollte.

Fast unhörbar sagte sie: »Nein, nicht.«

Kaum hatte sie geendet, als der größte und bestaussehende Nubier sie am Arm packte. Er lächelte, während Joan furchtbar erschrak.

»Moment! Was macht der denn da?«

Der Eingeborene sprach mit dem Juwel. Joan wartete auf die Übersetzung. Das Gespräch dauerte an. Sie wurde langsam nervös. Dieser Mann hielt ihren Arm mit festem Griff umspannt – mit einem sehr besitzergreifenden Griff. Wieder sprach der Juwel; der Nubier nickte, der Juwel lächelte. Joan kam es allmählich vor, als fänden hier SALT-Abrüstungsgespräche statt. Ob die beiden wohl mal zu einem Ende kämen?

Endlich wandte sich der Juwel an sie.

»Wenn Sie nicht verheiratet sind, dann steht es dem Stammesanführer – diesem Herrn hier – frei, Sie für sich zu beanspruchen.«

Jack prustete los; Joan erschrak zu Tod. Geschah ihr ja recht, nachdem sie ihn in Monte Carlo im Stich gelassen hatte. Sie nahm sich das alles viel zusehr zu Herzen, fand er, als er ihre weit aufgerissenen Augen sah.

»Wir sind verheiratet! Wir sind verheiratet! Jack, sag's ihnen doch!«

Jack versuchte, den flehenden Blick in ihren grünen Augen zu übersehen...

»Naja, wir segeln seit sechs Monaten zusammen...«

»Jack!« Joan war außer sich. Das würde sie ihm heimzahlen!

Jack lächelte. Er hatte doch schon immer gewußt, daß letzten Endes Joan seine Frau werden würde. Eigentlich hatte er sie jetzt lange genug schwitzen lassen.

»Wir sind verheiratet«, sagte er.

Der Juwel stimmte in Jacks Lachen ein, wandte sich dann an den Anführer der Nubier, der Joan mit großen, ausdrucksvollen Augen ansah, um Jacks Worte zu übersetzen. Enttäuscht ließ der Nubier Joan los, schaute sie aber weiterhin an. Dann streckte er seine Hand aus und berührte ihr Gesicht. Joan lächelte schwach; sie zitterte ein wenig.

Joan bedachte Jack mit einem boshaften Blick, aber Jack grinste sie nur an. Er neckte sie eben allzu gern, auch wenn sie sich gewünscht hätte, er würde mehr Gespür beweisen, wann so etwas angebracht war. Sie kannten doch diese Menschen und deren Lebensweise gar nicht! Eine falsche Bewegung oder ein falsches Wort, und womöglich würde sie für den Rest ihres Lebens Kühe hüten und Körbe flechten.

Jetzt wandte sich der Nubier von Joan ab und packte Jack am Arm. Die Worte, die er an den Juwel richtete, klangen mürrisch.

»Was soll das?« rief Jack mit dem Gefühl, daß der Griff dieses Burschen nicht so freundschaftlich war, wie er seiner Meinung nach hätte sein sollen.

»Da Sie verheiratet sind, ist die einzige Möglichkeit, sie zu bekommen, die, daß er mit Ihnen kämpft und Ihnen das Gehirn ausbläst.« Der Juwel lächelte Jack zu.

Joan lächelte ebenfalls, weidete sich an Jacks Unbehagen. Es war nur fair, den Spieß umzudrehen.

»Du hast sie wohl nicht alle«, meinte Jack verunsichert und blickte zu dem gut acht Zoll größeren geschminkten Nubier hoch. Mit einemmal wurde er sich bewußt, daß es dieser Kerl durchaus ernst meinte.

Der Juwel zuckte mit den Schultern und lächelte den Nubier an. Dann beugte er sich zu Jack vor.

»Sie lieben ihre Ringkämpfe.«

»Viel Glück, Liebster!« rief Joan Jack nach, als er abgeführt wurde.

In der Mitte des Dorfes war auf der trockenen Erde ein zeremonieller Kreis aufgemalt und innerhalb dieses Kreises ein weiterer, kleinerer für die Ringkämpfe. Jack fragte sich, ob hier wohl die Regeln der internationalen Ringerkommission Anwendung fänden.

Die Dorfbewohner eilten zum Ring und gruppierten sich um die beiden, warteten begierig darauf, daß der Priester namens Mokao das Zeichen zum Beginn des Kampfes gab.

»Okay«, sagte Jack zu dem Nubier, »aber nicht ins Gesicht.«

Makao stieß ein schrilles Vogelgeschrei aus und rammte seinen verzierten Speer in den Boden. Der Kampf begann.

Jack duckte sich, umtänzelte seinen Gegner, während der

Nubier aufrecht stehen blieb. Ein Kinderspiel, dachte Jack – bis plötzlich der Nubier angriff und ihn mit einem Griff umlegte.

Joan stand genau dort an der Seitenlinie, wohin Jack fiel. Sie konnte förmlich hören, wie die Luft aus seinem Brustkasten entwich. Er stürzte mit dem Gesicht nach unten, und es war offensichtlich, daß jetzt seine Augen voller Sand und Schmutz waren. Er versuchte, sich das Gesicht abzuwischen, aber der Nubier packte ihn bereits wieder an den Armen. In diesem halbblinden Zustand war es Jack unmöglich, einen erfolgreichen Treffer zu landen. Er wälzte sich auf dem Boden; alle seine Versuche, sich zu wehren, scheiterten kläglich. Joan verschränkte die Arme, ließ sie wieder seitlich herabhängen, fing dann an, nervös an ihren Fingernägeln herumzukauen.

Mit jeder Bewegung krümmte sich Jack noch mehr; schließlich wirkte er wie eine Brezel. Joan wußte nicht, ob der Nubier wirklich ein so guter oder Jack einfach nur ein so schlechter Ringer war. Sie hörte, wie Jack bei dem Versuch, sich aus der Umklammerung des Nubiers zu befreien, stöhnte, und vernahm ein deutliches Geräusch, als der Nubier Jacks Hals nach hinten riß.

Die Menge, die ihren Lokalmatador anfeuerte, geriet völlig außer Rand und Band, johlte und reckte die Fäuste in die Luft.

Jack hatte sich auf die Lippe gebissen; aus seinem Mund floß Blut. Jetzt packte ihn der Nubier am Schopf und stupste ihm das Gesicht mehrere Male kräftig auf die Erde. Jack war benommen, zu keiner Taktik fähig. Er spannte die Beinmuskeln, wollte sich mit einem gewaltigen Satz aus diesem schmerzhaften Griff befreien. Alles umsonst. Wieder spürte er, wie sein Kopf auf dem Boden aufschlug. Seine Ohren dröhnten.

Joan stiegen jetzt die Tränen in die Augen. Sie geriet in Panik.

»Er wird ihn umbringen!« rief sie dem Juwel zu.

»Ja. Ich finde, Ihr Jack ist wirklich ein feiner Kerl. Stimmt's?«

Mit großen Augen starrte Joan ihn an. Das war kein Herumalbern mehr.

»Machen Sie Schluß damit!«

»Wollte ich ja gerade, Sie Dummerchen!«

Der Juwel angelte sich aus der Zuschauermenge einen Jungen von acht oder neun Jahren, und gemeinsam begaben sie sich in den Ring, wo der Juwel den Jungen nahm und ihn in die Luft schleuderte, ihn dann um seine Schultern und seinen Körper kreisen ließ, ihn wieder hochwarf und kurz über dem Boden auffing. Wie gebannt verfolgten Joan und die Dorfbewohner dieses Schauspiel, bei dem der Juwel mit dem Jungen verfuhr, als wäre dieser nichts weiter als ein Stock, während der Junge vor Vergnügen jauchzte.

Die Menge war jetzt völlig vom Ringkampf abgelenkt, lachte über den Juwel und seine Possen, klatschte lebhaft Beifall, als der Junge zwischen den Beinen des Juwel hindurchschoß und erneut um dessen Schultern und abwärts wirbelte.

Der Nubier hatte einen schreienden Jack in Schulterhöhe hochgestemmt, dann über den Kopf, wollte ihn soeben zu Boden schmettern, als auch er plötzlich den Juwel wahrnahm. Mitten in der Bewegung hielt er inne, stimmte dann in das Gelächter der Menge ein.

Joan, die Jacks entsetztes Gesicht sah, war nicht nach Lachen zumute. Wenn der Nubier weitermachte, konnte er Jack sehr wohl das Rückgrat brechen. Aber der Nubier lachte weiterhin, vermochte Jack nicht länger festzuhalten. Wie einen Sack Kartoffeln ließ er ihn fallen.

Mit einem Plumps schlug Jack auf. Ernstlich verletzt war er nicht. Während sein Gegner vor Entzücken über die Darbietung des Juwels völlig außer Rand und Band geriet, holte Jack aus und verpaßte dem Nubier einen wuchtigen K.-o.-Schlag gegen die Schläfe. Wie ein gefällter Baum stürzte er zu Boden.

Das eine Knie auf der Erde und völlig außer Atem, lächelte Jack der Siegreiche Joan zu.

»Ja, ich hab' ihn erwischt... ich hab' ihn erwischt.«

Als der Juwel bemerkte, daß Jack außer Gefahr war,

brachte er seine Vorstellung mit dem kleinen Jungen zu Ende. Er verbeugte sich mehrere Male, während die Einheimischen ihn stürmisch bejubelten.

Joan rannte hinüber zu Jack und drückte ihn an sich. Sie sah sich nach dem Juwel um. Er hatte Jack – und sie – mehr als einmal in weniger als einem Tag gerettet. Niemals würde sie diesen Tag vergessen – und den Mann auch nicht.

Kapitel XVI

Die Stille der tiefblauen Wüstennacht wurde unterbrochen von dem fernen Geheul eines Rudels Schakale auf Nahrungssuche. Ihr langgezogener Schrei verhallte in den Sanddünen.

Ein loderndes Lagerfeuer prasselte, Millionen von Funken stoben in den Himmel. Einer der Derwische warf ein frisches Scheit in die Glut, bedeckte das Gesicht zum Schutz gegen die sengende Hitze, trat zurück aus dem Feuerkreis.

Mit tödlich ernstem Gesichtsausdruck stand Tarak, dem alles Zeremonielle heilig war und der die Ehre, ein Derwisch zu sein, hochhielt, vor Ralph.

Erst zweimal in Taraks Leben hatte seine Familie einem Außenseiter zugestanden, sich der Prüfung der Derwische zu unterziehen. Eindrucksvolle Legenden über diejenigen, die das Ritual der Derwische überstanden hatten, waren über Jahrhunderte hinweg in Umlauf. Jene, die in der Vergangenheit nicht bestanden hatten, hatten die Derwische verflucht, aber stets war dieser Fluch umgekehrt worden und hatte die heimgesucht, die ihn ausgesprochen hatten. Derwische waren Menschen mit magischen Kräften. Sie waren sich dessen bewußt. Außenstehende waren Ungläubige. Um sich dem Ritual zu unterwerfen, mußte man stark an Leib, Seele und Geist sein und von dem Wunsch besessen, ein Derwisch zu werden. Nur ein außergewöhnlicher Mensch konnte das erreichen.

Ralph hatte Tarak und dessen Brüdern gegenüber einen solchen Wunsch zum Ausdruck gebracht. Aber Tarak hegte Zweifel. Diese Prüfung würde klären, ob Taraks Zweifel gerechtfertigt waren.

Er blickte Ralph an.

»Um einer von uns zu sein, mußt du nicht mit den Augen sehen, sondern mit dem Herzen.«

Ralph nickte. Das schien ein Kinderspiel zu sein. »Verstanden.«

Tarak hob die Stimme, erinnerte Ralph jetzt an einen Prediger, den er einmal im Fernsehen gehört hatte.

»Dein Herz wird dich nie Furcht oder Schmerz fühlen lassen, wenn du unsere Lebensweise verstehst.«

Das also war es, überlegte Ralph. Ihre Lebensweise schien den Zauber zu beinhalten, von dem Tarak immer sprach. Natürlich hatte er bei diesen verrückten Derwischen genug erlebt, um zu wissen, daß sie eine Menge ausgefallener Dinge zu tun imstande waren. Auf einmal war er sich nicht mehr so sicher.

Tarak war amüsiert. »Nur dein Herz. Du mußt lernen, deinem Herzen zu vertrauen.«

Jetzt nahm einer der Brüder eine Fackel aus dem Feuer und begab sich zu den anderen, die sich in einiger Entfernung im Halbdunkel um eine Fläche aus Holz, Steinen, Gras und Zweigen versammelt hatten. Tarak flüsterte, dies sei der ›Feuerpfad‹, während Ralph heftig schluckte, als er sah, wie sich der Bruder bückte und die Fackel an das Gras hielt und in Sekundenschnelle eine Strecke von mindestens fünfzehn Fuß zum Lodern brachte.

»Wofür zum Teufel soll das gut sein?« fragte Ralph.

»Du schaust mit deinen Augen«, sagte Tarak.

Die Brüder stimmten rituelle Gesänge an, sprangen über den Feuerpfad. Einige von ihnen rannten hinüber zu den Kamelen und holten ihre Jonglierbälle und Schläger. Jauchzend und singend spielten sie sich gegenseitig die Bälle über die Flammen hinweg zu, zogen auch ihre Schwerter, die sie über die Köpfe schwangen und dabei den Schrei der Derwische ausstießen.

Die Wüstennacht war erfüllt mit Gesang und feierlichen Liedern. Die Schakale verstummten, entflohen dem Schauplatz.

Einer der Brüder raffte seine Tunika und schritt barfuß über den brennenden Pfad, während die anderen Brüder ihre Schwerter um ihn herum durch die Luft schwangen. Als er den brennenden Teppich überwunden hatte, jubelten sie ihm zu, klopften ihm auf die Schultern, küßten ihm die Wangen. Er war einer von ihnen.

»He, behaltet euren verdammten Juwel!« Ralph wandte sich ab. Nein, Shish Kebab würden die Burschen nicht aus ihm machen!

Sofort zog Tarak sein Messer. Es funkelte im Licht des Feuers. Er deutet damit auf Ralphs Nacken, hatte er sich wegen Ralph doch so viele Schwierigkeiten aufgehalst.

»Hast du Angst?«

»Zum Donnerwetter, ja! Ich habe immer Angst.«

»Du glaubst an deine Ängste. Solange du glaubst, daß dich etwas verletzt, wird es dich verletzen.«

Ralph schaute auf das Feuer hinunter, dann wieder auf das Messer. Dieser Bursche hatte gut reden – Ralph war aber zu praktisch veranlagt, zu sehr Städter, um an solchen Humbug zu glauben. Er war nicht von gestern. Da mußte man ihm schon ganz anders kommen.

»Da ist doch ein Trick dabei, wie? Ihr schmiert euch irgendwas auf die Füße, ja? Worin liegt das Geheimnis?«

»Geheimnis?« Tarak beugte sich zu Ralph hinunter und flüsterte verschwörerisch. »Sag nicht ›au‹!«

Ralp lächelte gequält, als Tarak jetzt mit seinem scharfgeschliffenen blitzenden Messer auf das Feuer deutete, seine Hand gebieterisch gegen Ralphs Rücken preßte und ihn vorwärts drängte. Zögernd folgte Ralph Tarak zu dem brennenden Pfad.

Ralph konnte direkt hören, wie sein Herz gegen die Brust hämmerte. Wenn seine Knie weiterhin so zitterten, würde er bestimmt blaue Flecken bekommen. Er hatte schon früher hin und wieder Ängste ausgestanden, aber niemals war sein Entsetzen so groß gewesen. Irgendwie mußte er es schaffen, aus diesem Schlamassel herauszukommen.

Die Brüder stellten sich zu beiden Seiten des brennenden Pfades auf, mit von den Flammen erhellten erwartungsvollen Gesichtern und funkelnden Augen. Noch immer sangen sie, und vier von ihnen spielten weiterhin mit den Bällen. Ralph fragte sich, ob das zur Aufnahmefeier gehörte. Würde er auch lernen müssen, mit Bällen zu jonglieren? Warum konnte er nicht mit diesem Unterricht beginnen und den Gang über das Feuer für später aufschieben?

Er schaute sich nach Tarak um.

»Was ist das Schlimmste, das dir zustoßen könnte?«

»Daß man Hackfleisch aus mir macht.«

»Und was ist das Beste, das passieren kann?«

»Ich überleb's und bekomme den Juwel.«

Tarak nickte. »Du hast die Wahl.«

Ralph warf einen Blick auf das Feuer – seinen Tod. Immer hatte er gedacht, die gräßlichste Art zu sterben, sei der Feuertod, die beste dagegen Ertrinken. Hätte er sich denn nicht eine Horde von Strand-Derwischen aussuchen können? Er atmete tief durch, hob dann einen Fuß, hielt ihn über die Glut, um sofort zurückzuzucken. Die Hitze war stärker, als er vermutet hatte.

Wieder sah er Tarak an, dessen funkelndes Messer. Was hatte er doch gleich gesagt? Glaube, und du wirst es schaffen. Schau nur mit deinem Herzen. Jetzt war Ralph so weit, daß er sich einredete, ein Versuch könne nicht schaden.

Noch nie in seinem Leben hatte Ralph an irgend etwas geglaubt – besonders nicht an sich selbst. Sein Alter hatte ihm ja auch seit frühester Jugend eingeredet, er sei der geborene Verlierer. Ralph glaubte ihm. Sein ganzes Leben lang hatte er nichts unversucht gelassen, um zu beweisen, daß sein Alter recht hatte. Jetzt kam Tarak und riet ihm, seine Denkweise umzupolen.

Ralph starrte in die Glut, die ihn vernichten würde. Er hatte nichts zu verlieren, konnte also genausogut Taraks Rezept probieren. Er schloß die Augen, konzentrierte sich auf das Leben. Wenn er nicht lebte, würde er niemals den Juwel finden. Niemals reich sein. Und reich wollte Ralph doch sein.

Mit zusammengepreßten Augen, die Gedanken erfüllt von einem riesenhaften Juwel, sprang Ralph auf die heißen Kohlen und trippelte, so schnell ihn seine kurzen Beine rugen, hinunter zum anderen Ende des glühenden Pfades, wobei er aus voller Lunge brüllte, die Augen aber ständig geschlossen hielt. Er schrie weiter, bis er das Ziel erreicht hatte, wo er sich sofort in den Sand fallen ließ und sich darin wälzte – als Vorsichtsmaßnahme im Hinblick auf seine eventuell brennende Hose.

Er faßte sich an die Füße und blies darauf – um festzustellen, daß sie eigentlich gar nicht besonders versengt waren. Rot ja, aber nicht verkohlt, nicht verletzt. Er lebte! Er hatte die Aufnahmeprüfung bestanden.

»Ich hab's geschafft!« schrie er.

Ralph sprang auf und stolzierte wie ein Gockel herum, während die Brüder ihn hochleben ließen. Lächelnd steckte Tarak sein Messer zurück.

Für Ralph war dies die bedeutendste Nacht seines Lebens. Er hatte etwas erreicht. Auch wenn es nichts Greifbares war, bedeutete es ihm mehr, als er gedacht hatte. Er war stolz auf sich selbst. Zum erstenmal im Leben war er stolz.

»Ich hab's geschafft! O ja, ich glaube! Ich glaube!«

Kapitel XVII

Waagani, erfuhr Joan, war die Kenntnis geheimnisvoller Tränke, deren sich die Nubier als Schönheitselixier bedienten, eine Gabe, die von anderen Stämmen gefürchtet wurde, auch wenn es darunter solche gab, die die Nubier dieser Macht berauben wollten. Die geheimen Rezepte, von denen man einigen nachsagte, sie lösten Wahnsinn aus und hielten böse Geister ab, wurden aus den Blättern des Eedi-Baums und den Samen der Roogo-Pflanze zusammengebraut.

Heute nacht, da sich die Nubier für den rituellen Liebestanz schmückten, war von bösen Geistern nicht die Rede. In ihrer Hütte sah Joan zu, wie die jungen Mädchen einen blaßgelben Puder auf ihr Gesicht auftrugen, um die Haut heller wirken zu lassen, dann mit schwarzem Khol die Augenpartie ummalten und auch die Lippen, um das Weiß der Zähne zu betonen, und zuletzt eine lange gelbe Linie von der Stirn über die Nase bis zum Kinn zogen.

Sie trugen ihren kostbarsten Kopfputz und viele mit Edelsteinen besetzte Ohrringe. Gegenseitig ölten sie sich mit parfümierten Flüssigkeiten Brüste, Rücken, Arme und Schultern. Blusen trugen sie nicht – lediglich tief auf der Hüfte aufsitzende reich bestickte Röcke.

Sie überreichten Joan ein schlichtes Festgewand, ein weißes Wickelkleid aus hauchdünnem Baumwollflor, und drehten sie, während sie sie in das Gewand einhüllten, immer wieder um die eigene Achse. Auch eine Brustschärpe aus goldfarbigem seidenähnlichen Material mit Stickereien in kräftigen Rosa- und Rotfarben legten sie ihr um – die hübscheste Handarbeit, die Joan je gesehen zu haben meinte. Dagegen war die andere Schärpe, die sie um die Taille trug, mit alten Symbolen bestickt, die an ägyptische Hieroglyphen erinnerten.

Während die Nubierinnen letzte Hand anlegten, schaute Joan zur Hütte hinaus und stellte fest, daß die Feierlichkeiten begonnen hatten. Drei Stelzengänger tanzten um ein riesiges Feuer; ihre Leiber glühten in dem dunkelroten Schein des Feuers. Unter ihren Stelzen stob ein Meer von roten Federn herbei; langsam und im Takte der Musik bäumten sich die Wellen roter Federn auf, sanken wieder zusammen, um schließlich unter einem lauten Freudenschrei aus allen Kehlen zu Boden zu sacken und weitere Tänzer hervorzubringen, die um das Feuer marschierten und dabei ihre Federumhänge über den Köpfen schwangen.

Als die Musik volle Lautstärke erreicht hatte, eilten die Nubierinnen aus der Hütte, gefolgt von Joan. Die Frauen gruppierten sich um die Stelzentänzer, fielen in einen sinnlichen Tanz. Im Schein des Feuers schienen ihre bemalten Gesichter die Farbe zu wechseln; ihre geölten Körper glänzten und wirkten fast ätherisch.

Joan beobachtete, wie die in einem Halbkreis sitzenden Männer von den schönen Nubierinnen in Bann geschlagen wurden. Herrlich waren diese Mädchen anzusehen, die jetzt ihre Hüften kreisen ließen und die Arme anmutig über den Kopf gehoben hatten. Wie wenig sie über die zivilisierte Welt wußten! Ihre Aufgabe bestand dain, mit Hilfe von Ochsen Wasser zu transportieren, ihre Hütten mittels einer Feuerstelle zu heizen und ihre eigene Kleidung zu weben. Welchen Maßstab man auch anlegte – sie waren ein rückständiges Volk, das weder lesen noch schreiben konnte. Dennoch war sich Joan bewußt, daß diese Frauen mehr vom Leben wußten als sie selbst. Wenn sie einen Mann begehrten, dann nahmen sie ihn sich, warteten nicht ab, bis er bereit war. Sie spielten keines dieser einfältigen, überflüssigen Spiele wie sie und Jack. Sie waren nicht nur mutiger als sie, sie waren schlauer.

Joan sah Jack in der Mitte des Halbkreises sitzen und machte sich auf zu ihm; bemerkte plötzlich neben sich den Juwel. Sie zwinkerte. Er schien aus dem Nichts aufgetaucht zu sein.

Zusammen gingen sie weiter. Die Nubier lächelten und nickten ihr zu.

»Alle sind jetzt so freundlich«, sagte sie und dachte zurück an den Ringkampf, als sie Angst gehabt hatte, die Nubier wollten, daß Jack sterbe.

»Die Nubier sind hoffnungslose Romantiker. Nicht auf den Kampf waren sie aus, sondern nur auf den Ausdruck von Liebe.« Der Juwel bedachte Joan mit einem Lächeln.

Eine lange, brennende Fackel schwingend, glitt ein Stelzengänger an ihnen vorbei, drehte sich um, lachte laut auf und stakste dann genau über Joan und den Juwel. Joan meinte, unter einer beweglichen Leiter zu gehen. Als der Stelzengänger vorbeizog, sah sie glühende Asche von seiner Fackel tropfen. Ein besonders großes Stück landete auf dem Arm des Juwels.

Joan schrie auf und beeilte sich, ihn abzuwischen, zertrat die Glut rasch auf dem Boden. Sie besah sich den Arm des Juwels. Eine derartige Verbrennung konnte eine Narbe für alle Zeiten verursachen. Als sie aber im Schein des Feuers den Arm untersuchte, mußte sie zu ihrem Erstaunen feststellen, daß er nicht einmal versengt war. Das war doch nicht möglich!

»Ihre Haut ist gar nicht verbrannt!«

»Ein kleiner Test. Größere für uns alle werden folgen.«

Joan verstand nicht, was er damit sagen wollte. Von dem Augenblick an, als sie ihm begegnet war, hatte sie gewußt, daß er ein außergewöhnlicher Mensch war, so etwas wie ein heiliger Mann. Sie hatte die Stärke seiner Macht kennengelernt. Vielleicht war er nicht von dieser Welt, vielleicht war er ein Geist. Sie war sich nicht sicher, diejenige zu sein, die sich Klarheit darüber verschaffen sollte. Irgendwie kam sie sich unwürdig vor.

»Sollten wir das nicht Jack sagen?«

Der Juwel unterbrach sie. »Sie werden den richtigen Zeitpunkt wählen«, sagte er und ließ sie allein.

Jack beobachtete von der Mitte des Halbkreises aus die Tanzenden, während die jungen Männer des Dorfes untereinander sprachen und gestikulierten. Wie bei allen Nubiern auch war Jacks blanke Brust mit diesem duftenden Gebräu gesalbt, seine Hüfte mit einer leuchtend bunten Schärpe umgürtet.

Als Joan Platz nahm, blickte er auf, bemerkte sofort, daß sie sich nicht unmittelbar neben ihn gesetzt, sondern einen Zwischenraum gelassen hatte – seiner Meinung nach zuviel Zwischenraum. Wo er sie doch ganz nah bei sich haben wollte!

Hübsch sah sie aus, dachte er, als der Schein des Feuers ihre samtweiche Haut erhellte. Ihr Haar funkelte voller Leben. Joan schaute Jack an, ihre Augen durchdrangen ihn, hielten ihn eine lange Weile fest. Wie immer verwünschte er diese Augen, die ihn weichmachen konnten. Es gab Momente, in denen Jack überzeugt war, Joan besäße seine eigene Seele. Sie hatte die unheimliche Fähigkeit, seine Bedürfnisse zu wissen, ehe er sich ihrer bewußt wurde. Sosehr er versucht hatte, sich dagegen zu wehren – Joan besaß ihn. Und verdammt noch mal, er wollte es ja gar nicht anders. Nur daß er sich wünschte, sie würde ihn auch wollen. Gerade als er näher an sie heranrücken wollte, ließ sich der Juwel zwischen ihnen nieder.

Wütend starrte Jack den Juwel an, wollte etwas sagen, aber der Klang der Trommeln, von gegeneinander geschlagenen Holzstücken und ein eigenartiges hohles Klappern formierten sich zu voller Lautstärke.

Plötzlich eilten die jungen Mädchen in die Mitte des aufgemalten Kreises. Schulter an Schulter reihten sich die Tänzer; die Musik wurde schneller. Die Mädchen tänzelten auf Zehenspitzen, verzogen das Gesicht zu unglaublichen Grimassen. Wie der Juwel erklärte, würden sie nach Anmut, Anziehungskraft und Persönlichkeit bei diesem Tanz gewertet. Der Gesichtsausdruck wäre ein wichtiger Bestandteil.

Joan sah die Nubierinnen die Augen rollen und die Zähne fletschen, ihre Gesichter zu wilden Grimassen verziehen und wieder lächeln. Plötzlich rief einer – nach Joans Meinung einer der älteren – »Jihoo«, worauf der Tanz abbrach.

Die Musik wechselte in eine exotische Melodie, die Tänzerinnen verteilten sich im Kreis, bewegten sich anmutig zum Rhythmus der Klänge.

Joan schielte hinüber zu Jack. Ihre Verkrampfung löste sich mit der einschmeichelnden Musik mehr und mehr. Wie gern hätte sie neben ihm gesessen! Es drängte sie, ihn zu berühren, seine Hand auf ihrem Bein zu spüren, sich zu ihm zu beugen und ihm zu sagen, daß sie ihn liebte. Von ganzem Herzen wünschte sie sich, er würde sie wiederhaben wollen. Aber das war nur ein weiterer Wunschtraum, in den sie sich verrannt hatte. Niemals würde sich Jack erklären. Heirat war etwas, vor dem er floh wie vor einer Seuche. Wieder warf sie ihm einen Blick zu – wünschte, sie könnte von ihm loskommen. Aber sie konnte nicht. Er würde immer in ihrem Herzen sein.

Der Juwel bemerkte den traurigen Ausdruck in Joans Augen und gab den Nubierinnen ein Zeichen, worauf sie auf Joan zuliefen und sie drängten, sich unter die Tänzerinnen zu mischen.

Joan zögerte. Ihre Ungelenkigkeit mußten inzwischen die Spatzen von den Dächern pfeifen. Aber dann erinnerte sie sich an eine Nacht – an eine besonders romantische Nacht in Kolumbien, in der ihr Jack das Tanzen beigebracht hatte. Ihr fiel wieder ein, wie er sie gehalten und seinen Körper im Gleichklang mit ihrem bewegt hatte. Damals hatten sie sich zum erstenmal geküßt. Und alle seine Küsse waren wie dieser erste gewesen – monatelang – bis Lissabon. Erst da hatte Joan gemerkt, wie sehr sie Jack liebte. Für sie war das keine zweijährige Kreuzfahrt. Als sie die Hochzeit des jungen Paares auf der Piazza miterlebt hatte, hatte sie gewußt, daß sie Jacks Braut sein wollte. Er aber hatte sie derart schnell von der Hochzeit zurück auf das Schiff geschleppt, daß sie geglaubt hatte, ein Opfer des jet-lags zu werden. In jener Nacht hatten sie sich so heftig geliebt, daß die Erde zu beben schien. Niemals würde sie das vergessen. Sie hatte gedacht, dies sei ein neuer Anfang für sie, aber mit keinem Wort hatte er je wieder die Hochzeit erwähnt – noch ihr einen Antrag gemacht. Joan brauchte gar nicht zwischen irgendwelchen Zeilen zu lesen; Jacks Botschaft war klar und einfach. Er war kein Mann zum Heiraten.

Die kichernden Mädchen faßten Joan am Arm und zogen sie in den Kreis.

Als Joan zu tanzen anfing, klatschte Jack. Als er an ihr vorbeisah, bemerkte er, daß der erwachsene Sohn des Anführers, gegen den er vorhin gekämpft hatte und der jetzt dicht an der äußeren Begrenzung des Kreises saß, allmählich Regung zeigte, nachdem er bisher ausgestreckt auf dem Boden gelegen hatte, unbeeindruckt von der Musik und Lustbarkeit. Jack beobachtete, wie sich der Nubier aufsetzte und überrascht von dem Fest, das hier stattfand, umherblickte. Langsam klappten die Augen wieder nach hinten; er sank erneut bewußtlos zu Boden.

Jack grinste und warf sich in die Brust. Sollte bloß keiner daherkommen und behaupten, Jack T. Colton könne es nicht mit einem Nubier aufnehmen!

Jetzt knuffte der Juwel Jack freundschaftlich in die Seite und reichte ihm eine seltsame schwarze Wurzel. Er selbst begann auf einer ebensolchen Wurzel herumzukauen. Jack folgte seinem Beispiel.

»Was ist das für ein Zeug?« fragte er.

»Eine Mokassa-Wurzel.«

Jack biß erneut ab und zermalmte gierig den Strunk.

»Schmeckt wirklich gut.«

»Ja. Für die Nubier ist sie ein starkes Aphrodisiakum.«

Als Jack nickte, merkte er, wie leicht sich sein Kopf anfühlte. Er beobachtete Joan, sah, wie sie tanzte. Betörend wirkte sie, wie sie die Hüften wiegte und die Arme anmutig über dem Kopf hielt. Der Schein des Feuers ließ ihr goldenes Haar leuchten und wie etwas Lebendiges funkeln. Die blauen, grünen und gelben Perlen, die sie als Ketten um die Hüften trug, sandten sprühende Lichter aus. Wie eine aufgebauschte weiße Wolke wippten ihre Röcke um die Beine, immer höher, so daß er ihre Füße sehen konnte, dann ihre Knöchel, die Knie, die Schenkel. Wie ein Leuchtkäfer wirbelte Joan im Kreis herum.

Auf Jacks Stirn bildete sich ein leichter Schweißfilm. Er wischte sich das Gesicht. Wenn er mit den anderen getanzt hätte, hätte ihm nicht heißer sein können. Jack lächelte, als er sah, mit welcher Harmonie sich Joan zu den Klängen der Musik bewegte.

Wieder spürte Joan diese Elektrizität. Sie wußte, daß Jack sie beobachtete. Sie tanzte weiter. Sie wollte zu ihm gehen, aber sie brauchte ein Zeichen von ihm, daß er sie noch immer begehrte. Sie wollte nicht nur ein Werkzeug sein, damit er seinen Juwel fände. Noch immer steckte dieser Zweifel in ihr, genauso wie damals in Kolumbien. Niemals hatte sie die Gewißheit gehabt, daß er sie wollte. Bis er dann in New York aufgetaucht war. Aber jetzt war alles anders, entscheidender. Wenn er jetzt – heute nacht – nicht auf sie zuging, würde es für sie keine gemeinsame Zukunft geben. Und sie wünschte sich doch nichts so sehr wie eine Zukunft mit Jack.

Jack blickte zu Joan hinüber. Das Licht des Feuers drang durch das dünne Florkleid, zeichnete die Umrisse ihrer Brüste, Hüften, ihrer langen Beine. Noch nie war sie so schön gewesen, noch nie hatte er sie so begehrt. Aber er hatte Angst, Angst, daß sie ihn nicht wirklich liebte, sich nicht ganz ihm schenken würde. Wenn er jetzt zu ihr ginge – was hinderte sie daran, ihn erneut abblitzen zu lassen? Er hatte sich die ganze Zeit über auf ihrer Flucht vor Omar eingebildet, daß Joan ihn noch immer wollte, obgleich alles, was sie zu ihm gesagt hatte, das Gegenteil zu beweisen schien. Ob sie ihn wohl liebte?

Er sah, wie Joan glatter Schenkel dicht an seinem Gesicht vorbeiglitt. Als sie ihm eben einen Blick zugeworfen hatte, hatte er Liebe darin gelesen. War es möglich, daß er einfach nur hirnverbrannt war? Sich Tage und Nächte völlig umsonst herumgequält hatte? Als er ihr in die Augen sah, konnte er fühlen, wie er ihr nachgab. Sie hatte eine so große Macht über ihn. Bis zu dieser Nacht war es ihm wichtig gewesen, daß er die Oberhand behielt. Jetzt spielte das alles keine Rolle mehr. Ob das an der Mokassa-Wurzel lag oder an Joan, konnte er nicht sagen. Jedenfalls gestand er sich ein, daß das, wovor er die größte Angst hatte, nicht Joan war, sondern ein Leben ohne sie.

Joan wirbelte noch ein letztes Mal um die eigene Achse und blieb dann stehen. Keuchend und nach Luft schnappend, blickte sie Jack an, der wie angewurzelt dastand und sie mit weitaufgerissenen Augen anstarrte. Joans Herz hämmerte gegen ihre Rippen, ihre Augen füllten sich mit Tränen. Bitte, komm zu mir, Jack, flehte sie innerlich. Merkte er denn nicht, daß sie ihn liebte? Daß sie alles für ihn tun würde, wenn er es nur verlangte. Aber wahrscheinlich würde sie sich für Jack immer nur zum Narren machen. Sie dachte an die Zeit, da sie sich eingebildet hatte, verliebt zu sein, wirklich zu lieben. Daß es so wehtäte, hatte sie nie geglaubt.

Sie spürte, daß diese Nacht die Wende für sie beide bedeuten würde. Langsam und anmutig ließ Joan die Arme sinken, strich ihre dichte blonde Mähne zurück und lächelte ihm zu, um dann betörend die Augen niederzuschlagen. Sie öffnete die Lippen, befeuchtete sie mit ihrer Zungenspitze. Sie raffte ihren Rock, wandte Jack den Rücken zu, und als sie jetzt hastig aus dem Kreis heraustrat, hob sie den Rock noch höher, entblößte ihre langen, schlanken Beine bis zu den Schenkeln.

Jack sprang auf, steckte dem Juwel die Mokassa-Wurzel zu und rannte hinter Joan her: Er wußte, daß er kein anderes Aphrodisiakum brauchte als seine Joan.

Die Wände der Hütte waren mit prächtigen nubischen Teppichen geschmückt. Nur eine einzige Kerze flackerte, als Jack Joan die Schärpe um die Brust abstreifte, die Perlenschnüre um die Hüfte, das Florkleid. Er berührte ihre Schultern, dann ihre Brüste, genoß ihre matte Farbe, ihre seidige Weichheit. Er küßte die Beuge ihres Halses.

Joan fühlte, wie ihre Beine nachgaben. Das passierte immer, wenn Jack sie auf diese Stelle küßte. Sie schmiegte sich an ihn, küßte sein Ohr. Dann löste sie die Schärpe, die er um die Taille trug, streifte sie ab. Sie schlang die Arme um seinen Hals und zog ihn näher an sich heran. Sie konnte fühlen, wie sein Herz raste, gegen ihre Haut pochte. Sie spürte seine Hände, die ihren Rücken streichelten, ihre Hüften. Er kniff sie, und Joan lachte auf – sie hatte ihn wieder. Wenn sie doch nie von hier wegmüßten! Sie wünschte sich, daß diese Nacht ewig dauern würde, daß sie und Jack auf ewig zusammenblieben.

Sie sanken auf den Boden.

Nackt auf einer dicken handgefertigten Matratze hingestreckt, ließ sich Jack Zeit, jeden Zoll von Joans Körper zu liebkosen. Sie erschauerte, als sich seine Hand zu ihrem

Bauch vortastete und dort liegenblieb. Als Joan ihre Hand über Jacks Brust und die muskulösen Arme wandern ließ, stieg ihr der moschusartige, würzige Duft des Nubieröls in die Nase. Ihr Herz schien zu zerspringen. Wie sehr hatte sie ihn gebraucht, wie sehr ihn begehrt! Sie wollte ihm zeigen, daß sie niemals wirklich einen anderen oder etwas anderes als ihn gewollt hatte. Seine Liebe und ihr gemeinsames Leben – nur das war ihr wichtig. Ohne ihn besaß sie nichts. Wieder küßte er sie, und Joan spürte, wie das Feuer in ihr zu lodern begann. Mit seiner Zunge erforschte er ihre Lippen, ihren Mund, stimulierte jeden Nerv ihres Körpers. Mit einem Hunger, den nur Jack in ihr auszulösen vermochte, erwiderte Joan seine Küsse, gab sich seiner Leidenschaft hin. In dem Augenblick, da er sie in die Arme geschlossen hatte, hatte alles Zweifeln ein Ende. Mit jedem Zoll ihres Körpers sagte Joan Jack, daß sie ihm gehörte. Er küßte sie mit einer Bestimmtheit, die sie früher an ihm nicht gekannt hatte. Jedenfalls fand sie, daß seine Küsse niemals so besitzergreifend gewesen waren.

Sie umfaßte seinen Kopf und zog ihn näher an sich. Von Kopf bis Fuß prickelte es in ihr vor heftigem, dringendem Verlangen. Niemals hatte sie so empfunden; ihr war, als müsse sie vergehen, wenn sie nicht alles, was sie konnte, von ihm nahm. Eine uralte Stimme, die aus ihrem Inneren sprach, sagte ihr, daß ihre Liebe seine Stärke bewahren und ihm Mut verleihen würde. Sie küßte ihn noch leidenschaftlicher, hoffte, ihn mit ihrer ganzen Liebe zu erfüllen.

Behutsam ließ er sich auf sie sinken, las in ihren grünen Augen zärtliche, unausgesprochene Worte der Liebe, wußte in diesem Moment, daß alles, was er erhofft, erträumt hatte, für ihn bereit war. Joan war seine Liebe, seine einzige Liebe. Niemals wieder würde er sich von ihr trennen.

Er küßte sie auf den Halsansatz, wo die Haut besonders weich und zart war. Joan stöhnte auf; er spürte, wie sich ihre Arme fester um seinen Rücken spannten. Was für ein Idiot war er doch gewesen! Da hatte er sich eingeredet, er hätte Joan alles gegeben – und wurde sich jetzt bewußt, daß er ihr alles bis auf eines gegeben hatte, das am meisten zählte: sich zu ihr zu bekennen. Sie waren kein gewöhnliches Paar, sie waren etwas Besonders. Ihre Liebe war etwas Seltenes. Und um ein Haar, weil er ein Rindvieh war, hätte er alles verloren.

Kein Wunder, daß Joan ihn verlassen hatte. Er hätte erkennen sollen, was für ein Esel er gewesen war, aber er war zu blind gewesen, zu egoistisch.

Als die Leidenschaft ihrem Höhepunkt zustrebte, fühlte sie Tränen in ihren geschlossenen Augen brennen. Der Atem drohte ihr wegzubleiben. Gemeinsam verließen sie die Erde und schwangen sich empor zu den Gestirnen. Joan spürte, wie sie abhob und fiel und schließlich von einem Strudel erfaßt wurde, der sie hinunterzog.

Nachdem sie ihrer Leidenschaft gelebt hatten, blieben sie eng aneinandergeschmiegt liegen. Keiner sprach ein Wort. Beide wußten, daß ihre Liebe sich niemals zuvor in dieser Harmonie erfüllt hatte.

Mitten in der Nacht erwachte Jack und bemerkte, daß die Kerze noch immer brannte. Er stand auf, um sie auszulöschen, als er in der Ecke mehrere Fläschchen und Tiegel entdeckte. Da er annahm, es handle sich um eine Erfrischung, inspizierte er die Gegenstände und stellte fest, daß sie die gleiche Schminke enthielten, mit der die Nubier vorhin Körper und Gesicht bemalt hatten. Er nahm eines der Töpfchen, warf dann einen Blick auf die schlafende Joan.

Er stellte Farben zusammen und begab sich wieder zu Bett, wo er sich daranmachte, mit dem Zeigefinger, den er in gelbe Farbe getaucht hatte, der schlafenden Joan winzigkleine Blümchen auf den Bauch zu malen. Joan regte sich.

»Was tust du denn da?«

»Ich mach' dich schön, nach Art der Nubier.«

Joan schaute hinunter auf die grünen und gelben Ranken, die Jack ihr auf Bauch und Schenkel gemalt hatte. Sie lächelte. Dann angelte sie ihrerseits nach einem Farbtopf und fing an, Jacks Gesicht mit schillerndem Grün zu überziehen.

Sie malten Schmetterlinge, Bienen, Schiffe und Wellen auf seine Brust und zwei verschlungene Herzen, von dem sie eins mit ihrem Namen versah. Er folgte ihrem Beispiel, malte ebensolche Herzen auf ihre Brüste, schrieb seinen Namen darauf.

Als er ihr in die Augen schaute, erkannte er, wie verwundbar sie war. Er stellte die Tiegelchen ab und zog Joan an sich, über sich.

»Für immer, Joan.«

»Für immer«, flüsterte sie und küßte ihn.

Wieder liebten sie sich. Als sich ihre Körper umschlangen, sich Brust auf Brust und Schenkel auf Schenkel legten, verwischten sich die Farben, bildeten seltsame Muster auf ihren Körpern.

Joan war von einem so großen Glücksgefühl durchdrungen, daß ihr die Tränen die Wangen hinabliefen. Jack küßte ihre Augen, ihre Ohren, ihre Nase. Er beschwichtigte all ihre Ängste, versprach ihr, daß sie sich nie wieder trennen würden, überzeugte sie schließlich davon, daß der einzige Schatz, den er im Leben begehrte, sie war.

Stunden um Stunden redeten sie, liebkosten sich, bauten Luftschlösser für die Zukunft. Ehe sie wieder einschliefen, stellte Joan fest, daß der Schweiß die ganze Farbe abgewaschen hatte – mit Ausnahme der Herzen und Jacks Namen auf ihrem Busen und ihrem Namen auf Jacks Brust.

Kapitel XVIII

Über das Gebirge zog der neue Tag heran und sprenkelte den Himmel mit glitzerndem Orange, Rosa und Rot. Vögel schwangen sich in die Luft und riefen, wenn sie zur Nahrungssuche ins Tal hinabstießen, nach ihren Gefährten. Die Kühe und Ochsen der Nubier erwachten; ihre Laute mischten sich mit dem Geplapper der weiblichen Dorfbewohner, die mit der Zubereitung der ersten Mahlzeit beschäftigt waren.

Joan reckte die Arme über den Kopf. Die Morgensonne schien warm auf ihr Gesicht. Sie drehte sich um, sah, daß Jack sie beobachtete. Aber er schien eben erst erwacht zu sein; in seinen Augen stand noch Schlaf – und sehr viel Liebe. Sie küßte ihn, schmiegte ihr Gesicht an seinen Hals. Nie zuvor hatte sie sich so sicher gefühlt, so optimistisch, was die Zukunft betraf. Sie wünschte sich, diesen Frieden, der wie eine schützende Decke über sie gebreitet war, immer spüren zu können.

Jack zog sie noch näher an sich. Sie blickten durch die große Öffnung der Hütte ins Freie. Das fruchtbare Niltal unter ihnen war in ein Meer von Farben getaucht. Einen Augenblick lang schien es Joan, als schaute sie durch ein Kaleidoskop. In prächtigem Rostrot, Dunkelrot und Orange zogen sich blühende Bäume in langen gewundenen Schleifen die Berghänge hinunter. Als habe jemand riesige Farbtöpfe vom Himmel abgeworfen, fand Joan. Mehr als hundert verschiedene Grün waren vertreten, vom Smaragdgrün über Türkis bis Moosgrün.

Joan dachte daran, wie sie früher vom Nil geträumt, darüber gelesen, für die Schule gebüffelt hatte. Aber niemals zuvor war sie so von Ehrfurcht erfüllt gewesen. Entlang diesem Fluß war der Mensch geboren, die Zivilisation aus der Taufe gehoben worden. Alle Wunder des alten Ägyptens, der Glanz Schwarzafrikas waren entlang dem Nil beheimatet.

Erstaunlich, daß dieser kleine Stamm noch existierte, hatte man doch angenommen, daß alle Merkmale der nubischen Kultur mit der ägyptischen verschmolzen waren. Joan war froh, daß sich die Nubier zu ihrem eigenen Besten in die Isolation zurückgezogen hatten. Wenn nicht, wären sie und Jack Hassan niemals entkommen.

Sie berührte Jacks Brust und küßte seine Wange. Seit wie langer Zeit hatte sie diese Zusammengehörigkeit nicht mehr gespürt!

»Seit damals in Kolumbien war keine Nacht mehr so schön wie die vergangene.«

Jack schlang den Arm um Joan und lehnte den Kopf an ihre Schulter. Er fühlte sich rundum glücklich. Als habe man ihm ein neues Leben geschenkt.

»Komisch, wie Gewehrfeuer den alten Zauber neu zu entfachen scheint«, meinte er. Seiner Ansicht nach hatten sie beide eine kleine Schockbehandlung nötig gehabt, um dadurch das Licht zu sehen.

»Nicht bei deiner Durchschnittsbeziehung«, sagte sie aus dem Gefühl heraus, daß niemand jemals einen Mann so geliebt hatte, wie sie Jack liebte.

Er lächelte, zog sie enger an sich. »Du bewahrst mir meine Jugend, Joan Wilder.«

Joan ließ sich gegen ihn fallen, küßte ihn, atmete seinen Atem. Sie waren wieder eins. Wie schade nur, daß sie so viele Tage und so viele Nächte mit diesem blödsinnigen Kampf, sich zueinander zu bekennen, vergeudet hatten. Sie hätten sich das Resultat vor Augen halten sollen. Sie hätten klüger sein sollen. »Was für Dummköpfe Menschen doch sind«, dachte sie.

Jack drückte sie an sich, wußte, daß sie ein Herz und eine Seele waren. Er hätte auch nichts dagegen gehabt, wenn sie ein Leib hätten sein können. Er verspürte Lust, vor Freude zu tanzen. Wo er doch alles hatte – er hatte Joan.

Während er den Duft ihres Haares einsog, überlegte er, wohin es von hier aus weitergehen würde. Sie hatten keine ANGELINA, auf die sie zurückgehen könnten, kein Haus in Connecticut, keine Villa in Rom. Sie besaßen nichts, und er wollte doch etwas, das sie ihr Zuhause nennen konnten. Sie brauchten einen Fixpunkt. Und Geld, um einen Fixpunkt zu schaffen.

Scherzhaft versetzte er ihr einen Klaps auf den Podex.

»Was hältst du davon, wenn wir uns mit deinem kleinen Freund zusammentun und den Juwel suchen?«

»Jack, da ist etwas, was du über den Juwel wissen solltest...«

»Was denn?«

Plötzlich erhob sich vor der Hütte lautes Geschrei. Jack und Joan hörten die entsetzten Schreie der Nubier, das Bellen, Kreischen und Winseln der Tiere – und dann Gewehrschüsse.

Sofort war Jack auf den Beinen, schnappte sich seine Hosen und rannte auf die Öffnung der Hütte zu.

»Diese Halunken!«

Joan angelte sich in Windeseile ein langes Eingeborenengewand, eines, mit dem sie besser zurechtkam. In Sekundenschnelle war sie angezogen.

DJack wollte ins Freie stürzen, aber Joan hielt ihn zurück.

»Warte, ich muß den Juwel holen.«

Verwirrt folgte ihr Jack nach draußen. Hatte Joan die ganze Zeit über gewußt, daß der Juwel hier war? War dieses Dorf von Anfang an ihr Ziel gewesen? Wieder einmal lag alles bei Joan. Komisch, immer wenn er glaubte, sie ganz zu verstehen, überraschte sie ihn aufs neue.

Begleitet von einem Höllenlärm, durchstöberten Omars Wächter das Dorf, nahmen jede Hütte auseinander, um den Juwel ausfindig zu machen. Hühner und Fasane rannten ziellos durchs Gelände, aufgescheucht von den Kindern, die nach ihren Eltern riefen. Mütter packten Kinder und brachten sie vor grimmig aussehenden Soldaten in Sicherheit. Die meisten der Nubier hatten noch nie ein Gewehr gesehen, schon gar nicht ein automatisches. Und doch wußten sie bereits um den Tod, den diese Männer in den langen zylindrischen Ruten mit sich führten. Junge und alte Nubier wurden mit der Waffe in Schach gehalten; auf diejenigen, die wegzulaufen versuchten, wurde geschossen.

Joan bahnte sich einen Weg durch dieses Getümmel, forschte nach dem Juwel. Soweit sie erkennen konnte, war ein junger Nubier getötet worden, derselbe, gegen den Jack gekämpft hatte. Als sie seinen Leichnam liegen sah, preßte sie die Hand auf den Mund, um ihren Schrei zu unterdrükken, rannte aber dennoch weiter von Hütte zu Hütte.

Jack, der hinter Joan um die Menge herum und durch sie hindurch nacheilte, starrte die bedrohlich wirkenden Soldaten an.

»Ist das Juwel hier?«

»Ja!« schrie Joan zurück.

»Wo denn?«

»Ich kann ihn nicht finden«, sagte sie, als sie in die vorletzte Hütte schaute.

»Der kleine Kerl?«

»Der Juwel.«

»Der kleine Kerl hat das Juwel?«

»Er ist der Juwel.«

»Hör mal, Herzchen, du redest Unsinn.«

»Weil du nie zuhörst!« schrie Joan, während sie Kugeln und Hühnern auswich.

»Nochmal von vorn«, sagte Jack, der gerade rechtzeitig hinter eine Hütte schlüpfte, um einer Salve zu entgehen.

Er zog Joan an sich, sah ihr prüfend in die Augen. Was sie da gesagt hatte, war doch blühender Unsinn.

In diesem Augenblick vernahm Joan eine vertraute Stimme. Sie gehörte dem Juwel.

»Da ist er ja!« Sie deutete um die Hütte herum.

Einer von Omars Wächtern, ein bulliger Kerl, schleppte Joans kleinen Freund gerade zu einem Kettenfahrzeug.

»Los, komm«, sagte Jack und spurtete los.

Jack rammte seinen Körper gegen den Wächter und warf ihn zu Boden. Während die beiden noch miteinander kämpften, faßte Joan den Juwel bei der Hand und zog ihn mit sich fort, den Abhang hinunter. Jack holte noch einmal aus und streckte den bereits benommenen Wächter mit einem gezielten Faustschlag nieder, machte kehrt und lief hinter Joan her.

Joan entdeckte einen Pfad, der quer zum Hang verlief, aber

sehr schwierig zu begehen war. Jedesmal, wenn sie ihren Fuß darauf setzte, schien der felsige Untergrund wegzurutschen. Sie hatte das verrückte Gefühl, Rollschuh zu laufen. Die Bergseite war fruchtbarer und mit langen Streifen grünen Grases und darunter weicher Erde durchzogen. Joan kam jedoch zu dem Schluß, daß diese so einfach zu überwindenden Abschnitte nur dazu dienten, ihr vorzugaukeln, daß der Boden überall weich sei. Denn sobald sie sich darauf verließ, stieß sie mit dem Fuß prompt gegen einen spitzen Fels, der aus dem Nichts aufgetaucht war. Zweimal während der ersten paar Minuten war sie voll auf ihrem Hinterteil gelandet, aufgestanden, weitergegangen, um erneut zu stolpern, zu fallen und dann eine nicht unbeträchtliche Strecke bergab zu rutschen.

Ihre Arme waren von den Gräsern zerkratzt, ihr Kleid fast bis zur Hüfte hochgerutscht. Kopfüber purzelte sie weiter, dachte nicht an gebrochene Arme oder Beine, sondern an das, was sich schickte, weshalb sie pausenlos an ihrem Rock zerrte. Schließlich gab sie auf und konzentrierte sich darauf, irgendwie zum Stand zu kommen. Als ihr das gelungen war, warf sie einen Blick zu Jack und dem Juwel zurück und stellte gleichzeitig fest, daß beide Schienbeine arg ramponiert waren und ihre Handflächen bluteten.

Jack und der Juwel schlossen zu ihr auf. Sie gingen weiter.

Jack setzte seine Schritte kraftvoll. Die Muskeln seiner Schenkel taten ihm bereits weh – und der Weg bis zum Fuß des Berges war noch sehr lang. Joans Worte gingen ihm nicht aus dem Kopf.

Er wandte sich an den Juwel. »Haben Sie das Juwel?«

Joan hörte ihn und rief zurück. »Er ist der Juwel!«

»Stimmt«, sagte der Juwel. »Ich bin ich.«

»Wovon redet ihr eigentlich? Omar hat ein Juwel gestohlen.«

»Das Juwel ist kein Juwel«, wiederholte Joan gereizt. »Der Juwel ist ein Mann.«

Jack drehte sich zu dem kleinen Kerl um. »Omar hat Sie gestohlen?«

»Ich bin der Juwel.« Er nickte glücklich und rutschte über ein feuchtes Grasbüschel.

Joan beobachtete Jacks verwirrten Gesichtsausdruck. Ganz langsam erfaßte er das ganze Ausmaß dessen, was die beiden ihm da erzählten. Joan lachte laut los, und der Juwel stimmte in ihr Gelächter ein.

»Scheiße!« rief Jack, und dann rutschte auch er auf demselben Grasbüschel aus, um auf seinem Hintern bergab zu segeln. Die Hände über dem Kopf und nicht in der Lage, nach etwas anderem als nach einer oder zwei Blumen zu angeln, konnte Jack nicht aufhören zu lachen. Erst als der Untergrund dichter bewachsen war, verlangsamte sich Jacks Rutschpartie. Er schlug noch zwei Purzelbäume und kam dann kurz vor einem Eukalyptusbaum zum Stehen. Er erhob sich, klopfte sich ab, blickte sich zu Joan um, die hinter ihm her purzelte.

»Na klar«, murmelte er vor sich hin, »natürlich, der Juwel... Der Juwel... stimmt, richtig... Wie konnte ich das übersehen? He, Omar, ich hab' deinen Juwel!«

Jetzt kam der Juwel hinter Jack und Joan her. Eigentlich, fand Joan, sah er aus wie damals, als er von seiner Turmzelle aus über die Wäscheleine balanciert war. Warum er wohl nicht seine Zauberschirmnummer abzog? Er hopste und hüpfte, und dann waren sie wieder beisammen. Ab jetzt hielten sie sich, während sie weiter ausgelassen bergab kletterten, an den Händen fest.

Sie hatten den Fuß des Berges erreicht. Wohin es von hier aus weitergehen würde, hatte Joan noch gar nicht überlegt. Es war ihr auch egal, solange der Weg nur von Hassan und Omars Männern wegführte.

Plötzlich vernahm sie zweimal hintereinander das Signal eines Zuges. Sie schaute Jack an, dann den Juwel. Lange genug schon war sie mit dem Juwel zusammen, um zu wissen, daß er einen Zug aus dem Nichts auftauchen lassen konnte. Was aber noch erstaunlicher war – er konnte es einrichten, daß ein existierender Zug pünktlich war.

Kapitel XIX

Schwarzen Rauch ausstoßend, stampfte der klapprige Zug, so schnell es seine altersschwache Maschine zuließ, um den Gebirgsausläufer herum. Nach der tagelangen Fahrt durch die Wüste war er mit Sand und Schmutz verklebt; Reinigung mußte ein Fremdwort bleiben. Die noch intakt gebliebenen Fenster waren geöffnet, ließen schwüle Luft über ein Kindergesicht wehen, die Stirn einer Frau kühlen. Alle Waggons waren voll besetzt mit Einheimischen auf dem Weg nach Khartum, zu Omars Inthronisation.

Joan, Jack und der Juwel sahen hinunter auf den fünfzig Jahre alten Zug, der jetzt seine Fahrt verlangsamte und auf einer kleinen Station anhielt, in deren unmittelbarer Nähe sich eine Reihe kleiner Lehmhütten befand. Joan wußte, daß dies hier keine Stadt war, sondern lediglich eine Siedlung, zumal weitere Häuser nicht zu entdecken waren.

Der Juwel deutete auf den Zug.

»Der Weiße Nil. Er bringt das Volk zu seinem neuen Erlöser.«

Rasch eilte das Trio den Berg hinunter. Ständig stolperte Joan über die dicken Grasbüschel, aber Jack half ihr, den Weg zu meistern. Sie durften keine Zeit verlieren. Eine genauere Inaugenscheinnahme der Station ergab, daß weder eine Auftankmöglichkeit noch eine Wasserpumpe vorhanden war. Der Zug würde demnach nur wenige Minuten Aufenthalt haben, neue Passagiere aufnehmen und abfahren. Joan rannte noch schneller.

Als Jack, Joan und der Juwel unten ankamen, wartete der Zug noch immer. Joan, die glaubte, ihre Lungen würden von der Anstrengung bersten, empfand es direkt als Wunder, daß ihre Ohren trotz des so schnellen Abstiegs keine Schwierigkeiten machten.

Jack ging voraus über das flache Land, dicht gefolgt von Joan, die aus dem hohen Gras aufgetaucht war und die staubige Straße betreten wollte, als plötzlich ein Jeep angeschossen kam und sie beinahe überfahren hätte. Ihr Herz zuckte zusammen, als sie den Fahrer erkannte – einer von Omars Männern. Sie rannte hinüber zu Jack. In diesem Augenblick raste einer von Omars Lastwagen an ihr vorbei.

Jack packte Joan an der Hand, und beide und auch der Juwel duckten sich hinter einen großen blühenden Busch.

Joan verfolgte, wie Omars Soldaten das Gebiet absuchten. Wie hatten sie es geschafft, so schnell hier zu sein?

Mehr als hundert Dorfbewohner – Moslems und Afrikaner – drängten in den bereits überfüllten Zug. Eine Familie mit sechs Kindern und ebenso vielen Gepäckbündeln arbeitete sich durch die Menge, schubste alle anderen zur Seite. Die Kinder schrien ebenso laut herum wie der arrogante rücksichtslose Vater, schafften es aber alle, einen Sitzplatz zu ergattern. Sechs schmutzige triumphierende Gesichter, die darauf warteten, daß die anderen – verärgerten – Passagiere einstiegen.

Etwa hundert Yards vom Zug und der Station entfernt, tränkten Tarak und seine Brüder ihre Kamele an einer Zisterne. Mit mürrischem Gesicht verfolgte Tarak, wie die Reisenden den Zug bestiegen. Jeder Mann, jede Frau, jedes Kind war zwanzig Minuten lang gefilzt worden – und dennoch keine Spur seines kostbaren Juwels, geschweige denn der Amerikaner.

Entmutigt war Tarak nicht. Nichts würde ihn davon abhalten, den heiligen Anführer ausfindig zu machen. Von zu weit her waren Tarak und seine Brüder gekommen, zu viel hatten sie aufs Spiel gesetzt, um jetzt einfach aufzugeben. Wenn es einen Weg gab, würde der Unsichtbare sie leiten. Er zog seine Tunika zurecht und beugte sich vor, um seine kupferne Kelle ins kühle Wasser zu tauchen. Wie sein Vater und dessen Vater vor ihm, hatte Tarak einen festen Glauben. Er war nicht vollkommen, versuchte aber stets, das Richtige zu tun. Genauso wie immer ausreichend Wasser vorhanden war, wenn er es brauchte, würde auch der Unsichtbare den Juwel seinem Volk zurückbringen.

Plötzlich hörte Tarak seinen neuesten Bruder nach ihm rufen.

Ralph ließ sein Organ in Richtung Zisterne erschallen. Er trug das traditionelle Gewand der Derwische. Die Enden seines geschlungenen Turbans fielen ihm ständig ins Gesicht, schlenkerten ihm um Hals und Wangen. Alle Versuche, das Material unter Kontrolle zu bringen, schlugen fehl. Sein Kaftan verhedderte sich um die O-Beine; die halbe Nacht hatte er damit verbracht zu lernen, wie man in diesen Röcken lief, ohne über seine eigenen Füße zu stolpern. Er war entschlossen, sich diesen Kaftan gefügig zu machen, nachdem er einmal zu viel der Länge nach hingefallen war und sich geschworen hatte, nie mehr Sand fressen zu wollen.

Als Tarak Ralph erblickte, ließ er seinen Schöpflöffel sinken. Seine Augen waren ernst.

Ralph zuckte die Schultern.

»Sie sind nicht dabei. Ich hab' mir jedes einzelne Gesicht angesehen, jeden Rock hochgehoben. Nichts.«

Von der Rückseite des Zuges her mischten sich Joan, Jack und der Juwel unter die Menge. Aus dem hastig zusammengeschnürten Bündel eines jungen Mädchens stibitzte sich Joan ein großes Tuch, das sie sich um den Kopf schlang, während sich Jack duckte, um seine auffallende Körpergröße zu vertuschen. Der Juwel dagegen bewegte sich völlig ungeniert und plauderte liebenswürdig mit den Umstehenden.

Joan zog den Kopf ein, je näher sie dem Zug kam. Plötzlich stellte sie fest, daß Jack verschwunden war. Zutiefst erschrocken suchte sie ihn zu entdecken, sah ihn links unter einem der Stationssignale stehen. Da war auch ein Plakat, das sich im Wind bewegte und ihre Aufmerksamkeit fesselte. Sie trat einen Schritt zurück, um es besser zu erkennen – und sah ein Bild von sich selbst.

Joan schluckte. Es war ein Bild von einem Schutzumschlag eines ihrer Bücher, und unter ihrem Namen stand etwas in arabischen Buchstaben geschrieben. Flugs arbeitete sie sich zu Jack und dem Juwel durch.

»Schaut doch«, sagte sie und wies auf das Poster.

Jack zog ihr das Tuch über Mund und Nase, damit niemand sie erkannte, und sah sich um.

Omars Wächter kontrollierten die zusteigenden Passagiere.

»Vorwärts«, sagte Jack und hoffte, alles würde glatt verlaufen.

Mit eingezogenen Köpfen schlichen sich Jack, Joan und der Juwel durch die Menge und weg von dem Zug.

Mit einem letzten Blick auf das Poster sagte Joan: »Dieses Bild habe ich immer gehaßt.«

Unter Aufbietung aller Kräfte der uralten Kolben schleppte sich die Lokomotive aus der Station. Eingeborene hingen aus den Fenstern, Kinder saßen auf dem Schoß ihrer Mütter. Es herrschte drangvolle Enge. Alles mögliche Getier, in zusammengezimmerte Verschläge gepfercht, versperrte die Gänge, machten ein Durchkommen nur noch für den Schaffner möglich. Im Schneckentempo kroch der unter seiner Last fast schwankende Zug dahin.

Von einem Felsvorsprung am Berghang beobachtete Joan, wie der Zug sich bemühte, Dampf zu machen. Sie wußte, daß ihr Plan funktionieren würde. Als der Zug jetzt in Fahrt kam, gab sie Jack und dem Juwel ein Zeichen.

Sie standen auf und rannten in Fahrtrichtung einen oberhalb des Zuges gelegenen schmalen Paß entlang, der zu einem Übergang führte, unter dem die Schienen verliefen.

Genau zur richtigen Zeit erreichten sie den Übergang; Joan machte sich zum Sprung bereit.

»Alle Mann an Bord!« rief Jack und sprang als erster. In Hockstellung kam er auf, schaute zu Joan hoch.

Als tauche sie in einen Fluß, hielt sich Joan die Nase zu und den Atem an, als sie auf den langsam fahrenden Zug sprang.

Der Juwel stand auf der Kante des Übergangs, zögerte aber noch.

Joan erhob sich, lächelte Jack zu.

»Und du hast gemeint, es würde nicht klappen.«

Im selben Augenblick prallte sie völlig unerwartet gegen eine Höhenmeßlatte.

»Jack!« schrie sie mit letzter Kraft. Die Metallstange hatte sie voll getroffen, ihr den Atem geraubt. Ihr Brustkasten brannte wie Feuer. Wieder wollte sie nach Jack rufen, aber sie schaffte es nicht. Mit vor Entsetzen weit aufgerissenen Augen sah sie, wie er sich langsam immer weiter von ihr entfernte. Sie streckte die Hand nach ihm aus, aber er war bereits zu weit weg.

Jack sprang auf und rannte auf Joan zu. Seiner Schätzung nach bewegte sich der Zug nicht schneller als fünf Meilen pro Stunde vorwärts – genug an Entfernung zwischen ihm und Joan. Es war wie einer dieser schrecklichen Alpträume, die er als Kind gehabt hatte, wenn er irgend etwas hinterherlief, was er unbedingt haben wollte, was er aber in diesen verdammten Träumen nur immer fast erreichen konnte. Er streckte seine Hand aus, aber ihre Finger berührten sie nie. Er sah, daß sie Angst hatte – und auch er hatte Angst.

Endlich fand Joan ihre Stimme wieder. Noch einmal schrie sie: »Jack! Hilf mir!«

Genau in diesem Augenblick legte die Lokomotive einen anderen Gang ein, so daß für den Bruchteil einer Sekunde das Geräusch der Maschinen verstummte. Wären nicht die Berge gewesen, hätte man Joan meilenweit hören können. So aber fing sich ihre Stimme in dem Kessel – der Widerhall war ohrenbetäubend.

Tarak, der sein Kamel tränkte, ließ unwillkürlich den Sack aus Ziegenhaut sinken und schaute auf. Ralph hörte auf, mit den Zipfeln seines Turbans zu kämpfen, lauschte. Ein hoffnungsvolles breites Grinsen überzog sein Gesicht. Jedesmal wenn er Joan Wilder bereits aufgegeben hatte, war sie wieder aufgetaucht. Das hätte er noch von Kolumbien her wissen sollen. Niemals hatte sie ihn enttäuscht.

Etwa ein Dutzend Soldaten hoben die Köpfe, entdeckten ihre Beute, die oberhalb des Zuges an der Meßlatte hing.

Der Zug fuhr jetzt schneller. Jack war in Schweiß gebadet. Dennoch zwang er seine Beine vorwärts, riß sich zusammen. Er sprang von Waggon zu Waggon, auch wenn er wußte, daß er genausogut bleiben konnte, wo er war. Joan war um keinen Deut näher als vorhin. Der nächste Waggon. Jack sprang, verlor den Halt, rutschte aus und wäre beinahe vom Zug gefallen. Heißer Schmerz zuckte durch seine Schenkel. Trotzdem lief er weiter, wischte sich zwischendurch mit dem Ärmel den Schweiß aus dem Gesicht. Joan hatte entsetzliche Angst. Er mußte ihr zu Hilfe kommen.

Der Juwel sah auf die fahrenden Waggons unter sich. Es schmeckte ihm gar nicht, von einer höheren Stelle aus auf Bewegliches unter sich zu schauen. Das erinnerte ihn an Schlangen, und er mochte Schlangen nicht. Wenn aber Joan und Jack, so redete er sich zu, diesen Trick zustande brachten, dann konnte er das genauso.

Er nahm seinen ganzen Mut zusammen, schloß die Augen und sprang ab – auf den Zug. Bei der Landung prallte er mit Joan zusammen.

Jack hatte sich inzwischen so auf sein Laufen konzentriert, daß er nicht mehr aufhören konnte. Er sah, wie der Juwel auf dem Zug landete und dann mit Joan zusammenstieß. Obwohl er sein Tempo zu drosseln suchte, schaffte er es nicht – er rammte Joan und den Juwel gleichzeitig.

Omars Leutnant schrie seinen Männern Befehle zu und sprang in den nächsten Lastwagen, dessen Fahrer den Motor aufheulen ließ und dem Zug nachjagte.

Zur gleichen Zeit schwangen sich auf der anderen Seite des Zuges die Derwische auf ihre Kamele und Pferde, donnerten unter Taraks Führung über das Stationsgelände, die Schienen entlang, dem Zug hinterher. Ralph, inzwischen ein erfahrener Kameljockey, trieb sein Reittier an, schloß zu Tarak auf. Mit dem schrillen Wüstenschrei ihrer Vorfahren preschten die Derwische ihrem Juwel entgegen.

Der Lokomotivführer, der seit seinem fünfzehnten Lebensjahr die Strecke befuhr, drehte sich um, als er das Gebrüll vernahm, um herauszufinden, was diesmal an seiner Fahrweise so Besonderes war, und entdeckte zu seiner Rechten Nomaden auf Kamelen, zu seiner Linken Soldaten in neuzeitlichen Tarnanzügen. Er kratzte sich den Schädel. So etwas war ihm auf seinen Fahrten bislang nicht untergekommen. Er war kein Freund von Unannehmlichkeiten, sein

Streckenbuch war makellos, und das sollte auch so bleiben. Er wandte sich an den Wächter neben sich.

Der Wächter trug die neue Militäruniform des Sudans, die ihn als Mitglied von Omars Armee auswies.

Der Wächter drehte sich um und zog Erkundigungen ein. Weder auf seiner linken Seite konnte er jemanden entdecken noch auf dem Dach des Zuges. Als er aber nach rechts blickte, sah er, wie der Amerikaner, die Frau und Juwel den Zug hinunterkletterten und in einem der Waggons verschwanden.

Der Wächter schwang sich in den nächsten Waggon, einen mit langen Holzpfählen beladenen Anhänger, und drang dann in den ersten Wagen ein, in dem sich Passagiere befanden. Zwei anderen Wächtern am hinteren Ende des Waggons rief er etwas zu, worauf sie ihm in der Eingeborenensprache Antwort gaben. Zu dritt machten sie sich auf die Suche nach den Verbrechern und ließen die Mitreisenden mit ihrer Verwunderung allein.

Nachdem der erste Wächter den beiden anderen bedeutet hatte, daß sich ihre Beute im nächsten Waggon befände, stieß er entschlossen die Tür auf, spannte den Hahn seines Gewehrs, genoß diesen Augenblick der Macht in seinem ansonsten eintönigen Leben. Dann durchsuchte er zusammen mit seinen Kollegen den überfüllten Wagen.

Männer, Frauen und Kinder hatten alle Sitze und selbst die Gänge blockiert. Da gab es Afrikaner, Sudanesen, Moslems. Sie entdeckten Gepäck, das menschliche Umrisse aufwies, und Menschen, die wie Gepäckstücke aussahen. Hühner gackerten, Schweine grunzten. Heiß war es, staubig, und es roch nach Schweiß – alles ganz normal. Von den Amerikanern keine Spur.

Wütend fluchte der erste Wächter in der ihm eigenen Sprache, begann in der ersten Reihe, jedem die Koffia herunterzureißen, um festzustellen, wer sich dahinter verbarg. Er zog Frauen, deren Haut noch nie das Licht gesehen hatte, den Schleier vom Gesicht. Ein aufgebrachter Ehemann hob die Hand gegen den Wächter; als er jedoch die Gewehrtrommel des Wächters sah, hielt er eine chevalereske Geste für angebrachter.

Die Wächter kämpften sich vorwärts, auch wenn sie sich viel Spott und Anfeindung von seiten der Passagiere einhandelten.

Jack behielt die näherkommenden Wächter im Auge, deutete Joan und dem Juwel an, den hinter ihnen liegenden Waggon aufzusuchen. Eine andere Möglichkeit gab es nicht. Der Zug fuhr jetzt mit höherer Geschwindigkeit. Wenn sie versuchten abzuspringen, würden sie sich schwer verletzen. Die Wächter kamen den Gang entlang auf die Tür zu.

Jack machte kehrt und betrat den letzten Waggon.

Das Abteil war prunkvoll ausgestattet und ganz in Weiß gehalten, mit leinenbespannten Wänden, Samtvorhängen an den Fenstern und im rückwärtigen Teil, der wohl zum Schlafen gedacht war. Eine Klimaanlage war ebenso vorhanden wie eine Stereoanlage und indirekte Beleuchtung. Das Mobiliar war vergoldet und schien aus französischen Schlössern zu stammen. Kostbare Gestecke aus Seidenblumen standen herum, eine pompöse, gut sortierte Bar und ein beleuchtetes Ölgemälde. Plötzlich fuhr Jack ein gewaltiger Schreck durch Mark und Bein. Es gab nur einen einzigen Menschen im Sudan, der sich einen solchen Luxus leisten konnte.

Joan und der Juwel schauten ihn unruhig an.

In diesem Augenblick bauten sich zwei Wächter hinter Jack auf, richteten ihre Gewehre auf ihn.

Aus den weißen Samtvorhängen trat Omar hervor.

»Danke, daß Sie den Niljuwel zurückgebracht haben.«

Kapitel XX

Die Altstadt von Khadir reckte die ihr noch verbliebenen hohen Säulen der untergehenden Sonne entgegen. Die letzten goldenen Strahlen verschmolzen mit dem ersten Silberschein des Mondes und tauchten die Ruinen in gespenstisches Licht. Über zweitausend Jahre lang war Khadir das Zentrum für höhere Erziehung, Kultur, Kunst und Handel gewesen und hatte in seinen Mauern Ramses II., Nofretete, Alexander den Großen und mehrere römische Kaiser beherbergt. Ihre Blütezeit erlebte die Stadt während der früharabischen Herrschaft; um diese Zeit breitete sich auch die islamische Kultur über den Sudan aus. Im Verlauf der folgenden Jahrhunderte jedoch, als die Araber das Feld den Türken und im Anschluß daran den Franzosen und Briten räumten, verfiel die Stadt; Professoren und Studenten wechselten nach Khartum.

Da Khadir als heilige Stadt galt, als ein Ort, an dem Menschen aller Glaubensrichtungen und Kulturen zusammenkamen, um Frieden zu finden, paßte es Omar durchaus ins Konzept, hier sein Wunder zu wirken. Wie auch heute noch, hatte der Sudan bereits in früheren Zeiten einen Pfad der Meditation und Synthese zwischen islamischer und afrikanischer Tradition gewählt. Um seinem Volk vor Augen zu führen, daß er der wahre Anführer war, brauchte Omar den mystischen Hintergrund von Khadir – das würde seine Gefolgsleute überzeugen.

Im Zentrum der Stadt befanden sich die Überreste eines einstmals prächtigen Tempels. Seine Mauern waren zwar noch intakt, die ursprünglich goldene Kuppel jedoch reflektierte nicht länger das Licht der Sonne. Auch die vierzig Fuß hohen Fenster aus blauem Glas gehörten der Vergangenheit an. Die Wandteppiche, an denen Tausende fleißiger Hände hundert Jahre lang gewebt hatten, waren geraubt, verbrannt oder im Lauf der Ereignisse vernichtet worden. Juwelenbesetzte Kandelaber, Kristallüster und vergoldete Stühle waren versteigert worden, um den Lebensunterhalt der wenigen heiligen Männer, die während der Türkenherrschaft in Khadir verblieben waren, sicherzustellen. Schließlich war der Tempel verfallen, weniger aus Fahrlässigkeit oder mangelnder Instandhaltung, sondern weil sich niemand dafür verantwortlich fühlte.

Im Volksmund grassierten Geschichten um die früher dort ansässigen heiligen Männer, die angeblich noch in der Stadt lebten und für das Erscheinen des Erlösers beteten, und deren Seelen keine Ruhe fanden, weil sie glaubten, kein Sterblicher könne ihr Werk fortsetzen. Die Aufgabe der Stadt Khadir – so lautete ihre Begründung – war gleichbedeutend mit der Abkehr von ihrer Religion. Und es gab unter ihnen solche, die überzeugt waren, daß die Mauern von Khadir nicht länger ihr Klagelied über den Verlust der Gläubigen über die nächtliche Wüste rufen würden, sobald der Erlöser gekommen sei.

In dieser Nacht waren Tausende von Pilgern nach Khadir geströmt, um mitzuerleben, wie Omar sich zu ihrem Anführer ausrief. Von den Ufern des Weißen Nils waren sie gekommen, aus dem Kongo, von den Hügeln am Roten Meer. Zu Fuß oder auf dem Rücken ihrer Kamele hatten sie den Weg aus dem Hochland von Darfur und Äthiopien zurückgelegt. Sieben Bauernvölker, Kinder, Frauen und Tiere eingeschlossen, hatten das Vulkangebiet des Jabal Marrah verlassen, um an den Feierlichkeiten teilzunehmen. Mit dem Zug waren die Bewohner der modernen Städte, kleinen Ortschaften und entlegenen dörflichen Ansiedlungen angereist.

Die unterschiedlichsten Sprachen und Lebensgewohnheiten prallten aufeinander. Auch äußerlich gab es große Gegensätze. Sie waren bunter gemischt als jede andere Nation der Welt. Aber sie alle glaubten an den Erlöser.

Jeder Stamm schlug außerhalb der Stadt ein kleines Lager auf, eine Zeltstadt, die sich um eine Feuerstätte gruppierte. Einige Zelte waren besonders prächtig anzusehen, erinnerten an die Zeit, da kriegerische Scheichs den Sudan regierten.

Auch Tarak, Sarak, Barak, Ralph und die anderen Derwische, alle in Gewänder gehüllt, die denen der anderen Pilger entsprachen, hatten die Stadt erreicht. Ralph ließ seinen Blick über die vielen Menschen schweifen, die religiös klingende Gesänge angestimmt hatten. Als er an einigen von Omars Wächtern vorbeikam, zog er den Zipfel seines Kopfputzes vor das Gesicht. Jetzt nur nicht entdeckt werden, wo er doch so nah an dem Juwel dran war! Als sie unter einem Torbogen hindurchschritten, der in den Tempel führte, bemerkte Ralph, daß die Wächter Gewehre unter sich verteilten. Zum erstenmal fragte er sich, um was für ein Juwel es sich eigentlich handelte.

Er hatte den El Corazon gesehen, ihn sogar in Händen gehalten. Aber dieser hier – er sah ein weiteres automatisches Gewehr – mußte eine tellergroße Perle sein! Oder ein faustdicker Rubin. Vielleicht auch ein Diamant von der Größe eines Scheinwerfers. Ralph schluckte. Er würde sich verdammt anstrengen müssen, da heranzukommen.

Im Inneren des Tempels blieb Tarak so unvermittelt stehen, daß Ralph fast gegen ihn rempelte, blickte Ralph an und deutete vor sich.

Nach Ralphs schneller Schätzung mußten es mehr als fünftausend bedrohlich aussehende Krieger sein, die vor einer zwischen zwei verwitterten Säulen und verstaubten Überresten eines vergangenen Königreiches errichteten riesigen Bühne versammelt waren. Über ihren Köpfen hing ein übergroßes Abbild Omars. Ralph runzelte die Brauen. Omars Ego war noch aufgeblasener als er angenommen hatte. Es würde ihm Spaß machen, ihn zu demütigen.

Als die Sonne hinter den Bergen verschwand und ihr goldenes Licht verlosch, wuchs die Nervosität der Menge. Streit und Handgemenge brachen zwischen den einzelnen Stämmen aus. Männer rissen ihre Gewehre hoch, schwangen sie über den Kopf, versuchten, ihre Macht zu demonstrieren. Jugendliche zückten ihre Messer, fuchtelten damit herum, stellten ihre Geschicklichkeit zur Schau, um ihre Feinde einzuschüchtern.

Obwohl der Wunsch nach dem Erlöser die Herzen aller erfüllte, hatten Tausende von Kriegen, jahrelange Auseinandersetzungen und Eifersüchteleien tiefe Spuren hinterlassen.

Der Mond stieg höher am Himmel empor, warf ein grünsilbernes Licht auf die beiden Männer, die sich hoch oben auf der Tempelmauer zu schaffen machten.

Einer der beiden zog ein Fernglas heraus und suchte die unten versammelte Menge ab, während der andere einen Blick auf seine Uhr warf und nervös mit dem Fuß klopfte.

Nun setzte der erste das Fernglas ab, raffte sein Gewand – beide Männer waren in die traditionelle Gallabija gehüllt – und angelte sich aus der Tasche seines Overalls ein Päckchen Zigaretten.

J. T. steckte die Zigarette in den Mund, zündete sie sich mit seinem Bic-Feuerzeug an. Er inhalierte tief, überprüfte noch einmal die Drähte zu seinen Füßen. Perfekt. Er warf einen letzten Blick zum Mond hinauf und verschwand dann zusammen mit Colt.

Kratzend, schnüffelnd und schließlich in höchster Eile, wanden sich die Ratten durch die modrigen Korridore der Katakomben des Tempels.

Aus dem pechschwarzen Dunkel tauchte ein gelber Lichtball auf. Die Fackel, mit der Hassan auf die Zelle zueilte, in der sich die Amerikaner befanden, warf einen grellen Schein auf die Ratten und ihre Grabkammergenossen, die Skelette einstmaliger Märtyrer.

Der Geruch von fünftausend Jahren Fäulnis schien sich hier zu ballen. Joan blickte auf die Fesseln um ihre Hände. Ihre Arme waren über den Kopf gestreckt und mit einem Strick, der in ihre Haut einschnitt und sie wundscheuerte, an einem Balken in der Decke befestigt. Sie versuchte, jede Bewegung zu vermeiden; wenn sie jedoch eine dieser rotäugigen Ratten um ihre Füße rumschnüffeln sah, zuckte sie unwillkürlich zusammen.

Im Licht der Fackel, die in der Wand steckte, konnte sie erkennen, daß der Balken, an den man sie gefesselt hatte, stabil war; die Hoffnung, er sei altersschwach und würde vielleicht zusammenbrechen, war nicht gegeben. Sie blickte hinüber zu Jack, der neben ihr hing.

Jack beobachtete eine Ratte von der Größe einer jungen

Katze, die sich zu ihren Füßen zu schaffen machte. Er zerrte an seinen Stricken – mit dem einzigen Erfolg, daß er sich die Haut aufscheuerte. Also spuckte er mangels anderer Waffen auf die Ratte und traf genau – die Ratte rannte davon.

Joan fühlte sich schuldig und niedergeschlagen, von der Angst, die sie ausstand, ganz zu schweigen. Alles war ihre Schuld. Sie hatte ihnen das eingebrockt. Sie haderte mit sich, Omars Schmeicheleien auf den Leim gegangen zu sein. Damals war sie so empfindlich gewesen, hatte geglaubt, Jack liebe sie nicht – und Omar hatte ihre Situation ausgenutzt. Er hatte ihre Eitelkeit geschürt, hatte sie bestärkt in dem Glauben, sie habe das Zeug zu einer Journalistin. Es war falsch von ihr gewesen, ihre Romane abschätzig zu beurteilen. Was sie leistete, war gut. Es gab keinen Grund für eine Veränderung. Sie hatte sich in ihrem Leben schon eine Menge Fehler geleistet, aber sie würde sich niemals verzeihen, Jack – sie schubste die Ratte weg, die an ihrem Fuß zu Gange war – in Todesgefahr gebracht zu haben.

Sie schaute ihn an. In seinen Augen las sie Liebe. Alles hätte sie gegeben, wenn sie die Arme um ihn hätte schlingen, ihn trösten, Kraft aus ihm schöpfen können. Sie versuchte zu lächeln.

»Dagegen ist Griechenland ein Dreck.« Sie spürte Tränen in ihren Augen. »Tut mir leid.«

»Braucht es nicht. Du bist hergekommen, um Geschichte zu schreiben. Und du warst verdammt nah dran, sie zu verändern.«

In diesem Augenblick öffnete sich das Eisengitter, das sie von der Außenwelt abschnitt. Hassan trat ein. Seine furchterregende Narbe leuchtete im Schein der Fackel purpurrot. Joan zuckte zusammen, als er sie anstarrte.

»Verzeihung«, sagte Jack, »mit wem können wir uns über die Unterbringung unterhalten?«

Hassan ignorierte Jacks Frage und kletterte auf den Mauervorsprung oberhalb ihrer Köpfe. Joan drehte sich um, versuchte herauszufinden, was er tat, aber es war zu dunkel. Sie hätte sich gern eingeredet, Hassan würde ihre Fesseln lösen.

»Was macht er denn da?«

Ein schneidend kalter Luftzug erfüllte die Zelle, als Omar eintrat. Er lächelte heimtückisch. Joan schien es unfaßbar, daß sie jemals diesen unzurechnungsfähig wirkenden Mann als gutaussehend empfunden hatte. Jetzt, da sie ihn kannte, stellte sie fest, daß seine Backenknochen viel zu hoch saßen und seinem Gesicht einen finsteren Ausdruck verliehen; daß sein Lächeln zu verzerrt war, seine Augen nicht die Farbe von Ebenholz hatten, sondern in dunkelstem Blutrot glühten.

»Hassan tränkt Mr. Coltons Strick mit Ziegenblut – ein Geruch, der den Bewohnern der Katakomben wohlbekannt ist.«

Joan schluckte und schalt sich wieder einmal, auf etwas gehofft zu haben.

Das Geräusch kratzender Pfoten hallte von den Steinmauern wider. Auf einmal war der Raum erfüllt von dem Gequietsche der Ratten, die die vielen Gänge zu ihrer Zelle entlang rannten.

»Ratten!« sagte Jack und blickte Joan an.

»Sie werden den Strick durchbeißen. Und dann...«

Omar lächelte Joan zynisch an, weidete sich an ihrer mißlichen Lage. Er beugte sich zum Boden hinunter, fegte mit dem Schuh den Kies beiseite, öffnete eine hölzerne Klappe.

Als Joan in die Tiefe sah, gähnte ihr ein riesiger, schwarzer Abgrund entgegen. Als Omar einen Stein aufhob und ihn durch die Öffnung fallen ließ, hielt sie den Atem an. Sie warteten, aber nichts war zu hören, eine volle Minute lang. Joan blickte hinüber zu Jack, den noch immer nichts aus der Ruhe zu bringen schien, der sich sogar über Omar mokierte.

»Oh, Jack!« seufzte sie.

»Keine Sorge«, meint Jack sarkastisch. »Ich lande auf den Füßen.«

»Oh, aber Sie werden nicht allein sein, Mr. Colton. Hassan befestigt gerade an Miss Wilders Strick ein Fläschchen mit Säure, die sich langsam durchfressen wird.«

»Nur ein krankes, perverses Hirn kann sich mit sowas abgeben, Omar. Warum erschießen Sie uns nicht einfach?«

»Jack...« Joan versuchte, ihm das Wort abzuschneiden.

Jack ließ sich nicht beirren. »Was für ein hirnverbrannter Psychopath kann sich überhaupt so etwas ausdenken?«

Omars boshaftes, gepreßtes Lächeln vertiefte sich. Theatralisch verbeugte er sich vor Joan.

Sie seufzte und bedachte Jack mit einem flehentlichen Blick.

»Das grausige Geheimnis...« Joan war den Tränen nahe. Wie Fledermäuse in einem Käfig jagten sich die Schuldgefühle in ihr. So deutlich wie nie zuvor war ihr klar, daß sie nicht nur dafür verantwortlich zu machen war, daß sie sich hier befanden – die Todesart, die ihnen bevorstand, war ebenfalls ihre Erfindung. »... mein größter Bucherfolg.«

Die Nüchternheit ihrer Worte ließen Jack zusammenfahren. »Ach, du Schande! Naja – hat's einer von ihnen überlebt?«

Joan blickte zur Seite. »Ja, sie.«

Nachdem Hassan seine makabre Aufgabe erfüllt und eine Schale mit Säure neben Joans Strick gestellt hatte, kam er wieder heruntergeklettert, stand jetzt neben Omar. Joan schluckte, als sie in den gähnenden Abgrund zu ihren Füßen blickte. Noch immer hatten sie den Stein nicht aufplumpsen hören. Sie hoffte, er wäre auf einem Mauervorsprung gelandet oder läge bereits unten auf dem Grund, und sie hätten den Aufprall nur einfach nicht mitbekommen. Sie starrte noch immer in das schwarze Loch, als Omar sagte:

»Noch niemals hat jemand den Klang des Zisternenbodens gehört.«

Er und Hassan verneigten sich nochmals.

»Das wird Ihr letztes Abenteuer sein. Leben Sie wohl. Mein Volk erwartet mich.«

Sein goldbesticktes Gewand wogte, als er sich zum Gehen wandte.

»Omar, warten Sie!« schrie Jack, aber Omar ließ sich nicht aufhalten.

»Verheiraten Sie uns!« brüllte Jack hinterher.

Joans Unterkiefer fiel vor Schreck nach unten. Noch nie war sie so beeindruckt gewesen. Die Tränen liefen ihr die Wangen hinunter bei dem Gedanken, auf ewig mit Jack vereint zu sein. Sie hatte Mitleid mit sich selbst empfunden, hatte an all das gedacht, auf das sie verzichten mußte, wenn sie ihr junges Leben verlor. Eine Hochzeit in Weiß hatte sie sich gewünscht, den besten Kürbiskäsekuchen hatte sie für Jack backen wollen, Aerobic-Unterricht nehmen und mindestens noch fünf Dutzend weitere Bücher schreiben. Sie wollte ein Baby, vielleicht zwei, und zusehen, wie Jack seinem Kind das Skifahren beibrachte. Und sie hatte mit Jack alt werden wollen – sehr alt.

Jack saugte den Anblick der liebenden, tränenüberströmten Joan in sich auf. Sie brauchte gar nichts zu sagen; er wußte, was in ihrem Herzen vor sich ging. Mit ihrem Körper und auch mit Worten hatte sie ihm gesagt, daß sie ihn liebte. Er hätte viel früher erkennen sollen, daß Joan genauso altmodisch war wie er. Sie war romantisch, würde niemals den ersten Schritt tun. Er hätte ihr gegenüber aufrichtiger sein, sie viel früher schon um ihre Hand bitten sollen. Er hatte auf ein Zeichen von ihr gewartet – und dabei hatte sie doch auf ein Zeichen von ihm gehofft! Wieviel Qualen hätten sie sich ersparen können, wenn er nur seinen Mund aufgemacht hätte! Er spürte, daß sich Joan quälte, weil sie sich in einer solchen Situation befanden, aber er, Jack, wußte, daß es nicht ihre Schuld war – sondern seine. Wäre er sich selbst und Joan gegenüber ehrlicher gewesen, wäre sie nie auf die Idee gekommen, ihn zu verlassen. Er hatte einfach keinen Mumm gehabt. Joan hatte recht gehabt, ihn zu verlassen – er hatte es bitter nötig gehabt, daß man ihm den Kopf zurechtrückte.

Jack wandte sich erneut an den sich immer weiter entfernenden Omar. »Der Juwel soll uns verheiraten!« brüllte er in die Dunkelheit.

Omars schlurfende Schritte verstummten unvermittelt. Jack konnte die weiße Gestalt nur noch schemenhaft ausmachen. Omar trat einen Schritt vor, in das Licht der Fackel, das aber lediglich auf sein Gesicht mit dem zynischen Grinsen fiel.

»Aber Sie werden bald sterben – und wollen heiraten?«

Jack sah hinüber zu Joan, begrub auch den allerletzten Zweifel. »Wenn sie mich haben will.«

Joan blickte Jack an. Selbst in diesem schwachen Licht strahlten seine blauen Augen liebevoll und aufrichtig. So viele Male hatte sie in dieses geliebte Gesicht geschaut und in seinen Augen gelesen – und doch hatte er sie dadurch, daß er sich ihr nicht erklärte oder sie mit blasierten Worten abspeiste, getäuscht. Sagte ihr auch ihr Herz, daß er sie liebte, vielleicht sogar mehr liebte als sie ihn, so hatte ihr ihr Verstand – jener Teil, der Realität in wissenschaftlicher, von Gefühlen unbeeinträchtigter Manier abwägt – zu verstehen gegeben, daß sich Jack niemals festlegen würde. Daß er seine Freiheit liebte und Verantwortung und feste Bindung ablehnte. Während sie etwas ganz anderes wollte. Sagte er das jetzt nur alles, weil sie sterben würden?

Schweißperlen zeichneten sich auf Jacks Gesicht ab, während er Omar zu überreden suchte.

»Um Himmels willen – veranlassen Sie, daß der Juwel uns traut. Was macht das schon aus?«

Omar schwieg, überdachte Jacks Worte. Er beobachtete, wie sich die Säure rauchend durch Joans Strick fraß. Der Hanf löste sich rasch auf. Auf arabisch bellte er Hassan einen Befehl zu, worauf dieser in der Dunkelheit verschwand. Omar wandte sich erneut an Jack und Joan.

»Ein treffender Schluß für Miß Wilder. Tut mir leid, daß ich nicht den Brautführer spielen kann.« Wieder verbeugte er sich vor ihnen. »Omars Segen.« Er grinste spöttisch und ging.

Joan beobachtete die vielen Ratten, die, dem Geruch des Blutes folgend, sich den Balken entlang hangelten. Ihre roten Augen – fast wie die von Omar, dachte sie – blitzten drohend im Licht der Fackel auf. Mit ihren winzigen Nasen schnüffelten sie den Balken entlang, auf den Strick zu. Das Geräusch des Nagens ließ Joan fast wahnsinnig werden. Sie wollte schreien, als sie sah, wie das Seil zitterte, der Hanf zerfaserte.

Panik erfüllte sie, als ihr bewußt wurde, daß sie nicht mehr lange genug leben würden, um sich das Ja-Wort zu geben.

Kapitel XXI

Im Dämmerlicht, kurz bevor die Stadt Khadir von schwarzblauer Nacht umhüllt wurde, entzündeten Omars Wächter eine Unzahl von Fackeln, die sie entlang den Mauern des alten Tempels aufsteckten. Obwohl die Ruinen dem Verfall preisgegeben und die kunstvollen Arbeiten längst vergangener Königreiche des unteren Nils an Schönheit eingebüßt hatten, verehrten die Pilger ihre Vorfahren. Ruhmreiche Geschichten, die man ihnen zuschreiben würde, sobald Omar ihr Führer war, machten die Runde. Der Traum, das Ansehen ihrer Väter neu zu begründen, würde Wirklichkeit werden. Man sprach von goldenen und silbernen Palästen, die man Omar errichten würde, von dem Ende von Hunger und Krankheit und von den Cadillacs, die man in Amerika in Auftrag geben würde. Omar würde ihnen das Paradies schenken.

Die Geschichten gingen von Sippe zu Sippe, die Erwartung wurde riesengroß. Mit Ungeduld sehnte man die neue Ordnung herbei; die Vergangenheit mit ihren Fehlern und Schwächen sollte ausgemerzt werden.

In den Gewändern der jeweiligen Stämme bahnten sich Omars Männer ihren Weg durch die Menge, flüsterten den einzelnen Anführern die Worte zu, die Omar sorgfältig überlegte hatte, um die Leidenschaft des Volkes aufzustacheln.

Mit leisen, getragenen Gesängen begann die Menge, immer wieder Omars Namen zu rufen. Der Gesang setzte sich von Stamm zu Stamm fort, schwoll an. Omars Männer ließen ihre Stimmen noch kampfesfreudiger ertönen; das Volk sollte noch mehr aus sich herausgehen.

»Omar! Omar! Omar!«

Das Volk verlangte nach seinem Erlöser.

Der Weg zu den Katakomben kam Ralph wie der Kampf durch ein Labyrinth vor. Dicht an dicht drängten sich die Menschen, bildeten einen Wall aus Kaftanen und Tuniken.

Zu guter Letzt erreichten sie aber doch den Eingang zu den Grabkammern.

Ralph warf einen Blick durch die ovale, gähnende Öffnung, die zu den unterirdischen Gängen der Stadt führte. Der Widerhall eigenartiger Geräusche war zu vernehmen und ganz deutlich das Rauschen von Wasser. Als er seinen Kopf ein wenig weiter vorstreckte, prallte er angesichts des Gestanks, der ihm entgegenschlug, zurück. Es war klar, welch sanitäre Bräuche hier vorherrschten.

Tarak behielt die erregte Menge im Auge, sah, daß Waffen jeder Art unter den Tuniken zum Vorschein kamen. Die Anzahl der halbautomatischen Gewehre im Tempel war so groß, daß man mit ihnen den halben Sudan hätte unterwerfen können. Ein schwarzer Tag für sein Land. Wenn Omar sich durchsetzte, würde seine Macht keine Grenzen kennen. Im Gegensatz zu seinen Landsleuten war Tarak klar, daß im Fall von Omars Sieg das Volk auf immer seiner persönlichen und politischen Freiheit beraubt wäre. Omar mußte aufgehalten werden – und nur der Juwel konnte dies vollbringen.

«Omar wiegelt die Volksstämme zum Eroberungskrieg gegen unsere Nachbarn auf.«

Ralph beugte sich ein wenig vor und flüsterte mit Tarak.

»Demnach müssen wir das Juwel finden, stimmt's?«

»Die Grabkammern unterhalb des Tempels zu durchsuchen, ist ein langwieriges Unterfangen. Aber wir müssen es trotzdem versuchen.«

Tarak und die Derwische machten sich bereit, in die Katakomben einzudringen. Plötzlich erstarrte Ralph.

Diese Geräusche! Er hätte sie sofort erkennen sollen. Wie konnte er so etwas jemals vergessen?

Unmittelbar vor sich sah er eine große Ratte – seiner Schätzung nach ein Kaliber von etwa fünf Pfund –, die ihm den Weg versperrte.

Ungeduldig rief Tarak nach Ralph. »Komm endlich!«

»Ich – ich kann nicht. Ich war auf einem Schiff... Nichts als Ratten!«

Ralph zitterte von Kopf bis Fuß, als Tarak jetzt seinen Dolch zückte, ihn der Ratte entgegenschleuderte. Mit einem dumpfen Aufprall grub sich der Stahl in das Tier, das zu Ralphs Entsetzen nicht verendete, sondern sich mit dem Messer im Körper fortschleppte.

Er kannte die Bedeutung eines Omens, wenn es sich ihm offenbarte. Die Ratte mußte unsterblich sein. Was wäre, wenn er in diesen Grabkammern auf lebendige Mumien stieß? Er war ja nicht ungebildet, hatte über den Fluch der Ägypter gelesen, über die Folgen für diejenigen, die in geheiligte Gräber eingedrungen waren. Er wollte lauthals protestieren, aber die Derwisch-Brüder packten ihn am Arm und zogen ihn ins Innere.

Überall um Joan herum roch es nach Tod. Die Ratten nagten begierig an Jacks Lebensfaden, der sich ächzend und zitternd ein wenig in die Länge zog.

»Geh nicht vor mir, Jack!« schrie sie.

Jack blickte hinunter in die tiefe Grube.

»Keine Bange. Bevor ich unten aufschlage, werde ich vermutlich eines natürlichen Todes gestorben sein.«

Er sah nach oben, wo immer mehr Ratten zu dem blutgetränkten Strick drängten und die, die sich bereits auf dem Balken befanden, ihre territorialen Ansprüche zu verteidigen suchten. Zwei besonders große Exemplare hatten sich gräßlich Bißwunden beigebracht. Jacks Hoffnungen schwanden. Ob er durchhalten würde, bis sich die Ratten gegenseitig zerfleischt hatten?

In diesem Augenblick schrie Joan auf. Die Säure zerfraß ihren Strick viel schneller, als die Ratten dies vermochten. Die Säure aus dem Behälter griff nicht nur den Strick an, sondern auch den Balken. Joan roch den beißenden Rauch. Ihr Strick senkte sich um zwei Zoll, so daß sie jetzt tiefer durchhing als Jack.

Sie versuchte es mit einem Scherz, aber ihre Stimme klang brüchig. »Ich war zu voreilig.«

»Nun, willst du?« fragte Jack. Angst schwang in seinen Worten, obwohl er sich bemühte, tapfer zu sein.

»Will ich was?« fragte Joan, den Blick noch immer auf die schwarze Öffnung unter ihr gerichtet.

»Mich heiraten... Ich würde ja gerne einen Kniefall machen...« Er hielt inne, aber sie antwortete nicht, sah ihn nur mit traurigen, liebenden Augen an, versuchte zu lächeln. Er konnte ihre Grübchen erkennen, erwiderte ihr Lächeln.

»He, ich bedaure keinen einzigen Tag mit dir, Joan Wilder.«

Joan bedauerte unendlich vieles, wünschte, ihr bliebe Zeit, alles aufzuzählen. Da waren jene Nächte, in denen sie sich Jack so entfremdet vorgekommen war, nur weil sie ihm nicht sagen wollte, was sie bedrückte. Sie bedauerte, ihn in Monte Carlo alleingelassen zu haben, weil sie glaubte, ihre Schreiberei sei wichtiger als er. Eines jedoch bedauerte sie nie – ihn zu lieben. Er war das Beste, was ihr das Leben geschenkt hatte – der einzige Mensch, der für sie zählte.

»Wenn ich könnte, würde ich all meine ehrgeizigen Pläne aufgeben und mit dir um die Welt segeln.«

»Nein, nein! Ich würde alles aufgeben. Wer braucht schon ein Schiff? Ich würde Schreibmaschinenunterricht nehmen und als dein Sekretär nach New York kommen.«

Joan war, als würde ihr das Herz zerspringen. Schon einmal hatte er ihr gesagt, er würde alles für sie tun, aber er hatte es nicht wirklich so gemeint. Wenn sie durch irgendein Wunder den heutigen Tag überlebten, dann würde Jack sein Versprechen einlösen. Dessen war sie sich gewiß. Trotzdem konnte sie das nicht von ihm verlangen. Sie wollte nicht, daß er sich änderte, liebte ihn so, wie er war.

»Dann wärst du nicht Jack Colton.«

»Und du nicht Joan Wilder.«

In diesem Augenblick wurde die Tür der Zelle geöffnet. Mit einem groben Schubs stieß Hassan den Juwel in den Raum, um ihn dann mit einem dicken Strick an einem eisernen Ring in der Mauer festzubinden.

Joan blickte den Juwel an, der in den gähnenden Abgrund unterhalb von Jacks und Joans baumelnden Füßen starrte. Seine Angst um sie war offenkundig. Joan fühlte erneut einen Schauer über ihren Körper rinnen.

Jack wandte sich an den Juwel.

»Hoffentlich haben Sie einen Trick parat, uns hier rauszuholen.«

»Zauber ist nichts anderes als Hoffnung im Angesicht des Unheils«, meinte der Juwel mit einem schwachen Lächeln.

Joan schluckte. Irgendwie hatte sie geglaubt, er sei ein heiliger Mann, aber er war ein Mensch – kein Gott.

»Eine kurze Zeremonie dürfte angebracht sein«, sagte sie, während sich die Säure weiter durch den Hanf fraß und an den Fasern zerrte, so daß sie um einen weiteren Zoll nach unten sank.

Der Gesichtsausdruck des Juwels war ernst, seine Augen voller Bewunderung für das mutige Paar, dem er sich jetzt so freundschaftlich verbunden fühlte. Er würde sich immer gern an die beiden erinnern.

»Ich betrachte es als große Ehre.«

Kapitel XXII

In eine schneeweiße Tunika gehüllt und mit einem goldfarbenen Turban gekrönt, wirkte Omar, als befinde er sich in Trance. Er schloß die Augen und meditierte kurz, um dann die Arme zu einer zeremoniellen Geste des Glaubens und der Liebe auszubreiten und wieder über der Brust zu verschränken. Plötzlich riß er die Augen auf, erblickte sich in dem übergroßen Spiegel. Vielleicht sollte er die Augen doch besser erst gen Himmel richten und dann schließen. Er war sich nicht sicher, was überzeugender wirkte. Und überzeugend wollte er doch wirken – Theatralisches war nicht angebracht.

Von draußen konnte er das Volk seinen Namen rufen hören. Von weither waren sie alle gekommen; wenn er die Schar der Tausenden von Gefolgsleuten überblickte, die er auf die Beine gebracht hatte, war er selbst beindruckt von seiner Macht. Schon immer hatte Omar gewußt, daß ihm ein besonderes Schicksal bestimmt war. Vielleicht war das ein Zeichen des Unsichtbaren, der ihm bedeutete, daß er mehr war als nur ein Mensch.

Omars stolzgeschwellte Gedanken wurden von den Stimmen der beiden amerikanischen Spezialisten, die er angeheuert hatte, unterbrochen. J. T. war eifrig damit beschäftigt, auf seine Kleidung und auch den Körper eine feuerabweisende Schicht aufzutragen, deren Geruch zwar ätzend war, jedoch, wie sie Omar versicherten, verfliegen würde, wenn die Schicht trocknete.

Omar war bekannt, daß einige Stämme des Sudans für sich in Anspruch nahmen, sie könnten über Feuer laufen, hielt das aber für ein Märchen oder faulen Zauber. Seit altersher faszinierte die Nomaden und die Volksstämme des Nils nichts so sehr wie Feuer. Die Ägypter hatten die Sonne als Gott verehrt und ihr Tempel errichtet. Viele Stämme wußten, daß Feuer eine Quelle des Lebens und großer Macht bedeutete. Das Feuer hielt nachts wilde Tiere fern, bereitete ihr Essen, verhinderte, daß sie in kalten Wüstennächten froren. Die Feuer, die auf der Erde brannten – so der Glaube – stammten vom Gott des Feuers, der Sonne.

In Anbetracht des tiefverwurzelten Aberglaubens und der religiösen Überzeugung schien es Omar angebracht, auch zur Durchführung seines Wunders die Hilfe des Feuers in Anspruch zu nehmen. Zumal Feuer etwas war, was auch der Unbedarfteste begriff. Unter der Mitwirkung von J. T. und Colt würde Omar dafür sorgen, daß seinem Volk die Augen übergingen.

J. T. hatte jetzt sein Werk beendet und räumte auf.

»Nicht vergessen – Sie haben dreißig Sekunden Zeit«, ermahnte er Omar.

Noch mehr Stimmen, die Omars Namen riefen, drangen in den Raum. Erwartung lag in der Luft, ein hektisches Fieber, das ansteckend wirkte. Omar grinste übers ganze Gesicht; sein Blick war fanatisch-gläsern.

Er vergaß auf einmal sein Streben nach militärischer Macht. Vergessen waren Gewehre, Flugzeuge, Panzer oder die Truppen, die er brauchen würde, um sein Volk zu befehligen. Er sah sich so, wie er jetzt war, prächtig anzusehen in seinen herrlichen Gewändern, ein Herrscher nicht nur der Erde, sondern auch des Himmels. Er war der Erlöser. Er konnte das Wunder vollbringen, dessentwegen das Volk hergekommen war. Er konnte dem verdorrten Land Regen bringen, dem Hunger, dem Schmerz, der Armut ein Ende bereiten, würde all seinen Untertanen ein Heim schaffen, dafür sorgen, daß sie alle satt wurden, gesünder lebten. Er, Omar, vermochte alles.

»Spürt ihr nicht die Macht? Ich werde der Juwel sein. Seid nicht überrascht, wenn ich eure Zaubertricks ablehne!«

J. T. spähte hinüber zu Colt und rollte mit den Augen. Dieser Kerl hatte wirklich eine Macke. Nichts war schlimmer, als mit einem Schauspieler zusammenzuarbeiten, der sich plötzlich mit seiner Rolle identifizierte. Wenn J. T. seine Ahnung nicht täuschte, konnte ihnen Omar noch allerhand Schwierigkeiten bereiten. Für eine Änderung der Strategie war keine Zeit mehr. Wenn sich Omar nicht so verhielt, wie sie ihm eingebläut hatten, würde er als verbrannte Opfergabe enden. Die Zeit lief ab. Sie hatten mehrere Tricks angewandt, um Omars ›Wunder‹ zu kreieren. Weder die Schwebenummer hatte hingehauen, noch die arrangierten himmlischen Explosionen. Und der ›Komet‹, den sie gebastelt hatten, war nicht hoch genug in den Himmel zu schießen gewesen, um echt zu wirken. Der Feuerzauber war ihre letzte Trumpfkarte.

Colt überfiel Nervosität, als er sah, wie verzückt Omar den Stakkatorufen seines Namens lauschte. Der gleiche Gesichtsausdruck wie bei einigen Rockstars kurz vor dem Auftritt, besonders bei solchen, die nicht singen konnten und deren einzige Wirkung in der Light-Show bestand, die J. T. und er auf die Beine zu stellen verpflichtet worden waren. Colt haßte den Umgang mit diesen Superegoisten, auch wenn das Geld nicht zu verachten war.

»Super, Klasse – aber wenn Sie beim Feuer sind, tun Sie genau das, was wir gesagt haben. Gehen Sie genau in der Mitte. Wir stehen mit den Feuerlöschern bereit«, schärfte ihm Colt nochmals ein.

Omar nickte, auch wenn er allem Anschein nach weitaus mehr Ohr für die Rufe nach seinem Namen war, die aus dem Tempel drangen.

Im Schein der Fackeln betraten die Derwische den größten der Beisetzungsräume. Hohe Säulen, reich verziert mit Hieroglyphen und Schnörkeln, rankten sich zur Decke empor. Mehrere gewundene Öffnungen zweigten von dem Raum ab, drei von ihnen mit in goldener Farbe bemalten alten Symbolen, während die anderen drei lediglich mit kobaltblauen Figuren auf rosafarbenem, an den Kanten in Silber auslaufendem Grund geschmückt waren. Auf Ralph wirkten sie alle wie Gänge, die ins Nichts führten.

Von Taraks Gesicht war abzulesen, daß er keine Ahnung hatte, in welchem dieser Gänge sich der Juwel befand. Das reinste Roulettespiel.

Die Derwische verteilten sich, um die einzelnen Gänge abzusuchen. Tarak und Ralph nahmen sich den genau vor ihnen liegenden Tunnel vor, der den Eindruck erweckte, am häufigsten benutzt zu werden. Wenn sich an seinem Ende ein kostbares Juwel befand, konnte man damit rechnen, daß Omar sich wiederholt seines Schatzes vergewissert hatte. Ralph jedenfalls hätte es so gehalten.

Je weiter sie vorwärtsdrangen, desto dunkler wurde der Tunnel. Auch der Gestank nahm zu. Ralph fischte nach seinem stets zuverlässigen Feuerzeug. Zwar konnte er jetzt mehr erkennen, aber der widerliche Geruch blieb. Ralph hielt den Atem an.

Plötzlich blieb Tarak stehen. Der Tunnel beschrieb eine Kurve, verzweigte sich in zwei Richtungen.

»Du bist jetzt auf dich allein gestellt, Bruder. Hab keine Angst«, sagte Tarak und verschwand in dem anderen Gang.

Ralph spähte in absolute Dunkelheit, wagte zögernd einen Schritt, dann einen weiteren. Als er sein Feuerzeug hochhielt, entdeckte er Berge menschlicher Knochen. Beim Passieren einer von der Decke hängenden Reihe Skelette stürzte eines durch die Bewegung zu Boden. Entsetzt sprang Ralph zur Seite, prallte gegen ein anderes Skelett, dessen Hand auf Ralphs Schulter fiel. Um nicht laut aufzuschreien, preßte er sich die Faust auf den Mund. Er spürte, daß ihm etwas über den Schuh rollte. Ganz langsam richtete er das Feuerzug auf die Erde, erwartete dort einen weiteren Schädel zu entdekken.

Ratten! Dutzende von Ratten! Ralph machte einen Schritt rückwärts, ließ beinahe das Feuerzeug fallen. Sein furchtbarster Alptraum. Seit seiner ersten Begegnung mit einer Ratte in einem Mietshaus in New York – damals war er fünf Jahre alt gewesen –, hatte Ralph eine panische Angst vor Ratten. Dann diese grauenhafte Zeit in dem kolumbianischen Gefängnis und auf dem von Ratten heimgesuchten Schiff auf seiner Fahrt nach Afrika. Mit allem wurde Ralph fertig – mit Schlangen, Spinnen und sonstigem Getier, aber Ratten ... Er hätte sich am liebsten übergeben.

»Die Mutter Oberin hat mir prophezeit, ich würde so enden.«

Der Gesang war in nicht endenwollendes, verärgertes Geschrei umgeschlagen. Die Stammeskrieger hatten jetzt, während sie Omars Namen riefen, ihre Gewehre gezückt.

Plötzlich erfolgte eine gewaltige Explosion und danach ein kurzer Pfiff. Die Menge wandte das Gesicht zum Himmel, sah leuchtend rote, grüne, blaue, silberne und goldene Lichter aufzucken. Immer mehr Feuerbälle schossen zum verhangenen Mond empor, tauchten den Tempel und das Gelände in ein farbenprächtiges Lichtermeer, versprühten ihr buntes Licht am Himmel und machten die Nacht zum Tage.

Mit angehaltenem Atem verfolgten die Menschenmassen dieses Schauspiel, bei dem auf unerklärliche Weise Tempel, Statuen und Ruinen erstrahlten. Auf dem Boden umtanzten kleinere Feuerkugeln Pfosten, ließen grüne und silberne Funken auf den Tempel regnen. Immer mehr farbige Lichter schossen zum Himmel empor, erschütterten mit ihrem Knall die Erde und entlockten Omars Untertanen Laute der Verwunderung.

Nachdem das Kaleidoskop bunter Muster den Himmel überflutet hatte, um dann zur Erde niederzugehen und zu verlöschen, erscholl lauter Trompetenklang, worauf die Zuschauer allesamt den Blick auf die hundert Trompeter richteten, die sich aufgebaut hatten.

Und jetzt leuchtete, einem Sonnenstrahl gleich, der Scheinwerfer auf, erfaßte den weißgewandeten Omar, der die Arme ausbreitete, als wolle er sein Volk umarmen. Mit einem würdevollen Lächeln stand er oberhalb der Menge, blickte, während die letzten Feuerwerkskörper verbrannten und die Laserstrahlen erloschen, himmelwärts. Was die Amerikaner da inszeniert hatten, enttäuschte ihn nicht. Vielleicht hatten sie ein wenig dick aufgetragen, aber das war angebracht gewesen, um Eindruck zu machen. Omar schloß die Augen, wartete, daß der Lärm sich legte. Er spürte die Blicke des Volkes auf sich, die Erwartung, daß er das größte aller Wunder vollbringe.

Als völlige Ruhe eingetreten war, reckte Omar die Arme gen Himmel und ließ sie dann langsam auf halbe Höhe sinken. Ein mächtiges Dröhnen erfüllte die Stille, hallte von den

Mauern des Tempels wider. Noch einmal und mit überschwenglicher Stimme brüllten fünftausend Krieger seinen Namen. Durchaus möglich, daß der Himmel unter dieser Wirkung zusammenstürzen konnte, überlegte Omar und sah jetzt, daß die Krieger, deren Verehrung für ihn wichtiger als alles andere war, die Waffen erhoben. In diesem Augenblick wußte er, daß er sie, Wunder hin oder her, auf seiner Seite hatte, daß sie zum letzten Opfer bereit waren, bereit waren, für ihn zu sterben – für den Heiligen Krieg, den er führen wollte.

Die Menge beruhigte sich. Omar ergriff das Wort.

»Aus der Vergangenheit, vom ersten Tagesanbruch bis zum letzten Sonnenuntergang, aus der Dunkelheit vergangener Zeiten bis zum Licht am Ende der Welt komme ich zu dir, oh, mein Volk, als dein bescheidener, stolzer Diener und erbitte nichts als deinen Segen für die große Aufgabe, die vor uns liegt! Einstmals regierte unser Volk von den weiten blauen Gestaden Agadirs bis zu den Häfen von Aden und Mocha. Einen riesigen Schatten warfen wir über die Mutter der Kontinente. Unbesiegbar dereinst! Mächtig dereinst! Verehrt dereinst von Sklave und freiem Mann! Aber dereinst ist nicht genug! Die Bruderschaft unserer Stämme hat sich aufgelöst wie die verlorenen Dörfer des Sudd. Wo sind unsere glorreichen Pfade? Selbst die Mauern von Jericho fielen unter dem Willen der Gläubigen. Wo ist unser Glaube geblieben? Wo unsere Lebenslust? Einsam sind die tapferen Menschen des Flusses. Des Teufels Schüler hat uns gelehrt, wie Weiber zu leben, Schafe zu hüten, Decken zu fertigen, um uns vor der Kälte der Wüstenwinde zu schützen! Was ist das für ein Leben? Was ist es mehr als eine angenehme Art zu sterben? Im Mai habe ich sieben Tage lang am Ufer des Nils gefastet. Wie Odysseus lauschte ich dem Gesang der Sirenen. Aus zwanzigtausend Meilen Tiefe drang aus dem Meer eine Stimme zu mir und rief mich... Omar! Omar! Verlaß dein Volk nicht. Geh nach Khartum und sei ein Führer. Nicht um Liebe und Geld willen, sondern um des Ruhmes willen! Fürchte nicht deine Feinde, denn sie sind nichts als Schall und Rauch! Heute nacht, da ich über diesen ehrerbietigen

Platz schaue, sehe ich den Weg nach Westen, den Weg, um unser rechtmäßiges Reich erneut zu begründen! Nicht um zu weinen, haben wir uns versammelt, sondern um zu feiern! Blickt auf zum großen Himmelszelt! Die Sterne bedeuten uns, unser Erbe in Besitz zu nehmen. Wir werden nicht länger Fremde sein, wenn wir zusammenkommen. Wir haben eine neue Abmachung! Vereinte in der Schlacht! Mitstreiter des Schwertes! Aus Omdurman und Sodiri, aus Dilling und El Abbasiya, vom Nubasee und aus Muglad, aus Qala, Umm Ruwuba, Gallabat und Ghazal, aus Kordofan, Juba, Loka, Ayod, Abu Zabad und Jebel Oda, aus Akasha und Halaib, aus Nord und Süd rufe ich euch zusammen. Wir sind eins, Blut von meinem Blut, wie Spartacus alle eines Namens. Nicht länger werde ich allein vorwärtsschreiten. Das Schicksal ist unser versteckter Trumpf! Hört meinen Ruf wie den Joshuas, des jungen Mannes mit dem Horn! Traut keinem Mann ohne Stern! Seid meine Schar – ob groß oder klein, arm oder reich, schlecht oder schön. Alle! Folgt mir in den heiligen Krieg! Seid tapfer wie Wikinger! In furchterregender Einheit werden wir das große Reich der Väter unserer Väter neu begründen. Schwenkt eure Waffen! Laßt eure Stimmen erschallen! Hört auf den letzten Zug von Gun Hill! Er ruft euch! Und der Ruf lautet – Omar!«

Joan sah einen weiteren Tropfen Säure aus dem Behälter auf ihren Strick sickern. Als er den gedrehten Hanf berührte, zischte es, und wieder sank sie ein Stück weiter nach unten. Ein weiterer Tropfen Säure floß über die Balkenkante, wäre ebenfalls auf dem Strick gelandet, wenn Jack ihn nicht mit einer Armbewegung abgefangen hätte. Der Tropfen erwischte sein Hemd; und obwohl er ihm die Haut verbrannte und er zusammenzuckte, machte er sich bereit, auch den nächsten abzufangen.

»Jack, laß das doch!« bat Joan. In diesem Gefäß befand sich genug Säure, sie beide zu verätzen – wenn die Zeit reichte. Wenn Jack glaubte, er könnte ihren Tod verhindern, so irrte er, auch wenn sie ihn wegen dieser Ritterlichkeit um so mehr liebte. Aber sie wollte keinen Helden, sie wollte einen Mann.

Sie wollte ihn lebend, wollte ihn noch einmal an sich drükken, seine Arme um sich spüren. Durch alle Höllen, durch die sie ging, war das vielleicht das Schlimmste. Angst vor dem Tod hatte sie nicht mehr. Für sie gab es Entsetzlicheres – zum Beispiel, ohne Jack weiterzuleben.

Jack wandte sich wieder dem Juwel zu.

»Machen Sie schon!« herrschte er ihn an, denn abergläubisch, wie er war, argwöhnte er, daß es ohne offizielle Zeremonie vielleicht so kommen würde, daß sich Joan in dem Danach irgendwo aufhielte, wo er sie nicht finden könne. In Südafrika herumzugeistern und Joan durch die halbe Sahara nachzurennen war eine Sache – aber wer konnte schon sagen, wie es im Jenseits zuging?

Der Juwel behielt Hassan im Auge, der kaum atmete und bereit war, bei der kleinsten Bewegung in Aktion zu treten. Schließlich war er ein hervorragend ausgebildeter Leibwächter, und sein Instinkt sagte ihm, daß irgend etwas nicht astrein war, zumal der Juwel für seine Tricks und Zaubereien berühmt war. Hassan warf einen finsteren Blick auf Joan und Jack.

Der Juwel begann mit der Zeremonie.

»Die Einrichtung der Ehe ist alt und heilig...« Er hatte plötzlich Schwierigkeiten weiterzusprechen, da seine Aufmerksamkeit auf eine Nische unmittelbar außerhalb der Zelle gelenkt wurde. Weil Hassan die Tür sperrangelweit offen gelassen hatte, konnte der Juwel den Durchgang genau überschauen. Fünf Jahre Gefängnis hatten zudem seine Augen befähigt, sich selbst in schwächstem Licht zu orientieren.

Der Juwel bemühte sich, Hassans Aufmerksamkeit nicht auf den kleinen Mann zu lenken, den er da draußen vor der Zelle stehen sah.

Ralph preßte sich gegen die feuchte Steinwand des Korridors, starrte auf die fetteste Ratte, die ihm je untergekommen war und deren rote Knopfaugen sich mit seinem entsetzten Blick maßen. Er brach in nervösen Schweiß aus; seine Hände zitterten; er spürte, wie seine Knie nachgaben.

»Keine Ratten...«, redete er sich ein.

Unter all seinen Feinden auf der Welt hätte es Ralph eher

mit der Mafia aufgenommen als mit dieser Ratte. Zu keinem Zeitpunkt hatten ihm auf seiner Reise durch die Wüste und auch in dem Dorf Omar oder seine Soldaten Angst einflößen können. Ralph war kein Dummkopf. Dieses Nagetier im King-size-Format konnte Tollwut übertragen, die bubonische Seuche, Typhus und tausend andere Krankheiten. Ratten waren die Geißel der Menschheit und dienten keinem anderen Zweck als dem, ihn in Panik zu versetzen.

Der Juwel, dem Ralphs mißliche Lage nicht entgangen war, wandte sich ab und ergriff erneut das Wort. Diesmal schwang in seiner Stimme ein bis dahin unbekanntes, mystisches Timbre mit.

»... so alt wie die Derwische, Volk ohne Furcht, mutig und mächtig ...«

Ralph achtete auf nichts anderes als auf die Ratte. Er überlegte, ob er sein Feuerzeug nehmen und dem Tier ins Gesicht leuchten solle, hatte aber Angst, die Ratte würde ihn dann womöglich beißen. Er versuchte, sich zu zwingen, um die Wand herumzuschleichen und dann der Ratte zu entwischen. Er konzentrierte sich auf seine Beine, bewegte sich nicht, fühlte sie wie am Boden festgenagelt. Würde er für den Rest seines Lebens wie angewurzelt hier stehen bleiben? Deshalb also die vielen Skelette! Die Ratten hatten die Knochen abgenagt. Ralphs Magen zog sich zusammen.

Gerade als er sich übergeben wollte, hörte er, wie die Stimme im Inneren der Zelle anschwoll und von den Wänden des Ganges widerhallte. Seine Ohren dröhnten; unwillkürlich mußte er von der Ratte weg und hinüber zu dem Mann schauen, der da sprach.

Als der Juwel merkte, daß Ralph jetzt zuhörte, wurde seine Stimme noch lauter.

»... dir sage ich, ich befehle dir, vorwärts zu gehen, ich befehle dir, stark zu sein!«

Joan merkte, daß etwas nicht stimmte und blickte zu Jack hinüber. Eine normale Traunungszeremonie war das nicht. Einen Augenblick lang vergaß sie vollständig die Säure, die Ratten, die Stricke, überlegte, ob der Juwel vielleicht versuchte, ihnen eine verschlüsselte Nachricht zu übermitteln.

Trotz aller Anstrengung aber gelang es ihr nicht, einen Sinn daraus zu ersehen. Noch lauter erhob jetzt der Juwel die Stimme, und Joan bemerkte, daß Hassan angespannt aufpaßte, mißtrauisch, wie er nun einmal war.

Jack sackte um einen weiteren Zoll nach unten. Er riß die Augen auf.

»Jack, halt dich an mir fest!« schrie sie.

Die Ratten hatten sich durch den Strick hindurchgefressen. Der Hanf zwirbelte sich auf und dann – dann riß der Strick.

Hätte nicht Joan mit einer blitzschnellen geschickten Bewegung die Beine angewinkelt, so daß er sich daran festhalten konnte, wäre er in den Abgrund gestürzt.

Joans Beine umfassend, blickte Jack hinunter in das schwarze Loch. Er erschauderte; die Sinne drohten ihm zu schwinden. Jetzt, da der Strick so gespannt war, würde sich die Säure um so schneller durch Joans Strick beißen.

In diesem Augenblick vernahmen sie ein Geräusch – irgend etwas war auf dem Grund aufgeprallt. Joan lief ein Schauer über den Rücken.

»Mein Gott, was war denn das?«

»Omars Stein. Es ist ein langer Weg bis unten!« Jack schluckte.

Plötzlich erfüllte Omars Stimme die unterirdischen Gänge. Auch wenn die Worte nicht verständlich waren, wußte Joan, was sie zu bedeuten hatten. Sie konnte hören, wie die Menge ihm zujubelte. Tausende mußten das ihrer Meinung nach sein. Wenn sie jemals etwas mit ihrem Leben hätte anfangen können, hätte sie alles darum gegeben, diesem Wahnsinnigen Einhalt zu gebieten. Sie bedauerte die Menschen, die in diesem Land lebten, wurden sie doch in einen Krieg hineingerissen, den sie gar nicht wollten, der ihnen nichts einbrachte und nur zu Omars Ruhm geführt wurde.

Allmählich verlor Hassan die Geduld. Er sah keinen Grund darin, die Amerikaner noch länger am Leben zu lassen. Wieviel Befriedigung hätte es ihm verschafft, sie mit seinen bloßen Händen umzubringen! Statt dessen mußte er zusehen, wie diese stumpfsinnigen Ratten einen Strick durchnagten.

Omars Sinn für Theatralik war wirklich mehr, als er ertragen konnte. Hassan spannte den Hahn seines Gewehrs. Er sah keinen Grund, der ihn daran gehindert hätte, den Lauf der Dinge ein wenig zu beschleunigen.

In diesem Augenblick ergriff der Juwel von neuem das Wort.

»Komm zu mir!« befahl er Ralph und visierte den verängstigten kleinen Mann an, der da draußen vor der Zelle stand.

Ralph zwang sein Herz, ruhiger zu schlagen, nahm seinen ganzen Mut zusammen und stieß den wildesten Schrei aus, zu dem er fähig war. Dann stürmte er an der abscheuerregenden Ratte vorbei in die Zelle.

Hassan wirbelte herum, entdeckte Ralph, riß das Gewehr hoch.

In Sekundenschnelle hielt ihm Ralph das Feuerzeug entgegen.

»Licht gefällig?«

Er führte sich das Feuerzeug an den Mund und stieß seinen Atem ganz nach Art der Derwische aus, worauf eine riesige Feuerzunge entwich und Hassans Gesicht entgegenloderte. Hassan schrie entsetzt auf, ließ sein Gewehr fallen, schlug die Hände vor sein versengtes Gesicht. Er taumelte rückwärts, stolperte und stürzte in den bodenlosen Abgrund.

Joan hielt den Atem an, schloß die Augen, während Hassans Schreie immer leiser wurden.

Ihr Strick senkte sich um einen weiteren Zoll. Als sie nach oben blickte, sah sie, daß die Säure ganze Arbeit leistete.

»Tu doch was!« schrie Jack Ralph zu, der in den Abgrund starrte.

»Das Juwel«, forderte Ralph. »Wo ist es?«

»Hinter Ihnen!« sagte Joan verärgert. Warum mußte dieser Mensch jetzt, wo ihr und Jack nur noch Sekunden blieben, ehe sie Hassans Schicksal teilten, Fragen stellen?

Ralph wandte sich um, entdeckte aber nichts weiter als einen eigenartig aussehenden, spindeldürren Mann.

»Für faule Tricks ist das nicht der richtige Augenblick!«

»Verdammt nochmal, er kann dich zum Juwel führen!« brüllte Jack.

»Wer?« fragte Ralph unsicher.

»Er! Hilf uns!« schrie Jack, dessen Hände Joans Knöchel zu entgleiten drohten. Der Spielraum zwischen seinen gefesselten Händen war groß genug gewesen, sich an Joans Beinen festzuhalten, aber er wußte, daß er nicht mehr lange durchhalten würde. Er versuchte, mit den Zähnen den Knoten zu lösen – ein mühseliges Unterfangen, aber schließlich von Erfolg gekrönt. Er spuckte das Stück der Fessel in das tiefe Loch und war überzeugt, daß er mit seinem Gewicht Joans Hüftgelenk übermäßig belastete. Jack rutschte um einen weiteren Zoll abwärts. Er hielt die Augen auf Ralph gerichtet, bedeutete ihm, ihnen zu Hilfe zu kommen.

»Wir fallen gleich!« schrie Joan, während sich die Säure weiter durch den Hanf fraß.

»Ich laß' jetzt los«, sagte Jack, als er Joans schmerzverzerrtes Gesicht sah, den Schweiß und die Tränen auf ihren Wangen. Sie stand Todesängste aus. »Du hältst dich fest.«

»Nein!« schrie sie. Sie durften nicht sterben! Nicht jetzt, wo sie gerade erst wieder zueinander gefunden hatten. Das war nicht fair. Ihnen kam doch die Rolle der Helden zu, genauso wie in ihren Romanen. Sie wünschte, sie könnte so tapfer sein wie sie – nur klüger. Wenn sie Angelina wäre, würde sie sich etwas einfallen lassen, um dem Tod zu entgehen.

Ja, genau – das war's!

»Jack, versuche, hin und her zu schwingen. Ich hab' einmal ein Zirkusbuch geschrieben – schwingen!« Das war weit hergeholt, aber sie hatten nichts zu verlieren.

Jack krümmte den Rücken, streckte dann seinen Bauch heraus. Das Ergebnis war gleich Null. Er versuchte es noch einmal, schaukelte tatsächlich ein wenig, krümmte sich noch mehr zusammen, setzte auch die Beine ein – und diesmal schafften sie sechs Zoll. Jack verstärkte seine Bemühungen, bewegte sich angestrengter und schneller.

Mit den Muskeln ihrer Schenkel stieß Joan Jack zurück, sobald er sich zusammenkrümmte, spannte ihrerseits den Rükken im Rhythmus mit seinen Bewegungen. Ihrer beider Gewicht hielt sie in Schwung, und nach kurzer Zeit bereits schwangen sie wie ein Pendel über dem Abgrund.

Mit jedem Schwung kamen sie näher an den Rand des Abgrunds heran, an dem sich Jack mit den Beinen festzuhalten versuchte. Vergebens.

Beim dritten Schwung winkelte Jack die Beine an, um über die Kante des schwarzen Lochs hinwegzusetzen. Auch das klappte nicht. Er hing zu tief unten. Er hangelte sich einige Zoll höher an Joans Beinen hinauf; jetzt war seine Ausgangsposition günstiger.

Joan stöhnte auf, als sich Jack ein Stück höher an ihren Beinen hinaufarbeitete. Sie dachte nicht an die Schmerzen; sie dachte nur an das Überleben. Wieder krümmte sie ihren Rükken, schwang abermals zusammen mit Jack vorwärts, hoffte dabei, sie würden es schaffen. Was sie schafften war, daß der Strick weiter ausfaserte. Lediglich zwei Hanffäden waren von der Säure noch nicht zerfressen.

Während Jack und Joan um ihr Leben schaukelten, eilte Ralph zum Juwel und löste dessen Fesseln. Der Juwel streifte die Schlinge ab und brüllte gleichzeitig den raffgierigen Ralph an.

»Das sind doch deine Freunde! Hilf ihnen!«

Ralph wandte sich um, schaute Jack und Joan an. Wenn da nicht der sich auflösende Strick gewesen wäre, hätten sie es sogar ohne ihn geschafft. Der Typ des guten Samariters war er nie gewesen. Ralph blickte den tiefen Schacht hinunter, dann hinüber zu den Ratten, die den Balken entlang huschten, schließlich zur anderen Seite des Abgrunds.

Ein Schauer durchzuckte ihn, als er Jack ansah – diese große Ratte, die ihm den El Corazon gestohlen hatte.

»Freunde! Schöne Freunde!«

Während Ralph seinen ganzen Mut zusammennahm und Gedanken an menschenfressende Ratten und unendlich schwarze Abgründe beiseite schob, um Jack zu Hilfe zu kommen, eilte der Juwel aus der Zelle und verschwand in dem dunklen Tunnel.

Ralph postierte sich am Rand des Abgrunds, stemmte seine Füße fest dagegen, streckte beim nächsten Schwung die Arme aus, um Jacks Beine zu fassen. Einer von Jacks Stiefeln traf sein Gesicht. Ralph stöhnte und fluchte unterdrückt, hielt aber Jack am Bein fest, zog ihn über den Rand, trotz des stechenden Schmerzes in seiner Nase. Ob sie vielleicht gebrochen war? Hoffentlich war Colton versichert. Wenn er dieses Juwel an sich gebracht hätte, würde er Jack verklagen. Personenschaden.

Unter Aufbietung all seiner Kräfte gelang es Jack, am Rand des Abgrunds Fuß zu fassen. Mit einer Hand ließ er Joans Beine los, hielt sich an der Begrenzung des schwarzen Loches fest, zog sich dann mit beiden Armen hoch. Schon glaubte er sich in Sicherheit, als Joans Strick riß.

Blitzschnell streckte Jack den Arm aus und packte Joan.

Sie schrie auf, als sie merkte, daß sie nach unten stürzte. Aber in dem Augenblick, da sie zu fallen begann, landete sie in Jacks Armen, die sie fest umklammerten und sie an die Innenseite des Schachts preßten.

Mit letzter Kraft bohrte sie die Zehen in die Wand des Schachts, stemmte sich hoch, während Jack zog.

Jacks Gesicht war von der Anstrengung gezeichnet. Auf dem Bauche liegend, stemmte er die Zehen in den Schotter, in das Gestein, robbte rückwärts, während er Joan heraufzog. Die Muskeln seiner Schenkel waren bis zum Zerreißen gespannt. Plötzlich rutschte Joan vom Rand des Schachts ab; durch den Ruck löste sich der Griff ihrer Hände.

Joan schrie und packte noch fester zu. Erneut versuchte sie, die Wand des Schachts zu überwinden – diesmal mit Erfolg.

Mit einem kräftigen letzten Ruck zog Jack Joan in Sicherheit.

Erschöpft und atemlos hielten sie sich umschlungen. Jack umfaßte ihr Gesicht, las die Angst, die darin stand, spürte, wie sie vor Schreck und Erleichterung zitterte. Wieder schlang sie die Arme um seinen Hals und schmiegte sich eng an ihn.

Sie lebten! Sie hatten Omar besiegt! Joan küßte Jacks Hals, seine Wangen, seine Augen, seine Nase. Am liebsten hätte sie vor Freude laut aufgejubelt. Aber sie war völlig sprachlos.

Jack küßte Joan zunächst zärtlich, dann aber leidenschaftlicher als je zuvor. Um ein Haar wären sie tot gewesen. Niemals hätte er sich verziehen, wenn Joan etwas zugestoßen wäre. Er drückte sie an sich, fühlte, wie ihr Herz gegen seine Brust hämmerte.

Plötzlich drang lauter Jubel von der Menschenmenge, die sich außerhalb befand, in das Innere der Katakomben, erfüllte die Gänge.

Joan blickte Jack an. »Omar!« sagten beide wie aus einem Mund.

Jack griff nach Joans Arm, riß sie mit sich fort, aus der Zelle hinaus.

Ralph blickte sich in dem leeren Verlies um, wurde sich bewußt, daß sein Schlüssel zum Reichtum ebenfalls verschwunden war.

»He! Wo steckt denn der Kerl!«

Verärgert stampfte er mit dem Fuß auf und eilte dann Jack und Joan nach.

Kapitel XXIII

Einer Natter gleich, schlängelte sich Tarak still und leise durch die Menge, musterte verstohlen die Gesichter der hier versammelten Menschen. Vielleicht war der Juwel entkommen und verbarg sich unter den Zuschauern. Das jedenfalls war Taraks letzte Hoffnung. Traurig ließ er den Blick zur äußeren Begrenzung der Schaulustigen wandern, vergewisserte sich, wo sich seine Brüder postiert hatten, die ihm zunickten, als sie bemerkten, daß er sie beobachtete. Soeben war Sarak als letzter von ihnen aus den Katakomben gekommen, schüttelte den Kopf. Auch er hatte den Juwel nicht aufgespürt.

Mit einem so mächtigen Klang, daß der Himmel zu beben schien, erschallten nun Trompeten, und aller Augen wandten sich der Bühne zu, wo Omars riesiges Abbild hochgezogen wurde. Auch Omar selbst, der auf einer beweglichen Plattform stand, erhob sich, breitete die Arme aus und richtete den Blick ehrfurchtsvoll zum Himmel. Der Augenblick, da das Wunder über die Bühne gehen sollte, war gekommen.

Omar trat von der Plattform auf die Bühne. Die Trompeter beendeten ihren Tusch, die Menge wurde um Ruhe gebeten.

Die Scheinwerfer erfaßten ein kleines Rund von Fackeln, die in einer Halterung auf der Bühne angebracht waren. Omar hob die Arme, sprach ein paar altertümliche Worte – und plötzlich flammte dort, wo vorher nur Luft gewesen war, ein Feuerring auf.

Gebannt verfolgten die Zuschauer, wie die Flammen Funken sprühten und die kühle Abendluft aufheizten. Nun näherte sich Omar dem Feuerzauber, wohl wissend, wie viele Augen auf ihn gerichtet waren. Das Wichtigste war, daß ihn die Augen des Unsichtbaren verschlangen. Omar trat einen Schritt vor, zögerte noch. Wie lockere Teile rasselten seine Überzeugungen in seinem Kopf. Auf einmal war der mächtige Omar, der Mann, in dessen Händen das Leben von Millionen lag, verunsichert. Sein ganzes Leben lang hatte er gewußt, daß er etwas Besonderes war. Schon als Kind hatte er von der Macht geträumt. Er glaubte, der Unsichtbare habe ihm so viel zukommen lassen, weil seine Mission heilig war – oder etwa nicht? Er hatte sich von seinen Feinden befreit, weil er überzeugt war, der Unsichtbare wollte es so – nicht wahr? Omar starrte in die Flammen, die bereits sein Gewand zu versengen drohten. Er mußte daran glauben, daß er überleben würde. Nichts mehr von dem Material, mit dem J. T. und Colt sein Gewand überzogen hatten, war übriggeblieben. Jetzt ging es ums Ganze. Plötzlich wurde sich Omar bewußt, daß dies hier seine letzte Prüfung war. Wenn er sie bestand, wäre das ein Zeichen des Unsichtbaren, daß er, Omar, der einzige, wahre, auserwählte Führer war.

J. T. und Colt duckten sich auf der höher gelegenen Tempelmauer hinter dem Porträt von Omar, schauten auf die Bühne hinunter, warfen sich einen finsteren Blick zu. Es stand eindeutig fest, daß Omar zu lange gezögert hatte.

»Jetzt muß er los!« flüsterte J. T. besorgt.

In diesem Augenblick tauchten Joan, Jack und Ralph auf den obersten Stufen der Treppe zu den Katakomben auf, rannten auf die Bühne zu, wurden jedoch von drei von Omars Wächtern aufgehalten. Mit gezielten Schlägen attakkierte Jack zwei von ihnen, während Ralph dem dritten die Beine wegriß.

Einer der Wächter schlug mit dem Kopf auf einem Stein auf und war bewußtlos. Während Jack den anderen noch mit einer Serie von Schlägen gegen die Brust und ins Gesicht bearbeitete, warf er gleichzeitig einen Blick auf Joan.

»Lauf weg!« schrie er ihr zu.

Joan rannte los und verlor sich in der Menge.

Omar riß sich zusammen, schloß die Augen und tat einen Schritt näher an die Flammen heran. Wieder verließ ihn der Mut; er schaute hinauf zur oberen Begrenzung der Tempelmauer, wo J. T. und Colt auf der Lauer lagen.

In diesem Moment sah Joan, die sich mitten in der Menge befand, zu Omar hinüber. So kurz sein Blick nach oben war, erregte er doch ihre Neugier. Omar war nicht der Typ, der durch ein Feuer schreiten würde, ohne sich nach jeder Seite hin abgesichert zu haben. Die Amerikaner fielen ihr ein, die sie in der Nacht beobachtet hatte, als sie durch Omars Palast geschlichen war. Es überraschte sie nicht im geringsten, daß sie bei diesem Schwindel ihre Hand im Spiel hatten. Sie entdeckte seitlich von der Bühne eine Treppe, die zur Tempelmauer hinaufführte, und eilte darauf zu.

Zwei Stufen auf einmal nehmend, gelangte Joan unbemerkt nach oben. J. T. und Colt waren so durch die Verzögerung von Omars Trick-Show abgelenkt, daß sie sie nicht bemerkten. Bevor Joan ihre Aufmerksamkeit wieder dem zaudernd den Flammen entgegenblickenden Omar zuwandte, sah sie, daß die beiden Amerikaner mehrere große Blechkanister neben sich stehen hatten.

Diese Kanister konnten nur etwas ganz Bestimmtes beinhalten. Joan bückte sich, schlich sich eng an die rückwärtige Tempelmauer gepreßt, an die Blechkanister heran. Erst als sie einen anhob, wurde sie von J. T. entdeckt.

»He! Halt! Das ist Benzin...«

Joan rannte weg, zur Mauerkante. Genau unter ihr stand Omar.

Sie ließ den Kanister los, der mit einem dumpfen Laut aufprallte und in Sekundenschnelle Omars vergleichsweise bescheidenes Feuer in ein Flammenmeer verwandelte. Durch die Gewalt der Explosion taumelte Joan rückwärts. Auch Omar, der laut aufschrie und die Arme zum Schutz gegen die Hitze vor das Gesicht hielt, prallte zurück.

Als die Menge zur Tempelmauer hinaufblickte, sah sie dort Joan stehen. Auch Tarak machte sie aus, wußte, daß das das Zeichen für ihn war. Omars Bühne hatte sich in ein brennendes Inferno verwandelt; das Holz der Konstruktion gab dem Feuer neue Nahrung.

Von Panik ergriffen und um den Flammen zu entkommen, rannte Omar zum Ende der Bühne. Als er den Blicken der Zuschauer folgte, entdeckte auch er die oberhalb von ihm stehende Joan, sah jetzt in ihr nur einen Teufel in Weibergestalt, gesandt, um ihn zu peinigen. Er hob den Arm, deutete auf sie, verfluchte sie und rief auf arabisch der Menge zu, sie sei die Tochter des Teufels.

Tarak, der spürte, daß der Augenblick der Erlösung gekommen war, stieß den durchdringenden Schrei der Derwische aus, streifte seinen Umhang ab, zog sein Schwert. Die Brüder beantworteten seinen Schrei, warfen ihrerseits das lange Gewand ab und begannen den Kampf.

Tarak schlug sich heroisch. Niemals würde er zulassen, daß sein Land in die Hände von Omar und seiner machtgierigen Fanatiker fiel. Er wußte um die Freiheit seiner Vorfahren, sehnte sich viel zusehr danach, um zuschauen zu können, wie sie sich in eine Diktatur verwandelte, in der nur Omars Gesetze Geltung hatten.

Omar wandte den Blick von dem Feuer ab und sah J. T. und Colt die Treppe hinuntereilen. Mit seinem Wunder war es jetzt ein für allemal vorbei. Seine ›Stunde‹ war verpatzt worden, und das alles wegen Joan Wilder. Er verfolgte den Kampf, der sich vor seinen Augen abspielte. Schon wieder die Derwische! Aber um sie brauchte er sich nicht zu kümmern – seine Soldaten würden sie ausradieren. Eine Frage der Überlegenheit.

Omar eilte die Treppe hinauf, um sich Joan vorzuknöpfen. Diesen einen Mord würde er weder seinen Gefolgsmännern noch seinen Wächtern überlassen. Joan wollte er selbst.

Joan bemerkte, daß Omar näherkam. Einen Fluchtweg gab es nicht, dafür an der Tempelmauer eine Anordnung von kleinen Rillen, an denen entlang sie sich hocharbeiten konnte. Zentimeter um Zentimeter zog sie sich die Mauer hoch, wobei sie die Zehen in die Mauer krallte und sich jeweils am nächsten Rillenmuster festhielt.

Tarak bemerkte die Gefahr, in der Joan schwebte. Sobald sie ganz oben angekommen war, gab es keinen Ausweg mehr – falls sie es überhaupt so weit schaffte. Er griff nach einem Seil, das von einer der Tempelsäulen herunterhing, kletterte auf den Rücken eines nichtsahnenden Kriegers und schwang sich in Richtung Omar. Wenn er Omar erwischte und abdrängen konnte, war Joan gerettet. Mit dem

Schrei der Derwische auf den Lippen segelte Tarak über den Hof hinweg.

Unter ihm kämpften verbissen seine Brüder, schöpften neue Kraft, als sie seinen Schrei vernahmen.

Nachdem Jack endlich seinen Gegner zur Strecke gebracht hatte, eilte er vorwärts, sah, wie Joan die Mauer hochkletterte, während Omar auf halber Höhe der Tempeltreppe stand. Jack rannte auf ihn zu.

Achtmal hatte Ralph seinen Widersacher gebissen; dann gab der Wächter Ruhe. Immerhin hatte ihm Ralph einen rechten Haken mitten ins Gesicht verpaßt, worauf der Wächter mit einem eigenartig hohlklingenden Laut zu Boden gegangen war. Jetzt rannte Ralph hinter Jack her, konnte ihn aber nicht einholen. Kurze Beine waren wirklich ein Handicap, besonders bei Wettrennen. Ralph verdreifachte seine Anstrengungen, trieb seine Beine zu höchster Geschwindigkeit an, rannte über den Hof zu den Stufen des Tempels. Als er Joan entdeckte, sah er auch Jack, wußte sofort, was dieser vorhatte.

Jack rannte zwischen J. T. und Colt, die von oben herunterkamen, hindurch. Seine Lungen brannten, die Muskeln seiner Schenkel drohten nachzugeben, aber er rannte weiter, ließ Joan nicht aus den Augen.

Als Ralph die Treppe erreichte, war er derart in Fahrt, daß er nicht bremsen konnte, als ihm J. T. und Colt entgegenkamen. Mit einem dumpfen Schlag prallten sie gegeneinander und stürzten kopfüber die Treppe hinunter, um wie ein Bündel am Rand der Bühne liegenzubleiben.

Der Kampf zwischen den Derwischen und den Soldaten näherte sich dem Ende. Die Derwische waren von Omars Gefolgsleuten vollständig eingekreist; ihre Verhaftung stand unmittelbar bevor.

Omar stand auf den obersten Stufen und schnitt Joans Fluchtweg ab.

Als Joan Omar so dicht vor sich sah, seine abstoßenden Augen, in denen Blutgier flackerte, verlor sie den Halt und rutschte ab bis hinunter zum Treppenabsatz, wo sich Omar ihrer bemächtigte.

Seine Hand legte sich um ihren Hals, drückte zu – kräftig.

Sie kämpften, rangen miteinander, Joan gelang es sogar, ihn in Rückenlage zu bringen, so daß sie über ihm war. Aber er hielt sie in Armlänge auf Abstand, verhinderte, daß sie an sein Gesicht herankam, um ihm die Augen auszukratzen. Kraft seines Gewichts bekam jetzt Omar die Oberhand, drückte Joans Kopf über den Rand des Treppenabsatzes, so daß sie die tückischen Flammen sehen konnte, die zu ihr emporzüngelten und deren Hitze sie an ihrem Hinterkopf spürte.

In Omars Augen war sadistisches Verlangen zu erkennen, als er grinste und dabei Joans Kehle noch fester zudrückte. Sie trommelte gegen seine Arme, seine Rippen, seinen Rükken, aber er wich nicht zurück. Sie versuchte, ihr Knie anzuwinkeln und ihn wegzustoßen oder ihn in die Leisten zu treten, aber er kam ihr zuvor und legte sich mit seinem ganzen Gewicht auf sie. Sie spuckte ihm ins Gesicht.

Ein junger Mann aus der Menge sah zur brennenden Bühne empor und stieß ein gellendes »al-Jawahara« aus.

»Der Juwel!« rief er noch einmal und deutete auf die Bühne.

Die Flammen loderten etwa zwei Stockwerk hoch – und mitten drin stand der Juwel.

In blendend weiße, blaue und goldene Gewänder gehüllt, schritt der Juwel in einem gleißenden kristallenen Licht vorwärts, das weder von Colts Scheinwerfern herrührte, noch von den Laserstrahlen Marke Hollywood, sondern ein überirdisches Leuchten war, das den gesamten Tempel erfüllte und zusammen mit regenbogenfarbenen Funken und einer fast spürbaren Energie vom Juwel ausging. Dieses ehrfurchtgebietende Licht war mächtiger als die orange- und karmesinfarbenen Feuerzungen, die verspielt an seinen Gewändern leckten.

So als wollte er alle umarmen, streckte der Juwel die Arme aus. Sein Gesicht war feierlich, gleichzeitig aber besorgt. Seine Augen funkelten ähnlich wie das Feuer, schlugen alle in Bann.

Furchtlos schritt der Juwel durch die lodernden Flammen,

trat dann langsam auf die Menge zu, um ihr zu zeigen, daß er unverletzt war. Ehrfurchtsvoll erstarrten die Zuschauer, staunten über das Wunder, dessen Zeuge zu sein sie auserwählt waren.

Unbehelligt von dem irdischen Feuer und im Schutz des ihn umgebenden silber-goldenen Scheins ging der Juwel weiter, senkte die Arme, hob sie aufs neue, lächelte freundlich den versammelten Menschen zu.

Spontan ließen die Männer ihre Gewehre sinken und fielen auf die Knie. Frauen schrien verzückt auf und drückten ihre Kinder an die Brust. Der Tag der Erlösung war gekommen.

Der Juwel sprach kein Wort; seine Gedanken jedoch erfüllten auf geheimnisvolle Weise die Herzen aller. Niemals wieder würde es Krieg geben oder Streit, Zank oder Eifersucht unter den Stämmen herrschen. Sie würden sich vereinen und als eine Nation zusammenstehen, um dieser schrecklichen Hungersnot ein Ende zu bereiten. So wie der Juwel ihnen Hoffnungen schenkte, würde er auch Wasser und Nahrung den Hungernden bringen. Kraft seiner Gebete hatte er die Augen der Welt auf dieses Land aufmerksam gemacht. Jetzt würde sein eigenes Volk lernen, sich selbst zu helfen. Krieg konnte dem Sterben niemals Einhalt gebieten; einzig und allein Friede vermochte das.

Omar schaute hinunter zu seinen Gefolgsmännern, die das Wunder des Juwels miterlebten. Sein Traum von einer neuen Ordnung unter seiner Führung war ausgeträumt. Nichts hatte er mehr zu erwarten, außer irgendwo in einer Gefängniszelle zu darben. Schon allein der Gedanke, eingesperrt zu sein – Jahr um Jahr und ganz allein mit sich selbst –, ließ Omar zittern. Er blickte auf Joan, die sich unter seinem Griff wand. Warum war sie denn noch nicht tot! Eigentlich hätte er ihr längst die Knochen brechen sollen. Omar packte noch fester zu.

Da zückte Tarak sein Messer und schleuderte es an Omars Brust.

»Der Juwel ist zurückgekehrt!« rief er und sah zu, wie sich das Messer in Omars Körper bohrte.

Die Wucht, mit der das Messer ihn traf, ließ Omar taumeln,

so daß er beinahe Joan losgelassen hätte. Er brach in ein schallendes Gelächter aus, das so klang, als sei er wahnsinnig. Joan schrie auf, als der Irrsinnige über ihr sie losließ, sich dann halb aufrichtete und sich das Hemd vom Körper riß.

Omar lebte! Er trug das gleiche Kettenhemd wie damals in Monte Carlo. Joan schluckte, und als Omar ihr erneut seine Aufmerksamkeit zuwenden wollte, wich sie ihm aus. Sie angelte nach einer noch brennenden Fackel.

Tief unterhalb von Joan tauchte dort, wo Ralph, J. T. und Colt gelandet waren, Sarak auf. »Hier ist unser Juwel«, sagte er und wies hinüber auf den von Flammen umgebenen frommen Mann auf der Bühne.

Ralph folgte Saraks Finger, sah weder die fünf Pfund schwere Perle, die er sich eingebildet hatte, noch den dreißigkarätigen Diamanten, von dem er geträumt hatte, sondern den ihm bereits vertrauten heiligen Mann.

»Das ist der Juwel?«

Wie tot sank er zu Boden.

Joan hatte entsetzliche Angst, als sie Omar erneut gegenüberstand. Hier oben war nur ein schmaler Sims, auf dem nicht mehr als einer Platz hatte. Sie hatte das Glück gehabt, den Kampf zu überstehen. Sicherlich hatte sie Blutergüsse am Hals, der schmerzhaft pochte. Als sie auf den Knien von Omar wegkroch, schluckte sie, stellte fest, daß ihr das weh tat. Sie schwenkte die Fackel in seine Richtung, aber er lachte nur über ihren Versuch, ihn zu versengen; dazu war sie zu weit von ihm entfernt. Sie wich ein wenig zurück, die Fackel noch immer auf Omar gerichtet. Unter ihr befand sich die brennende Bühne – eine weite Entfernung. Die Flammen schlugen höher empor, erreichten fast den Treppenabsatz. Eine unsägliche Hitze herrschte, auch wenn der Schweiß auf ihrem Gesicht mehr von ihrer Angst herrührte als von dem Feuer.

Omar stieß sie an, knurrte, kam auf sie zu.

»Ich bin tot, Miss Wilder. Lediglich ein Grabstein wird für Omar beschrieben werden – aber ich werde nicht allein gehen!«

Joan raffte sich auf, stand auf schwankenden Beinen. Auch

wenn es ihr gelungen war, sich Omars Würgegriff zu entziehen, fühlte sie sich dem Sieg keineswegs näher. Er beabsichtigte, sie mit sich in die unten lodernden Flammen zu reißen – der gräßlichste Tod, den Joan sich vorstellen konnte. Selbst der endlose Abgrund in den Katakomben erschien ihr weniger grausam.

Joan starrte in die Fackel, die fast heruntergebrannt war. Ihre einzige Hoffnung, die im Schwinden begriffen war. Wieder schaute sie hinunter in das Flammenmeer. Hätte sie nicht diese schreckliche Angst verspürt, hätte sie angesichts der Ironie des Schicksals fast gelacht.

»Bleiben Sie stehen!« warnte sie Omar und versuchte, den irren Glanz in seinen Augen zu übersehen.

Er brach in schallendes Gelächter aus. »Wer sollte Sie jetzt retten, Joan Wilder?«

Omars Gelächter ließ ihr Herz stocken. Sie wollte nicht, daß das letzte, was sie auf Erden hörte, dieses ekelhafte Lachen war. Noch einmal schleuderte sie die verlöschende Fackel nach ihm. Sie haßte ihn nicht nur, sie verabscheute ihn, verdammte das Unheil, das er über dieses Land gebracht hatte. Hätte er sich mehr darum gekümmert, Leben zu retten, anstatt seine Armee aufzubauen, wäre es nicht zu einer grausamen Hungersnot gekommen.

Joan wußte, was sie wollte. Wenn sie schon sterben mußte, dann nahm sie ihn mit in den Tod. Keinen Augenblick länger sollte er in dieser Welt atmen oder weiteres Unglück über sein Volk bringen. Sein Leben war ein Fluch. Sie mußte ihn umbringen.

Sie wollte ihn gerade ein letztes Mal attackieren, als sie hörte, wie Jack Omars Frage beantwortete.

»Der Held natürlich!«

Von dem Moment an, da Jack in den Tempelhof gestürmt war, hatte er Joan nicht aus den Augen gelassen, also auch das Duell zwischen ihr und Omar verfolgt. Während er die nicht endenwollenden Stufen hinaufjagte, betete er, sie möge ausharren, bis er bei ihr wäre. Auch der vergebliche Versuch, Omar mittels des Seils umzureißen, an dem sich Tarak über den Hof hatte schwingen lassen, war ihm nicht entgangen. Omar war zu schnell gewesen, und Tarak hatte den richtigen Zeitpunkt verpaßt.

Jetzt, da er am äußeren Sims der Tempelmauer und damit rechts von Joan und Omar stand, wußte er, daß es klappen würde. Er angelte sich ein langes Seil, das von einer der Säulen herabhing, und stieß sich ab. Mit zusammengebissenen Zähnen und angezogenen Knien bereitete er sich auf den Zusammenprall vor, glich mit den Schultern die Schwungrichtung aus, sobald er zu sehr nach links abgetrieben wurde.

Sein Stiefeltritt traf Omar genau am Kinn. Omar schrie auf, taumelte auf schwankenden Füßen rückwärts, drehte sich dann um sich selbst, ehe er mit weit aufgerissenen Augen in die Flammen hinabstürzte, die, als hätten sie ihn erwartet, aufloderten und ihn umfingen.

Wie eine prächtig gewandete Motte tauchte Omar in das Inferno unter ihm ein.

Joan schwankte, hielt sich die Ohren zu, als Omar ein letztes Mal aufschrie. Tränen rannen über ihre Wangen; sie zitterte vor Angst und Erleichterung. Jack zog sie in seine Arme.

Joan überließ sich ihrem Weinkrampf, schluchzte und klammerte sich eng an Jack. Es war vorbei – für sie beide aber bedeutete das den Anfang.

Die Derwische umringten ihren heiligen, kostbaren Juwel. Jetzt, da Omar tot war, verwandelte sich die Horde wütender, blutrünstiger Krieger in eine friedliche Schar. Noch einmal züngelten die Flammen empor, verebbten dann, erstarben. Omars Asche und die seines hölzernen Altars vermischten sich auf dem Boden.

Der helle Schein, in den der Juwel getaucht war, blieb. Mit Joan Wilders und Jack Coltons Hilfe hatte der Juwel seinem Volk das Licht der Liebe gebracht.

Kapitel XXIV

Bläulich-grün glänzte das Wasser, das gegen die Längsseiten der Boote schlug, die in einer Prozession gemächlich den Nil abwärts trieben. Hinter einem Dunstschleier ging die Sonne über den Bergen auf, überzog den blauen Himmel mit rosa-, lavendel- und pfirsichfarbenen Streifen. Zahme und wilde Tiere zogen ans Ufer des Stroms, um zu trinken und zu baden. Als sie die Boote bemerkten, hielten sie inne, hoben die Köpfe und stießen seltsame Laute aus, die wie eine Huldigung klangen. Vögel in leuchtendem Gefieder umschwirrten die schneeweißen Segel der Schiffe, schossen hinter die höchsten Masten, zirpten und zwitscherten.

In einem fließenden, elbenbeinfarbigen afrikanischen Gewand mit saphirblauem Rand und goldbesticktem Saum stand Joan neben Jack. Es war ihr Hochzeitstag.

Alle möglichen Gedanken hatte sie sich in der Vergangenheit um ihre Hochzeitsausstattung gemacht; daß sie derart exotisch ausfallen würde, war ihr, deren Haar mit wilden Flußblüten geschmückt war und die einen großen Strauß süßduftender blühender Ranken in Händen hielt, nie in den Sinn gekommen. Sie lächelte Jack zu, zwinkerte mit den Augen. In diesem Augenblick fühlte sie sich eins mit der ganzen Welt. Sie hörte die Vögel singen, die Tiere schreien. Sie hatte recht gehabt, Jack zu erklären, sie seien für einander bestimmt.

Nie wieder würde sie es zulassen, daß sie an ihrer Liebe zweifelte. Jack war ihr von einer Macht gesandt worden, die stärker war als alles andere auf Erden. Ihre Liebe war nicht alltäglich; sie war heilig und ein Geschenk.

Jack hielt ihre Hand. Wie schön war sie an diesem Morgen! So hatte er sie noch nie erlebt. Der Wind umspielte ihr Haar, wob eine Gloriole um ihr Gesicht. Ihre smaragdgrünen Augen strahlten voller Liebe, aber noch etwas anderes lag in ihrem Blick – Frieden, den er, wie er hoffte, von nun an immer dort entdecken würde, aus dem er Kraft schöpfen konnte. Gemeinsam würden sie stark sein. Seit der Zeit, da sie sich kannten, hatten sie viele gefährliche Situationen erlebt, aber keine – nicht die Gewehre, der Flugzeugabsturz, der drohende Tod durch den Fall in den endlosen Abgrund – hatte ihm so viel Angst eingejagt wie seinerzeit Joans Ankündigung, sie würde ihn verlassen.

Er erwiderte Joans Augenzwinkern. Ein Narr war er gewesen, ihr nicht viel früher einen Heiratsantrag zu machen. Das hätte ihnen eine Menge Kummer erspart. Jetzt war er glücklich, daß der Juwel die Trauung vornehmen wollte. Kein Priester, den er kannte, kein Pastor und kein Rabbiner war so heilig wie dieser Mann. Diesmal würde er keine halbe Sache machen. Mit dem Segen des Juwels gäbe es für Joan keine Möglichkeit, aus dieser Ehe auszubrechen.

Der Juwel lächelte gütig.

»Wir fangen an. Sind die Ringe bereit?«

Jack wandte sich an Ralph, seinen Trauzeugen, der selbstsicher in seine Westentasche griff – um erschrocken die leere Hand herauszuziehen. Mit verlegenem Grinsen klopfte er dann seine anderen Taschen ab. Jack verlor die Geduld.

Die Derwische blickten Ralph argwöhnisch an.

Ralph kicherte und schaute zum Juwel hinüber, auf dessem Gesicht sich ebenfalls Unmut abzeichnete.

Rasch öffnete Ralph die Hand und zeigte Jack den Ring.

»Hab' nur Spaß gemacht!«

Jack nahm den Ring.

Ralph zuckte mit den Schultern. »Wie immer ist Klein-Ralph der Dumme«, murmelte er vor sich hin.

Im selben Augenblick tippte Tarak Ralph auf die Schulter, und als sich Ralph umdrehte, sah er, daß die Brüder anfingen, sich gegenseitig etwas zuzuwerfen. War das nicht ein schlechtgewählter Zeitpunkt, ihre Jongliernummer abzuziehen? Aber sie machten weiter, bis Tarak schließlich den Gegenstand abfing und ihn lächelnd Ralph überreichte – ein mit Juwelen besetztes Derwischmesser.

Ralph starrte das in der Morgensonne glitzernde Geschenk an. Saphire waren das, Rubine, Perlen, Diamanten und Smaragde – das Lösegeld für einen König, das er da in der Hand hielt! Er schaute zu Tarak hinüber, und Tarak nickte ihm zu. Unglaublich. Jemand machte ihm, Ralph, ein Geschenk ohne Pferdefuß. Es war ein Wunder.

»Also Jungs...«, stammelte er. Noch niemals hatte er sich bedanken müssen. Jetzt verschlug es ihm die Sprache. Jack blickte erneut auf seine schöne Joan.

»Die Vergatterung!« sagte er zum Juwel.

Der Juwel nickte. »An diesem herrlichen Tag versammeln wir uns, um Zeuge zu sein beim Beginn eures größten Abenteuers...«

Joan sah in Jacks blaue Augen. Ihr Herz quoll über von Liebe, als sie den Worten des Juwels lauschte.

»...der Ehe!«

Epilog

Gloria machte es sich in ihrem rückenfreundlichen Bürosessel bequem und sah die Post durch. Sobald sie die exotischen Marken auf dem ramponierten Luftpostbrief entdeckte, schob sie Anfragen und zwei wichtige Verträge beiseite und schlitzte mit einem silbernen Brieföffner den Umschlag auf. Joans neuester Bericht. Gloria lächelte, als sie ihn las.

»Natürlich ist seitdem eine Menge passiert. Ralph ist nach New Jersey zurückgefahren, wo er sein geheiligtes Messer versetzt hat...«

Und dann beschrieb Joan Ralphs neues Leben. Gloria konnte sich genau vorstellen, wie er jetzt aussah, wenn er am Fenster seiner neu eröffneten Pizzeria stand und den Teig in die Luft warf, um ihn dann nach Derwischart auf den Fingerkuppen kreisen zu lassen.

»...offenbar das einzige, was er sich immer gewünscht hat, ein eigenes Zuhause. Dem Juwel geht es, soweit uns bekannt ist, gut...«

Joan schilderte in ihrem Brief das neue Leben des Juwels als Anführer seines Volkes.

»...Friede ist wieder eingekehrt; er ist ausgelastet mit Staatsgeschäften.«

Gloria las, daß der Juwel endlich Zeit für seine fünf kleinen Enkelkinder fände, die alle wie ihre Derwischväter die Kunst des Jonglierens lernten. Wie lange dies dauern würde, wüßte der Juwel nicht zu sagen.

»...Übrigens haben Jack und ich uns für die Wohnung im Upper West Side entschlossen...«

Joan stand neben Jack, dachte an die Vereinbarung, die sie getroffen hatten. Sechs Monate New York. NEWSWEEK und 60 MINUTES wollten sie unter Vertrag nehmen.

Sie beobachtete ihn, wie er sich aus dem Flugzeug lehnte und an der Tragfläche festhielt. Der Wind zerzauste ihm das

Haar. Gott sei Dank hatte ein Mann vom Fach ihre Fallschirme zusammengefaltet. Mit Nebensächlichkeiten gab sich Jack, der jetzt seine Schutzbrille zurechtrückte, niemals ab.

Als sich Joan hinausbeugte, sah sie unter sich eine winzige Farm mit Kühen, Zäunen und Bäumen. Auch einen Zug, der sich langsam bewegte. Auf einer unbefestigten Straße jagte ein vergammelter alter Ford-Lastwagen dahin. Wie eine Miniatur-Eisenbahnanlage wirkte alles von hier oben aus.

Joan beugte sich noch ein wenig mehr hinaus, zog die Brille über die Augen, überprüfte die Gurte ihres Fallschirms. Ihr erster Sprung! Verständlich, daß sie nervös war. Jack faßte sie bei der Hand, gab das Signal ›Daumen hoch‹.

Joan nickte, verzog jedoch das Gesicht, als sie sich zum Sprung bereit machten.

Hand in Hand stießen sie sich ab und trudelten nach unten. Ein unbeschreibliches Gefühl überkam Joan, als sie in eine lockere Wolkenschicht eintauchten.

Blitzartig schoß ein Bild von ihrem gemeinsamen Leben in New York durch ihre Gedanken.

Und während sie von Wolke zu Wolke sank und die Farm immer größer wurde, überlegte sie, daß sie sich früher oder später entscheiden mußte, wie sie mit NEWSWEEK und allem anderen klarzukommen gedachte.

Aber diese Entscheidung brauchte sie erst zu treffen, wenn Jacks sechs Monate abgelaufen waren – vorausgesetzt, sie verriet ihm nicht, wieviel Spaß ihr das hier machte.